Sin filtros

PALOMA BRAVO

Sin filtros

CONTRALUZ

Diseño de colección: Estudio Sandra Dios

PAPEL DE FIBRA
CERTIFICADA

Autora representada por la Agencia Literaria Dos Passos

Madrid, 2023
Calle Valentín Beato, 21
28037 Madrid
www.contraluzeditorial.es

ISBN: 978-84-18945-82-3
Depósito legal: M.20526-2023
Printed in Spain

A las mujeres de mi vida

Elena

«Quitarme el útero. Quitarme el útero... Joder, qué manía con quitarme el útero». Elena se enciende por dentro, enfadadísima, pero no dice nada, no en voz alta. Masculla, gruñe, todo en silencio. La ginecóloga lleva cinco años insistiendo en extirparle el útero y Elena no lo discute pero tampoco lo acepta. Se calla con una resistencia hosca, una oposición muda y casi agresiva. Se calla hasta la siguiente visita.

Hace años que se jubiló la especialista de cuya mano se hubiera dejado arrancar hasta los ojos y ahora, por pereza, pragmatismo y una inercia negligente, sigue yendo a revisión con esta otra médica empeñada en quitarle el útero, una doctora que le recomendaron de pasada y con la que nunca ha conectado del todo. Siempre sale de la consulta jurando que buscará una segunda opinión, que cambiará de ginecólogo, que esta visita es —ya, definitivamente— la última. Y luego, a las pocas horas, se olvida o se quiere olvidar, lo archiva y lo deja.

No tiene nada gravísimo. «Bueno, sí, un mioma que crece», se corrige. Tampoco es que esta ginecóloga le haya explicado bien qué es un mioma ni por qué importa que crezca. Solo le ha dado una cifra: «En el noventa y nueve por ciento de los casos no pasa nada. No es urgente, pero está creciendo mucho: hay que quitarlo y, ya puestos a quitar y en vista del tamaño que ha alcanzado el mioma, quitamos también el útero». Quizá es todo su culpa, se fustiga Elena; quizá no ha preguntado suficiente. Siempre hay decenas de mujeres esperando en la sala y Elena no quiere que la doctora pierda el tiempo con ella. Además, tiene la manía de empatizar y entiende que, desde el punto de vista económico, es más fácil vaciarlas a todas, ¿no? Sin útero, sin ovarios, sin mamas, el trabajo de la ginecóloga y sus colegas es un paseo: ni tumores ni sustos. Si detectaran alguna mancha peligrosa, estaría en el hígado o en el pulmón, en el órgano de otra especialidad, en un órgano ajeno a la Unidad de la Mujer.

—No seas cínica, Elena.

—No soy cínica. Soy cáustica.

Elena se sobresalta pensando que igual esas dos últimas frases sí se le han escapado en alto, pero no: la ginecóloga sigue a lo suyo, trabajando la persuasión con las mismas palabras de todos los años, dogmas medicalizados que considera incontestables y que, en efecto, Elena no contesta, aunque tampoco los digiere.

Los escucha y los rumia, sí, pero no los incorpora. De hecho, los escupe.

Y, luego, se distrae porque le hace gracia que, una y otra vez, desde hace cinco años, la ginecóloga repita siempre la misma frase cambiando únicamente esa cifra creciente que es su edad y su condena; y que, además, lo haga mirando rapidísimo la ficha, para calcularla con precisión. «¿Precisión quirúrgica? No, precisión matemática». A Elena le gusta fijarse en estos detalles: en la ficha no pone su edad sino su fecha de nacimiento, y la doctora hace números, rauda y eficaz.

—Tienes cuarenta y nueve. ¿Vas a tener hijos ahora? No, ¿verdad? El útero ya no te sirve para nada, Elena. Te vacías y lista.

«Cuencos vacíos», piensa Elena. «Vasijas». Se imagina atravesando el hospital y deteniéndose en cada especialista: «Que el hepatólogo me quite el hígado; el neumólogo, los pulmones... Que me dejen hueca, huera, yerma...». Elena sonríe. Le inspira ternura su amor por los sinónimos, pero también se frena porque quiere salir de allí y olvidarse durante doce meses —hasta la próxima revisión— de que tiene útero, ovarios y mamas. Si pudiera olvidarse de que tiene corazón y cerebro... «Que me vacíen para que los tumores no tengan terreno fértil donde crecer, que me vacíen para que no me muera, que me vacíen y me maten, ya puestos...».

Elena está dramatizando. Se le acaba el seguro médico pagado por la empresa, y le preocupa. Si quisiera (o debiera) quitarse el útero, podría ser su última oportunidad de hacerlo fácil, sin esperas, en una clínica privada, con habitación individual y cama para el acompañante. Así que este año, por fin, Elena protesta con timidez y una obstinada firmeza, usando la segunda persona del plural para que la doctora no se ofenda, para que conteste en nombre de todos los ginecólogos del mundo y no en el suyo propio:

—Hay una cosa que no entiendo... —empieza... prudente y sutil, hasta que se suelta—: ¿Por qué nunca mencionáis los efectos secundarios? He estado leyendo… La incontinencia fecal, por ejemplo. ¿Qué hago si en una reunión se me descontrola el intestino y se me sale la mierda? ¿Qué hago? Porque no voy a tener hijos, pero sí quiero tener vida…

La doctora no se inmuta.

—Sí, eso es un riesgo. Podríamos, si quieres, ser más conservadores y dejarte el cuello del útero. Así el intestino seguiría sujeto. Pero, ya que abrimos, vamos a quitarte también los ovarios; eso seguro. Están secos y tampoco te sirven ya más que para darte disgustos.

Elena se da cuenta de que toda resistencia es inútil: la médica inspecciona centenares de úteros cada semana (los inspecciona y, en cuanto puede, los extirpa) y el suyo, el útero de Elena, solo es especial para su dueña o, mejor dicho, su contenedora, su portadora, su víctima. Mejor volver a sonreír y callar.

—Vale, doctora.

—Llama en septiembre. Yo ahora estoy a tope hasta julio y son tres semanas de baja; no te las vas a coger en agosto…

—En septiembre no… No puedo irme de baja después de las vacaciones…

—¿Es tu empresa? No, ¿verdad? Pues, venga, en septiembre. Que yo habré vuelto fresquita y tus jefes tienen que aguantarse por ley…

«Sonreír y callar, sonreír y callar…». Elena se alecciona y contesta suave y sonriente, como si no tuviera cuarenta y nueve, sino diez. Los diez años de una niña educada y complaciente:

—Buen verano, doctora.

—Estamos en marzo.

—Ya…

Y, así, con su útero intacto, sale de la clínica y, por fin, llora. Llora por un útero al que no ha visto nunca y que, la verdad, le importa una mierda. No le tiene cariño, pero sí respeto: le sujeta el intestino y también la tripa; además, sin útero la alcanzarán la menopausia, los sofocos, los cambios de humor, la barriga descolgada e indomesticable. ¿Y sin ovarios? Le saldrá pelo por todos lados, ¿no? Eso no lo ha googleado. Tampoco importa, no quiere más información.

Sin útero, será vieja.

⋆ ⋆ ⋆

Elena se apoya en el muro de la clínica. Tan moderna, tan bonita, tan arbolada… «Tan impersonal, tan fría, tan cruel… Me cago en todo, joder.» Hace unos meses, Elena habría dicho «Me cago en todo, coño», pero está intentando corregirse y no utilizar el lenguaje duro en su tradicional versión machista. Es una forma difícil —y seguramente inútil— de no contribuir al sexismo, de mantenerse alerta, de vigilar el mundo y de vigilarse a sí misma.

Está enfadada por haberse sentido vulnerable e impotente ante una médica que, seguramente, sabe de lo que habla y está de su lado. Por no haberse hecho entender, por no haber entendido. También por no saber cuidarse. Por no poder controlar ese cuerpo que se desgasta y envejece, ese mioma que crece, esa tripa que se desborda. Está furiosa porque, además, se tiene que limpiar las lágrimas, maquillar el miedo, disfrazar la edad y armarse de eficiencia y encanto para una entrevista de trabajo en una empresa que le da miedo porque le interesa, le gusta y le apetece.

Pasó todos los filtros del proceso de selección, cada vez más enganchada y más ilusionada. Hoy, por fin, le toca ver al gran jefe. Tiene que parecerle entusiasta, digital, apasionada, inteligente, ejecutiva. Tiene que parecerle un gran fichaje, un fichaje irrenunciable.

Tiene que parecerle joven con su útero viejo e inservible, con sus patas de gallo y sus más de veinticinco años de experiencia. «Tengo que parecerle la hostia, así, sin más, mejor blasfema que sexista, joder ya...».

Así que Elena, apoyada en el muro, busca en el móvil su canción favorita, una canción punki y salvaje, una canción que escucha casi todas las semanas desde que, hace casi treinta años, se la empezó a poner antes de los exámenes, porque esa canción es su mejor versión: feroz, indomable, invencible. Con esa canción acabó la carrera, gustó, bailó, folló, amó, lloró, viajó, sedujo, rio. Con esa canción la vida no puede con ella porque la rabia la vuelve indestructible.

Elena es amable por fuera y, sin embargo, por dentro se gusta más con rabia porque la rabia le insufla energía. Se pone los cascos, le da al *play* y calcula el tiempo que necesita para llegar a la entrevista andando.

Elena camina a pasos rápidos, como si tuviera veinte años y un útero sin estrenar. Camina como si pudiera cambiar el mundo, camina como si todo fuera posible.

Pero antes, justo antes, manda un mensaje a Ana: «Te llamo al salir. No te escondas».

Ana

El día que murió mi padre, mi hija me explicó que yo era la madre más vieja del colegio…

—Lo calculé el otro día, mamá. Eres la más vieja.

—¿Te avergüenzas de mí?

—Mamá, no te rayes, que es solo un dato…

—¿Te avergüenzas?

—Joé, mamá…

Esa sensación de inmunidad que tienen los jóvenes, que tenía yo antes. La seguridad de que mis padres habían nacido mayores y lo serían siempre; que yo había nacido joven y lo sería siempre. Pero aquí estoy, con una edad tan alta, tan cuantiosa, tan pesada que jamás la confieso. Y, la verdad, no era el día.

Tragué saliva y le expliqué a Lola que antes de los treinta y muchos no había tenido dinero ni estabilidad; ni tampoco una pareja que me empujara al embarazo. Le conté, además, muy tranquila, que en realidad nunca había querido ser madre. «Yo te quiero, lo sabes, pero los hijos son un lastre. Lo condicionan todo. Pierdes la libertad para siempre… Hacerse un tatuaje y tener un hijo, las dos únicas decisiones que no admiten marcha atrás…». Me miró como si no me hubiera escuchado, como si yo solo dijera cosas absurdas. «Yo quiero tener cuatro», me dijo. «Cuatro con la misma persona y sin separarnos», matizó, como si así resumiera y enmendara todos mis errores.

—Vale. Haz lo que quieras. Pero valora también la posibilidad de no tener ninguno y ser siempre completamente libre.

Luego nos reímos con una tontería, me recordó que los tatuajes se borran, «con láser, creo», y cambiamos de tema.

* * *

El padre de Ana ha muerto hace unas semanas y Ana intenta exorcizarlo escribiendo. Escribiendo algo indefinible y que nunca es capaz de continuar más allá de los dos o tres primeros párrafos. Algo obsesivo y repetitivo, algo que siempre empieza igual. «El día que murió mi padre…». Ana no copia la frase con los comandos del ordenador, control C, control V. Sería demasiado fácil, sería hacer trampa. La deletrea y la escribe, despacio, en cada nueva página. Como si así empezara de cero. Como si así aliviara el dolor. Como si así expiara una culpa que solo es pena y no admite expiación.

El día que murió mi padre, mi madre perdió los pocos filtros que le quedaban y mandó a la mierda al primer testigo de su boda, el mejor amigo de mi padre.

«¿Llamas ahora? ¿Hoy? ¿Para qué? ¿Para quedar bien? ¿Para cumplir? ¿Para tranquilizar tu conciencia? ¿Dónde demonios has estado todos estos meses de enfermedad, de miedo y de miseria…? ¿Dónde? Era tu amigo y no has venido… No

has llamado... ¡No has estado! Lo has dejado solo, solo y enfermo, solo y asustado. El cáncer no contagia, ¿sabes? Y la mezquindad no se cura. Tú no te vas a curar, cobarde. No vuelvas a llamarme nunca».

Mi madre colgó el teléfono y pareció relamerse como las leonas después de merendarse un antílope, pero no era una leona, sino una viuda, esa palabra que odia y que hoy estrena. Una viuda mayor, una mujer sin horizonte. Hacía años que la habían obligado a jubilarse de su cátedra, pero no se había retirado de la vida: todos los días salía a la calle, leía los periódicos, veía amigos. Todos los días preguntaba, observaba, vivía. Todos los días ponía en práctica sus dos actividades favoritas: la curiosidad y la escucha. Todos los días hasta que entró en su vida una enfermedad terminal.

Y cuando la enfermedad acabó y dejó paso a la muerte, el día que murió mi padre, colgó ese teléfono furiosa y nos miró a mi hermano y a mí y miró a sus tres nietos, uno a uno. Nos miró sin vernos, desafiante, aún en bronca y, luego, despacio, nos reconoció, nos sonrió y preguntó con muchísima inocencia: «¿Quién me hace un chocolate caliente?». Entonces sus nietos abandonaron la parálisis que les había provocado el grito inaudito de su abuela y la aplaudieron fuerte, puestos en pie. «¡Nosotros!». «Eres la puta ama, Abu; la puta ama».

Se fueron juntos a la cocina, impresionados y orgullosos, con mi cuñada liderando la expedición (o huyendo de su suegra, no sé); y mi hermano y yo nos sonreímos, con complicidad y algo de miedo.

—¿Te has quedado a gusto, mamá? —preguntó Gonzalo.

Ella contestó muy suave: «La verdad que sí...». Bajó la mirada hacia su móvil, pensativa; cerró los ojos y nos dio permiso:

«Podéis reíros de mí, ¿eh?». Mi hermano y yo, ya huérfanos —otra palabra cruel y que nos había sido siempre ajena—, nos miramos y nos partimos.

«La abuela feroz», sugerí en voz baja. «Algún día tenían que cambiar los cuentos», replicó mi madre. No llevaba puestos los audífonos pero, como siempre, oía lo que quería o lo que necesitaba oír.

★ ★ ★

Ana relee este segundo intento. Le gusta más que el anterior. Tiene más fuerza y, sobre todo, se da menos pena. En este no es vieja, no tiene edad. En este no está sola, su madre y su hermano, su amor, su complicidad y, por tanto, su padre, están con ella. Pero otra vez le pasa lo mismo: no puede seguir.

Ana no sabe qué está escribiendo porque normalmente no escribe nada más que mails de trabajo y mensajes de WhatsApp. «Bueno, y artículos, entrevistas, *posts,* reseñas…». Ana se considera una periodista menor porque trabaja en una agencia de comunicación. No producen esos grandes reportajes que lee en las webs americanas ni se fajan por conseguir esas otras entrevistas que acaban ocupando seis páginas brillantes tras varios días pegados a un personaje esquivo. Por eso Ana no se siente escritora, aunque hace ya años que se gana la vida escribiendo.

De hecho, Ana se niega. «Si yo pudiera escribir… Si fuera novelista… Me gustaría que esto fuera una novela salvaje y cruda, una de esas novelas despiadadas que te llenan de energía», piensa. «Una novela que acabas a tope, una novela que te anima y te grita: ¡ahora a vivir, cojones! ¡A vivir con todas las letras y todas las heridas abiertas! Claro que esto no es una novela, es mi puta vida». Y luego se corrige. «Puta no. Maldita, maldita vida, que me mata Elena».

Ana no es tan disciplinada con sus promesas como su amiga Elena. A Ana se le escapan el «coño» y el «puta». Se le atropellan, más bien. Se le amontonan las contradicciones y más ahora que está herida de muerte, que es puro dolor, que es puro agujero.

Es dolor y agotamiento, pero necesita entender por qué esa frase se le repite por dentro, cortándola, como una navaja. «El día que murió mi padre…». Necesita entender si es su padre, si es su conciencia, si es su condena. Y, mientras consigue entenderla, la escribe, la escribe, la escribe.

* * *

Ana quería a su padre con un amor feroz, instintivo, irracional. Su padre era un hombre extraordinario y callado, y Ana relacionaba su amor animal con esos silencios. Se querían sin hablar, se entendían sin decirse, se faltaban sin consuelo.

* * *

Ahí va otra vez.

El día que murió mi padre, una tormenta de nieve dejó la ciudad aislada. No pudieron venir a recogerlo. El médico nos lo in-

tentó explicar con mucho tacto por teléfono: «Eh... Perdonad, pero... el rigor mortis...». Y mi hermano, sus hijos y yo lo llevamos como pudimos a la cama, lo tumbamos, le bajamos los ojos, le cerramos la boca y le prometimos seguir cuidándolo, aunque ya nunca podríamos cumplir la promesa. Podíamos quedarnos con él un poco más, acariciarlo mientras se enfriaba, susurrarle a un oído apagado. Podíamos disfrutar de esa tormenta que nos regalaba más horas a su lado, en una intimidad helada, pero no podíamos cuidarlo, ya no podríamos nunca consolarlo ni abrigarlo, a él, que siempre tenía frío.

⋆ ⋆ ⋆

Ana llora. Fueron muchísimas horas así hasta que un coche de la funeraria consiguió cruzar la ciudad, ya muy de noche, y se llevó a su padre tan tarde que tuvieron que quedarse allí todos: su hermano, su hija, sus sobrinos, su cuñada y su madre amontonados en ese piso pequeño, el piso que había jibarizado la vida de sus padres cuando la jubilación redujo sus ingresos. Se pasaron la noche bebiendo ColaCao calentito, con las manos alrededor de la taza y los cuerpos rozándose, casi entrelazados, lomo contra lomo, dándose calor, dándose amor, como los perros que duermen con sus dueños, siempre tocándolos, siempre buscando ese contacto que es la única seguridad: la de la piel. «Si te toco, es que existes; si te toco, es que estás».

Estaban en el salón, claro, porque ninguno era capaz de entrar el cuarto donde su padre había estado tumbado tantas horas. Durante el día, sí: habían estado allí, echados a su lado, llorando y hablándole, pero no podían tumbarse sin él a dormir, ni siquiera asomarse al pasillo sin que les doblara su ausencia. Ana entendió ese día el significado de la palabra «desgarro». Le habían arrancado a su padre. Tras meses y meses de enfermedad, de racionalizar los paliativos, de pelear con la aceptación, de prever la ausencia, la vida se lo había arrancado. Su padre ya no estaba; su padre era, ya para siempre, su agujero negro.

Se instalaron, pues, en la otra punta de la casa: ocuparon los dos sofás, amontonaron edredones y mantas e improvisaron un campamento de duelo. No durmieron; se acompañaron, se abrazaron, se quisieron.

⋆ ⋆ ⋆

Esta versión no le gusta a Ana. Es demasiado dolorosa, demasiado cruda, demasiado directa. Es pura herida. Ana necesita un narrador que no sea omnisciente (odia esos narradores que lo saben todo y lo cuentan administrando la verdad a su manera pero siempre con arrogancia, como si perdonaran la vida al lector y, lo que es peor, a sus propios personajes; sin respeto, sin amor, sin la más mínima compasión). Ana necesita un narrador con sentido del humor. Un narrador que la quiera pero que no la tome demasiado en serio. Un narrador que se burle un poquito de ella, lo justo para que ella también pueda volver a reír.

Marca un salto de página y empieza…

⋆ ⋆ ⋆

El día que murió mi padre, cumplí cincuenta años y no se lo dije a nadie. Fue como si no los hubiera cumplido. Mi madre lo sabía y no lo mencionó. Mi hermano se olvidó, se olvida todos los años. Mi hija me lo recordó con cierta vergüenza y un dato comparativo e innecesario: «Eres la madre más...». «Que sí, Lola, la más vieja». Y los amigos que lo sabían y llamaban no podían felicitarme. «Felicidades y, oye... Lo siento mucho». No: mis amigos me dieron el pésame...

Ana se escapa del texto por culpa de esa palabra. «El pésame, joder, qué cosa tan antigua...». La busca en el diccionario y no apunta la definición en el documento, aunque es un recurso que suele quedar bien. No la apunta porque no la entiende. Le resulta ajena, inabordable. «Expresión con que se hace saber a alguien el sentimiento que se tiene de su pena o aflicción».

—¿Cómo que el sentimiento que se tiene de su pena? Pero ¿qué coño quiere decir eso? Perdón, Elena. ¿Qué mierdas quiere decir? Nada, no quiere decir nada. ¿Qué sentimiento tienen los demás de tu pena? ¿Incomodidad? ¿Pudor? ¿Vergüenza ajena...? ¿Pura indiferencia...?

Ana se para y recuerda.

—Te acompaño en el sentimiento...

Eso escribieron muchos conocidos en sus mensajes. «¿Me acompañas por WhatsApp, desde tu casa?». «Vale que hay tormenta, pero... ¿Me acompañas sin atreverte a marcar mi número, oír mi voz, escuchar mi pena...?». Ana apenas registró esos mensajes de trámite. Entiende la reflexión del emisor («no quiero molestar»), pero... Le dan ganas de gritar como su madre: «Te entiendo, sí: el dolor no se contagia, pero es incómodo, claro. Es incómodo de cojones, pedazo de cobarde bienqueda. Atrévete y llama...».

Le duró poco esa rabia y se centró en agradecer y abrazar a los amigos que sí estuvieron: los que atravesaron la nieve al día siguiente y llegaron empapados para abrazarla fuerte y evitar que se rompiera. En la lista estaban también los que no pudieron venir y llamaron, sin prisa y con amor, y le preguntaron algo esencial, algo sencillo y dificilísimo: «Ana, ¿cómo estás?». Y, luego, se callaron, esperándola, dispuestos a escuchar toda la verdad, todo el dolor, todo el vacío que sentía.

En la lista de Ana están los amigos.

A los demás, los del mensaje protocolario, les contestó «Gracias» o un emoticono, que es su forma de no comprometerse y de no contestar nada. Con ninguno perdió los filtros porque Ana se había jurado hace años que nunca, jamás, volvería a renunciar a la amabilidad. Jodida, pero educada.

«Soy amable, pero no boba». Se lo repetía sintiéndose un poco ridícula porque la frase sonaba muy infantil. ¿Y qué? A ella le servía. Por paradójico que suene, quería recordarse que no olvidaba, que sabía la verdad, pero que no necesitaba proclamarla; no necesitaba escupirle a nadie lo que realmente pensaba ni vomitar encima de los demás sus dolores. Rechazaba el rencor, pero no renunciaba a la memoria. «Me quedo con lo bueno», se proponía.

—Con lo bueno y con lo malo. Tú no sueltas nada... —le había adivinado su madre esa tarde—. No sabes lo bien que sienta quitarse los filtros y liberar la rabia...

—Sí, mamá. A ti, que no tienes jefe y no tienes audífonos.

* * *

Ana mira el reloj: Elena estará ahora en plena entrevista. «Ojalá le vaya bien». Guarda el documento, apaga el ordenador y se asoma al cuarto donde su hija, con los auriculares puestos, escrolea la pantalla del móvil, sonriendo.

—¿Todo bien en WhatsApp?

—Normal... Pero no te oigo, mamá.

—Si no me oyes, ¿por qué me contestas?

—Porque te huelo... Y no es WhatsApp, es Insta.

Ana entorna la puerta y se dirige a la otra habitación, la que antes era suya y ahora es de su madre, un cuarto grande en el que caben una cama doble, un escritorio y una butaca junto a un ventanal amplio y un cielo protector, esperanzado, abierto. Es una habitación con espacio suficiente para unas cuantas vidas: la que antes tenía Ana y también la que soñaba; la que ha perdido su madre y la poca que le queda. Es una habitación que fue propia y ahora es ajena.

Su madre, sentada en la butaca, mira por la ventana. Tiene en la mano un bolígrafo y una revista de crucigramas, pero está absorta en sus recuerdos. Dejó de leer, de pasear, de preguntar y de vivir al enfermar su marido; lo dejó casi todo menos unos crucigramas que compraba por docenas y con los que pasaba las horas en trance, anestesiada.

Su madre había aparcado la curiosidad y las ganas el día del diagnóstico, y se había dispuesto a vivir en piloto automático para que nada doliera del todo.

—Mamá, en un rato me voy a tomar algo con Elena, ¿vale? Está la cena hecha.

Su madre le señala las orejas vacías y hace un gesto de negación con el índice. Quiere justificarse: tampoco la oye porque no se ha vuelto a poner los audífonos desde que murió su marido. Ana sabe que sí la ha escuchado, pero le sigue la corriente. Se acerca y le aprieta la mano. Se comunican así, con apretones y gestos, con caricias y gruñidos. Su madre le acaricia la cara. «Ponte algo que te tape las ojeras, que tú eras guapa».

Ana lo encaja. *Eras* guapa, en pasado. Hasta para su madre es en pasado. En realidad, es esa maternidad la que es pasado: aunque Ana siempre se refugió en su padre, su madre antes ejercía con ímpetu: cuidaba, acariciaba, preguntaba, animaba, impulsaba, estimulaba… Ahora Ana es huérfana de padre y cuidadora de una madre que solo es dolor. Ana no es cuidada, pero eso intenta no verbalizarlo porque a ese lado de la verdad solo hay desesperanza.

Un apretón más; su madre aparta los ojos y Ana entorna también esa puerta y recorre el pasillo hasta el antiguo despacho que ha reconvertido en su cuarto. Vuelve a abrir el ordenador. Lo cierra. Se tumba en la cama estrechísima, cierra los ojos.

A veces hace eso. Cuenta, respirando, hasta cien, hasta ciento cincuenta, hasta doscientos, hasta trescientos… Como si meditara; como si pudiera meditar.

Está cansada, pero ahora ya no puede descansar. No, desde luego, en su casa. Ya nunca está sola, siempre está cuidando. Una madre y una hija, ambas llenas de necesidades y de silencios que Ana tiene que adivinar, atender e interpretar; ambas extremadamente frágiles.

Este narrador que no es omnisciente y que la quiere se hace una pregunta que espera que Ana escuche: «¿Y tú qué, Ana? ¿Y tus necesidades qué?».

Eso anda rumiando también su madre, nada convencida de este arreglo. Quedarse sin casa y sin escondite, que su hija se quede sin cuarto y sin intimidad… No puede ser, no puede funcionar y, al mismo tiempo, ¿qué alternativa hay, qué fuerzas tiene para pensarla, encontrarla y organizarla…?

Las adultas de ese piso penan y callan.

Sofía

Sofía es más joven que Elena y Ana, también es más vieja.

«Nací vieja», explica siempre. En realidad, nació libre. Su madre se había planteado llamarla Libertad, pero, al final, decidió inculcarle el concepto y no imponérselo; decidió que ejerciera la independencia sin exhibir ni cargar una pancarta y eligió un nombre bonito que solo unos pocos entenderían completo: Sofía significa sabiduría, y la sabiduría es antigua y eterna, nunca vieja.

Sofía —así, con todas las letras, nunca Sofi— sabe que su nombre no es un capricho, sino un destino. No una moda contagiosa e inesperada, como la de la generación de Nicolases y Lucías, o la de Mateos y Martinas. Tampoco un signo de estatus, como las Casildas y los Pelayos. No, para nada: el nombre de Sofía es una exigencia.

«En caso de duda, libertad. En caso de duda, criterio. En caso de duda, independencia. En caso de duda, lo que no te ate, lo que no te condicione, lo que no te lastre». Esas eran las únicas instrucciones que su madre le dio, que siempre le daba. No lo llegaba a expresar, pero estaba siempre en el subtexto, más claro y legible que un letrero luminoso: «Lo que yo no pude. Lo que tú quieras».

Quizá por eso, Sofía estudió Derecho y se especializó en familia. Sofía se dedicaba, profesional y eficacísimamente, a separar y divorciar: a romper ataduras, a extirpar cargas, a liberar vidas. Así había conocido a esas dos amigas, Ana y Elena, que se habían recomendado sus servicios y que, todavía, años después de encontrarse y de quererse, la miraban buscando en sus ojos las respuestas que ellas no tenían, reconociéndola más sabia, más joven y, a la vez, infinita.

Sofía no quería salir, pero tampoco quería estar en casa: se había apuntado a esa cena improvisada y había llegado a la vez que Ana.

—¿Cómo estás?

—Bien, bien…

—No puedes estar bien. Ha muerto tu padre, tu madre se ha instalado en tu casa…

—Estoy bien…

—Yo pensaba que a tu edad se estaba de vuelta de todo y se decía siempre la verdad… Y, mírate, cada vez más correcta y más callada…

—¿Tú también me estás llamando vieja…?

—No, solo digo que conmigo no te hacen falta los filtros.

—Sin filtros solo está mi madre, que tiene ochenta y la pensión garantizada. Si te digo la verdad, tengo que escucharla. Prefiero oír que estoy bien.

Sofía se rinde. De momento…

* * *

Esa exigencia de transparencia y libertad es recurrente en sus conversaciones y en su amistad. Sofía pregunta, pero no insiste. Su profesión libera, sí; y, a la vez, instruye: aporta un vasto conocimiento del ser humano y sus circunstancias; sus miserias, sus ilusiones, sus deseos, sus engaños y, sobre todo, sus miedos. Pero Sofía es una privilegiada. Vive en un piso que le compraron sus padres y solo tiene un vicio: correr. Trabaja en su propio despacho, le va bien, no tiene jefes ni necesita dinero. Por eso, Ana insiste en que la entienda.

—No libera la verdad; lo que libera es la pasta; no te engañes… —le explica a su amiga, elaborando con esfuerzo la frase más larga en meses de silencio—. Tener dinero te da la libertad de no hacer nada por dinero. Tener dinero te da la libertad de decir lo que se te pase por la cabeza…

—Tu madre no tiene dinero y…

—Mi madre no tiene nada que perder.

Sofía se resiste a aceptarlo y se resiste también a repetir esa frase de su propia madre, que se licenció en Psicología: «El dinero es una percha, una excusa. El dinero ata. No te ates, Sofía, no te ates a nada ni a nadie. Ni al lujo ni a la miseria. No te ates ni a tus principios. No te ates».

Sofía corre todas las mañanas y baila todas las tardes.

Su vida es moverse, sudar y trabajar. Y, a veces, con muy poca gente, se relaja y se deja querer. Elena y Ana le envidian esa madre que impone tan poco: su fiereza, su determinación y, sobre todo, su independencia. La madre de Sofía nunca pide, nunca llama. Con una coherencia extrema, quería que su hija fuera libre y se había borrado como primera carga. Aunque esa exigencia de libertad total... ¿No es también un lastre?

★ ★ ★

Y aquí, un paréntesis: las madres son, somos, una carga.

Imprescindibles y latosas, nutrientes e insaciables. Las madres nos entregamos intentando dejar espacio al crecimiento, estar sin imponer, proteger sin agobiar, cuidar sin irritar. Las madres tratamos de no esperar y no exigir, de no condicionar, y, luego, mucho más tarde, cuando ya apenas podemos vivir, envejecemos sin morirnos. Envejecemos sin elegancia, con nuestras neuras y nuestras ansias, con nuestra incapacidad para acertar en las respuestas, para entender los silencios, para callarnos a tiempo, para no molestar en ningún caso.

Las madres no somos narradores omniscientes: somos falibles y asfixiantes, necesarias y sobrantes. Somos imperfectas, somos aspirantes, somos puro esfuerzo. Somos todo lo buenas que podemos. Y la mayor parte de las veces nada de eso es suficiente.

★ ★ ★

La madre de Elena, por ejemplo, es una mujer insegura que sufre al ver a su hija sin hijos, al verse a ella sin nietos. «Ay, hija. Ay, hija...». Llora por lo que para su hija no es desgracia, sino alivio; lo que no es condena, sino elección. La madre de Elena sufre siempre, todo el rato, porque el mundo no es como ella había aprendido, porque la felicidad de su hija no es la que ella imaginó; porque no la reconoce, no la entiende y no la aprueba.

Elena, en cambio, quiere a su madre así, como es. La quiere y, al mismo tiempo, no puede acercarse demasiado sin necesitar algo más, algo que no ha tenido nunca y que ya no tendrá jamás: amor sí, seguro; comprensión, nunca. ¿Y respeto? Solo a veces, a regañadientes, con muchísimo esfuerzo.

* * *

Teresa, la madre de Ana, comprende más.

A veces, antes de la enfermedad y del duelo, le costaba entender las exigencias de esa vida de madre soltera y trabajadora a tiempo completo, pero ahora… Ahora sabe, ve, vive que la situación de su hija es una losa. Se ha instalado en su casa por falta de dinero; porque —a pesar de los cuarenta años cotizados, de esos cuarenta años de docencia y de entrega— su pensión no da para mantener el piso en el que vivía con su marido y seguir comiendo, y sus ahorros desaparecieron durante tantos meses de cuidados y acompañamiento. Tampoco hay más opciones: su otro hijo, Gonzalo, el hermano de Ana, ha tenido que aceptar (por dinero, claro) un trabajo en México. A las dos semanas de la muerte de su padre voló al D. F. En unos meses, en cuanto acabe el curso, se reunirán con él sus hijos y su mujer. Pidió perdón:

—Hermanita, te dejo sola.

Ana intentó sonreír y no contestó. Quería que se fuera tranquilo, pero no podía mentir: era demasiada carga. Ana, que había adorado y todavía adoraba a su padre; Ana, que no sabía vivir sin él, sin escuchar su voz cada noche, sin sentir su amor cada día, estaba sola como madre y ahora se quedaba sola como hija. Tenía que seguir cuidando (y educando) a una adolescente y, además, conseguir que su madre no se desmoronase, que le mereciese la pena esa vida nueva, sin horizonte ni ilusiones, sin salud ni dinero. Que le compensase ser vieja, vieja de verdad.

—¿Y una residencia mona, hija? —había preguntado su madre con la boca pequeña.

—¿«Mona», mamá? Tienes suerte: sé que no es lo que quieres y, mira tú por dónde, tampoco la podemos pagar.

—Bueno, pero esto es provisional, ¿eh? Solo provisional.

«Provisional», pensaba una, «hasta que te mueras».

«Provisional», pensaba la otra, «hasta que me muera».

Teresa, además, no podía ejercer de madre, no podía cuidar, no podía dar. Una vida entera de entrega: a su carrera, a sus alumnos, a su marido, a la cultura, a sus hijos, al compromiso… ¿Y ahora? Ahora estaba vacía. Viuda.

★ ★ ★

Ana, que ha hecho sitio en su casa y en su vida a una madre desolada y un poco autista, escucha a Sofía, su abogada, su amiga, hablar de libertad y piensa que es como si fuera la lotería: algo que existe pero nunca te toca. Aunque en realidad esta noche Sofía no parece convencida. Su discurso es menos intenso que de costumbre.

—Estás distraída, abogada. ¿Te pasa algo?

—No, todo bien. ¿Dónde está la del útero?

—Supongo que estará terminando la entrevista. No creo que tarde mucho…

⋆ ⋆ ⋆

Son las nueve de la noche y están en una terraza normalita, sin ínfulas y con setas calefactoras. Esperan pegadas al calor de la estufa y rebuscando entre los quicos y los fritos algún anacardo, alguna almendra… Algo crudo y limpio. Ana se acuerda de una madre literaria que, en las memorias de su hija, aconsejaba: «No comas frutos secos de los cuencos. Todo el mundo mete la mano allí. Todos. Hasta los que no se lavan las manos en el baño». Ana encuentra una almendra y se la come con rabia y suciedad, desafiando al destino. Sofía sigue preguntando por interés y por desviar la atención:

—Y, aparte de sin filtros, ¿tu madre cómo está? ¿Cómo lo lleva…?

—Pues eso, sin filtros y sin ganas. Dice que no quiere vivir.

—¿Te dice a ti que no quiere vivir?

—Sí, tal cual, literalmente: que no tiene ganas de vivir.

—¿Y lo dice en serio?

—Creo que sí.

—Joder…

—…

—Igual sí podría poner un mínimo filtro y no contártelo todo, ¿no? Igual tú ya tienes bastante con tu duelo…

—Ya, pero si no me lo cuenta a mí, ¿a quién se lo dice?

—A un psicólogo; a un médico…

—Mi madre no cree en los psicólogos. Con lo moderna que es para casi todo… A un psicólogo me gustaría decírselo yo, pero no tengo dinero.

—Tendrías dinero si…

—Déjalo, Sofía. No puedo ahora con eso, no puedo demandar a Álvaro a estas alturas y tampoco puedo cambiar a mi madre a los ochenta. Tú tienes suerte, que tu madre es de otra manera. Y, además, es mucho más joven.

—Sí… —contesta Sofía sin demasiada convicción.

★ ★ ★

Sofía no ha contado —ni a sus amigas ni a nadie— el recientísimo diagnóstico de su madre. El diagnóstico que, de hecho, la convierte en la más vieja de las madres, en una anciana terminal: su madre tiene alzhéimer precoz. Las putas proteínas. Perdón: jodidas proteínas. Las proteínas beta no sé qué y sus depósitos de mierda… La madre de Sofía, la libertadora, acaba de ser condenada. Sofía, la libertaria, quizá lleve la condena dentro. Porque… ¿es genético ese alzhéimer? Sofía no se lo ha preguntado todavía, ni se lo va a preguntar en mucho tiempo.

Había sido esa misma tarde y, liberando y también censurando, su madre la había informado y se había negado a hablarlo más. Había dado el dato y clausurado la emoción. Mejor dicho, las emociones: la pena y el miedo.

—Necesito estar sola. Déjame pensarlo, déjame hacer un plan. Y no vengas: hoy no te voy a ver; no te empeñes.

—¿Lo sabe papá?

—No. Solo tú.

Ese «solo» también es carga, claro.

* * *

Elena llega con prisa y con hielo. Les da besos llenos de escarcha y pregunta:

—¿Cómo era esa frase de tu padre, Anita? ¿La que me gusta?

—¿«No te jode el profeta…»?

—¡Esa! ¡Me encanta!

—¿Has estado con un profeta? —pregunta Sofía muy seria.

—Con un gurú.

—¿Del *mindfulness?*

—No, de lo digital.

—¿Y…?

—Pues eso. No te jode el profeta…

—Pero ¿era una entrevista de trabajo o una charla?

—¿Hay diferencia? Cuando alguien te entrevista para ficharte y ser tu jefe, solo quiere que le escuches y le des la razón.

—…

—…

—Al menos, esa es mi experiencia…

—Ana, tú la entiendes mejor, pero yo no me estoy enterando.

—Dale tiempo. Déjala que pida una cerveza, que despotrique y se desahogue. Ya nos lo contará ordenado. O lo iremos adivinando…

Elena, de repente, empieza a llorar de risa. Se levanta, les agarra las manos, les besa la cabeza rodeándoles el cuello. Se seca las lágrimas, las vuelve a abrazar.

—Es buenísima la frase. No te jode el profeta… Llevo todo el día de profeta en profeta.

—Hay muchos profetas.

—Más que creyentes.

Se ríen las tres, muertas de frío.

—Podíamos entrar, ¿no?

Brindis

Elena pide una cerveza y, como calculaba Ana, se suelta al segundo trago. A su primer profeta del día, la ginecóloga, no le dedica mucho tiempo. «Que crezca el mioma, que me ocupe entera como si fuera un *alien*... Paso...».

—¿Qué? No me miréis así, no soy tan bruta. Buscaré otras opiniones.

—¿Quieres decir que vas a ir de ginecólogo en ginecólogo hasta que uno te diga lo que quieres oír?

—Más o menos.

—¿Y el tema del seguro?

—Da igual. Tenemos la mejor sanidad pública del mundo, ¿no?

—Sí, claro, pero con listas de espera.

—Mi útero puede esperar...

* * *

Elena, Ana y Sofía no quieren arreglar el mundo, no todavía. Solo pasar una buena noche, entenderse, apoyarse. «No hay nada más urgente para una mujer que ayudar a otra a creer en sí misma», escucharon a una directiva de

Amazon, y lo adaptaron a su manera: «Que no pase un solo día sin ayudarnos entre nosotras, que no pase un solo día sin hacernos reír». Aunque, últimamente, las risas cuestan.

El caso es que Sofía y Ana no discuten con Elena. Mañana ya le pasarán el nombre de algún otro ginecólogo.

—¿Y el segundo profeta?

Elena se echa para atrás en la silla, baja el culo, abre mucho las piernas… «Me ha recibido así sentado». Interpreta lo que ahora se llama *manspreading* y siempre ha sido despatarre y mala educación. Elena, al imitar al profeta, casi se resbala de la silla. Se agarra y se recoloca, muerta de risa.

—Señal de que estaba relajado, ¿no? —intenta Ana.

—O de que es un maleducado —refunfuña Sofía.

—No sé, da igual. No quiero darle un significado. Estaría cansado. Eran casi las nueve de la noche cuando me ha recibido…

—Bueno, vale, despatarrado… ¿Y qué tal?

—Hemos hablado mucho rato. Bueno, ha hablado él. Me ha contado el plan de desarrollo que ha diseñado; es muy potente; una pasada, la verdad. Necesita alguien que le lleve la expansión internacional, que conozca el mercado asiático y el europeo, que hable inglés y chino…

—Joder, no pide nada…

—Espera… Tú hablas chino. Y conoces Asia…

—Sí.

—Entonces eres perfecta, ¿no?

—Depende…

Elena se pierde en algún pensamiento oscuro mientras Ana masculla «no creo que haya mucha gente por ahí con toda tu experiencia y esos idiomas… Que busque, que no va a encontrar…».

—Pero ¿qué es lo que vende esta empresa…?

La pregunta es de Sofía, intentando controlar hasta el último detalle. Nadie contesta.

—¿Armas…? No sé. ¿Es algo que te gusta vender?

Elena reacciona, por fin.

—Vende servicios. ¿Qué va a vender? En este siglo, casi todos vendemos servicios. Vende consultoría estratégica… En mi sector vendemos talento, si lo quieres poner en bonito. O, mejor dicho, lo alquilamos. Por horas, a un precio altísimo.

—¿Te gusta el puesto?

—Me gusta, sí. Y me encantaría huir de mi empresa, porque se está yendo a la mierda más por resignación que por otra cosa. Es muy frustrante… Este otro sitio vibra, tiene energía… —Elena habla de energía con un tono extrañamente melancólico, y Ana y Sofía empiezan a no entender—. Nos estábamos cayendo de maravilla, coincidíamos en casi todo y parecíamos tener la misma visión hasta que me ha dicho que tengo demasiada experiencia…

—¿Cómo es posible tener demasiada experiencia? Es como lo de ser demasiado inteligente. Es absurdo; una estupidez. ¿Es por el sueldo? ¿No quieren pagar tanto?

—No, si no hemos hablado de pasta…

Ana le pone la cerveza en la mano, impaciente:

—Anda, bebe y termina, que no me entero.

—El caso es que me ha visto por insistencia del *headhunter* y de su socio, pero ya tenía a alguien en mente.

—Vamos, que no hay puesto.

—No, no es eso. Tiene dinero y se le ha ocurrido una idea que...

—¡Termina, joder!

Resumiendo: a Elena le han propuesto contratarla por detrás. «La persona que yo tengo en la cabeza es más joven y, ahora mismo, ya sabes cómo va esto. Necesitamos un mayor porcentaje de mujeres en puestos altos y, luego, para parecer digitales, necesitamos que sean jóvenes...». Elena, ingeniera, le interrumpió para puntualizar que llevaba más de veinte años («desde el siglo XX», concretó con ironía) trabajando en un entorno digital, que... Sin inmutarse, su interlocutor siguió: «No te ofendas, pero hay que ser digital *y* parecerlo. Nadie mayor de cuarenta lo parece. Y tú eres bastante mayor de cuarenta». El tipo tenía sesenta y algo, pero, si eres el gran jefe, la edad no cuenta.

Lo que le proponía a Elena era que hiciera, de tapadillo y a escondidas —como consultora, sin contrato laboral, sin despacho, sin reconocimiento, sin nómina, sin seguridad—, el trabajo de la joven estrella de treinta. «Piénsalo. Ella te necesita porque no tiene ni la décima parte de conocimiento que tú. Y yo, obviamente, te necesito todavía más. Necesito que la formes y que me des seguridad. Reconoce que la nuestra es la mejor empresa del sector, mil veces mejor que la tuya. Te doy cuarenta y ocho horas y lo piensas».

—¿Y cuánto te paga?

—Ya os he dicho que no hemos hablado de dinero. Hablábamos de dignidad.

—No, él no. Tú estabas hablando de dignidad y él estaba hablando de dinero, porque tu dignidad tiene un precio...

—¿Ah, sí? ¿Y qué precio?

—No sé, soy tu abogada, no tu gestor financiero. Dímelo tú: ¿qué precio tiene?

—Mil millones de euros, más o menos.

—Pues eso no te lo va a ofrecer.

—No, ya sé que no.

Sofía y Elena alcanzan una tregua.

Ana aprovecha para hacer la única pregunta sensata:

—¿Qué le has contestado?

—Que no lo veía, pero que lo iba a pensar.

—¿Qué vas a pensar si no lo ves?

—Si mi empresa llegará viva a final de año y si puedo rebajar mi dignidad.

—¿Rebajarla desde mil millones de euros? Hombre, un poco sí.

—Un poco, abogada, pero no sé si lo suficiente...

—¿Y si hablas con el socio que le recomendó verte?

—¿Y si le mandas directamente a la mierda?

Elena les pide tiempo. «Dejadme que lo digiera, por favor», y cambia de tema.

* * *

«¡La edad es un estado de ánimo!», exclaman las tazas buenrrollistas y las entrenadoras virtuales que se han reproducido en YouTube.

La edad es, también, una losa, un prejuicio, una mierda.

Los listos edadistas y los algoritmos sesgados entran en LinkedIn a ver en qué año acabaste la carrera y hacen el cálculo. A cierta edad te conviertes en incontratable y/o en despedible. A cierta edad, afirman esos decisores, eres matemática y biológicamente prescindible.

La edad, sin embargo, es irrelevante. Lo relevante es el talento, la actitud, la curiosidad, la energía, las ganas, la generosidad. Lo relevante es la capacidad de escuchar, de construir, de aprender, de compartir y de hacer.

★ ★ ★

—Pero, Helen, tú estás a tope de talento…

—¿Y…? Este año cumplo cincuenta. Si mi empresa tuviera pasta, me prejubilarían en un par de años como hacen las grandes.

—¡Eso me revienta! Nos morimos a los noventa, pero nos prejubilan y nos descartan en cuanto cumplimos los cincuenta. Qué desperdicio.

—Depende. Si eres muy muy jefe no entras en las listas. Será que está demostrado que el cerebro no se deteriora con dinero…

—El dinero… Siempre el dinero…

—Estáis un poco radicales.

—Y bastante realistas.

—El otro día me explicó un tipo que los *silver*…

—Espera, espera, ¿los *silver* cuándo son? ¿A partir de sesenta?

—¡Qué va! ¡A partir de cincuenta y pico! Antes eran sesenta, pero cada año lo van adelantando... El caso es que este tipo me dijo que los *silver* lo teníamos todo a favor, porque ya teníamos los hijos emancipados y la casa pagada, pero no se enteran: hemos tenido hijos tarde y vivimos de alquiler...

—¿Quién era?

—Un gurú que entrevisté. Hablaba de la «generación Silver» como una especie de grupo privilegiado, una pandilla de jubilados de oro que debían dedicarse a emprender. Se enfadó un poco porque le expliqué que los cincuenta los iba a cumplir todo el mundo y que eso no era una generación, sino un umbral que casi todos cruzaríamos con el tiempo...

—Para. Que me he quedado pillada... ¿Por qué tenían que emprender los de cincuenta?

—Yo qué sé. Es el lenguaje moñas y pseudoutópico de ahora: emprender, ser positivos, publicar posts «motivacionales» en Instagram...

—¡Bueno, basta! —se harta Sofía—. Elena, ¿me estás diciendo que a ese profeta le parece que tu experiencia es descartable?

—Mmm... No. Descartable, no, pero sexy y apetecible tampoco. Lo que dice es que no queda bien en primer plano; que no viste...

—¡Qué gilipollez!

—¡Y qué pereza de tío! ¿Y si hacemos una revolución?

—¿La del talento?

—El talento descartado, el talento necesario.

—No te pongas intensita, ¿eh, abogada?

—¿La revolución *silver?*

—Que no, que no, que hay que ser más directas…

Ana levanta su agua con gas, se pone de pie y brinda solemne:

—¡Por la revolución de las viejas!

—¡Por la revolución de las viejas!

Y estas tres amigas talentosas y necesarias, brindan, se ríen y, horas más tarde, se abrazan recargadas de amistad, con mucha más fuerza de la que sentían al llegar.

Pereza

«¿Cómo estás? He respetado tu dolor sin dejar de pensar en tu sonrisa».

Sofía lee el mensaje tres veces y no lo entiende. Tampoco reconoce el contacto: lo tiene guardado como F., sin más, y su perfil no le dice nada. A ella, que normalmente recela de las fotos de perfil de WhatsApp, tan producidas, con tanto niño rubio, tanta frase motivadora y tanta perfección, le molesta que este contacto que ella registró como F. solo muestre la viñeta de una librería y eso: una F. Tampoco conserva otros mensajes suyos que le aporten contexto, así que no cae. Llega otro texto: «¿Quedamos?», con interrogante de apertura y de cierre, que le debería dar pistas porque es una excepción.

Sofía es pragmática y muy directa:

—¿Quién eres?

—Felipe, el del *gym*.

Y entonces sí cae. Felipe era un ejecutivo con el que coincidía en el gimnasio. Habían salido a correr juntos, se acostaron una vez y, cuando él siguió llamando, Sofía abandonó el centro y le mandó un mensaje: inventó que se había roto los ligamentos, que la iban a operar, que ya hablarían… Habían pasado dos años, Sofía se había olvidado de Felipe por completo.

Lee otra vez la frase. Había estado analizándola como metáfora de un dolor emocional que no identificaba hasta que se da cuenta de que el dolor al que Felipe se refiere es literal, un dolor físico. El dolor de esos ligamentos que nunca se habían roto. ««He respetado tu dolor sin dejar de pensar en tu sonrisa…». ¿En serio? ¿Habrá una web con frases «inspiradoras» —¡qué asco de adjetivo, por cierto…!— para decorar mensajes de reconexión?», se pregunta Sofía muy cínica. Y decide ser dura:

—¿Qué dolor?

—¿Cómo?

—¿De qué dolor hablas?

Le habría gustado preguntarle también a qué sonrisa se refiere, porque Sofía sonríe poco, pero habría resultado demasiado borde y solo quiere ponerlo a prueba, ver si tiene un mínimo de ingenio, si aguanta el envite y pueden jugar un poco… En realidad, Sofía está desahogándose. Han pasado ya tres días y su madre sigue sin querer verla, sin ni siquiera ponerse al teléfono. Sofía necesita gritarle a la vida y Felipe le sirve de *punching ball*. «Muy bonito y muy educativo. Tanto exigir que nos traten bien ellos para tratarles mal nosotras…». Sofía tiene una voz interior que se autorregaña y que no le pasa una.

—Del dolor de tu rodilla. Estoy seguro de que no te rompí el corazón, aunque a mí sí me dejaste el ego jodido…

Vale. El tipo no es un tonto indefenso y además es honesto. Sofía se esfuerza por recordarlo todo bien. Tenía su edad, se había separado, con un hijo pequeño (¿o era una hija?). Iba al gimnasio a entrenar y a ligar, una práctica doble. No le gustaba Tinder. No era capaz de quedar con alguien partiendo solo de una foto y tres mensajes. Necesitaba el directo: ver cómo se movía, cómo sonreía, cómo miraba, cómo hablaba, cómo olía. «Y qué dice. Necesito una mínima garantía de conversación». Todo eso le había contado mientras corrían con un ritmo bastante cómodo, bien sincronizado.

A Sofía no le había parecido ni bien ni mal. Ella tampoco usa Tinder, pero por una razón más prosaica: está lleno de clientes y exclientes, de abogados de la parte contraria, de jueces… No quiere que su vida profesional se cruce con la personal; nunca, jamás, bajo ninguna circunstancia. Pone una barrera, una alambrada más bien, y ni siquiera tiene redes sociales. Solo un perfil anónimo creado para el trabajo: muchas veces le toca chequear la actividad de los implicados en sus casos.

Le da un poco de vergüenza haber sido tan antipática. La frase del dolor y la sonrisa era rematadamente cursi, pero Felipe no tiene la culpa del diagnóstico de su madre.

—Lo siento. No era mi intención joder a nadie.

—¿Te puedo llamar?

—¿Para qué?

Otra vez seca, casi borde.

—Me gustaría contarte una cosa.

Puf. Qué pereza le da todo esto, pero son las nueve de la noche. Ha corrido, ha trabajado, ha ido a danza… Ya no le quedan excusas para salir de casa y, entre ver sin ganas una serie anestesiante o escuchar un rato a un tipo que un día le gustó lo suficiente como para llevárselo a casa…

—Llama.

* * *

Se arrepiente enseguida: la llamada es solo para quedar. «Te lo cuento mejor en persona». Recuerda que le gustaba su voz. Una voz ronca, de hombre que se conoce bien pero que no se toma muy en serio. Y, aunque le da rabia picar, acepta. «Quedamos si es hoy, ahora. Hay un bar que conozco…». Lo cita a tres manzanas de su casa. No lo quiere en su salón, pero así se lo quita de encima y se da tiempo: mañana, pase lo que pase, si su madre no llama a primerísima hora, se va a acercar a su casa. Acepta que tuviera que digerir y pensar, pero ella, justo porque es su hija, también necesita estar, necesita intervenir, necesita saber, necesita ayudar.

* * *

Llega antes que Felipe y repasa cuántos hombres conoce con ese nombre. Otra moda, muy parecida a la de las Sofías de ahora (por la infanta, o princesa, o lo que sea); una moda de cuando nació el príncipe que ahora es rey. Le da la sensación de que no fue buena idea: todos esos niños, ya adultos, se presentan e inmediatamente sus interlocutores saben demasiado. Saben que son hijos de padres monárquicos o adictos al *¡Hola!* De padres facilones con las modas. De padres que te cascan el nombre de un príncipe real o de una princesa de *Juego de Tronos*. De padres susceptibles. O quizá, piensa Sofía, no es verdad; igual no sabemos nada. «Desde luego, yo no tengo ni idea, solo intento distraerme y no pensar...». Igual Felipe es el nombre de un tatarabuelo y la tradición se impone, como una losa, en cada generación. Igual es Felipe en homenaje al primer presidente socialista. Igual...

A Sofía le divierte reflexionar sobre los nombres, sobre su porqué. Es una forma de investigar (o suponer) antecedentes familiares. Tuvo una vez una clienta que se llamaba Bella. Por suerte era guapa, pero... ¿en qué demonios pensaban sus padres? ¿No valoraban el riesgo o habían dado por hecha esa belleza, transmitida genética y matemáticamente, sin una fisura ni un retroceso?

* * *

No le da tiempo a pensar mucho porque Felipe es puntual. Lo observa mientras se acerca, repasándolo rápido, antes de que se siente frente a ella. Alto y delgado, como los hombres que le gustan. El pelo corto, sin esos últimos destrozos que han puesto de moda los futbolistas (más corto a los lados, más largo arriba) y que no quedan bien a nadie. El suyo es un corte convencional, sencillo, bueno. Le gusta también su estilo de vestir: tejanos, zapatillas y un jersey que parece suave. Sofía tiene manía, casi alergia, a la ropa que pica y, por extensión, a la gente que la soporta. «Estoy llena de manías; son demasiadas», se lamenta con la autocrítica acerada y sin mucha voluntad de reforma.

Felipe le da dos besos en la mejilla. Pide una cerveza y, sin más, le agarra las manos.

—Perdona, Sofía. Perdona, pero te lo voy a soltar de golpe…

Lo resume en tres frases; nerviosas, atropelladas: «No he dejado de pensar en ti. Me quedé supercolgado. ¿Podemos volver a vernos?».

Sofía no reacciona enseguida. Al menos no en voz alta; porque sí retira las manos, se acaba su agua y pide la cuenta con un gesto. Es una buena abogada y no suele hacer asunciones sino preguntas. Es el camino que elige cuando, por fin, habla.

—Hace ya más de dos años que nos acostamos. ¿Has estado solo todo este tiempo?

A él le cuesta contestar. Titubea, la mira y entiende que es mejor decir la verdad.

—Eh… Noo…

—…

—Volví con mi mujer. No funcionó…

—¿Hace cuánto os volvisteis a separar?

—Seis meses, ocho…

—¿Y luego?

—Estuve unos meses con alguien, pero…

—¿Lo acabáis de dejar?

—Hace… Hace unas semanas…

—¿Cuántas?

—No sé…

—¿Cuántas?

—Una y media.

—Y entonces has pensado que podías llamarme y retomar, ¿no?

—…

—¿Por qué?

—Joder, Sofía. Parece un delito. Porque me gustas.

—No, porque te gusto no. Porque no te apetece estar solo y vienes y me colocas todo esto encima. Y es tuyo. Todo esto es tuyo. Tu soledad y tus rupturas son tuyas.

—…

—…

—Te estás pasando.

—¿Sí? ¿Tú crees?

—Sí, claro que lo creo. Te he llamado porque pasé contigo una noche muy chula. Porque me gustas… Perdón, me gustabas.

—…

—Eres una borde.

Y, antes de que Sofía pueda contestar, Felipe se levanta, se acerca a la barra, paga la cuenta que el camarero no se había atrevido a acercar y se va. Sofía se queda en el bar un rato largo, pensando. ¿Es una borde? Sí. También empieza a recordar otros detalles: aquella primera y única noche, Felipe se había declarado enamorado. Perdón, enamorado no: «hechizado». Le había preguntado cómo la podía llamar. Sofía le parecía un nombre duro, áspero. Quería saber si ella prefería «amor», «cariño», «mi vida» o cualquier otro término cariñoso. «¿Sofi, al menos?».

—Me puedes llamar por mi nombre —había contestado ella, seca.

Luego sus amigas se rieron mucho.

«Me recuerdas un chiste de WhatsApp», le dijo Elena, y se lo enseñó:

—Te dejo por tiquis miquis.

—Se escribe todo junto.

«No lo dejo, que no hay nada que dejar, pero me da pereza verlo», había sentenciado Sofía. La dureza, a veces, le borraba el sentido del humor. La pereza, en cambio, le anulaba la sexualidad.

⋆ ⋆ ⋆

La pereza.

Ese extraordinario factor antilujuria. La pereza es el nuevo bromuro, la pereza nos garantiza la extinción. Ver series en Netflix, contestar mensajes de WhatsApp, *bitchear* lo que pasa (o aparenta pasar) en Instagram, dejarse hipnotizar por los vídeos con los que TikTok detecta y estimula nuestra adicción más inconfesable…

Esas actividades de sofá, practicadas entre la languidez y la desidia, han sustituido al deseo; al deseo real, con piel, con humores, con entrega, con verdad. Porque, además, las pantallas se suelen acompañar y enriquecer con algún mensajito excitante, un morreo físico muy esporádico, una posible invitación a un viaje, tal vez una cena pronto, una promesa de futuro y de realidad... Apenas lo suficiente para sentir un cosquilleo y ese subidón de autoestima que genera el sentirse deseado sin, a la vez, desear (y, por tanto, arriesgar) demasiado. Y, encima, literalmente, sin sudar. Sin hacer el esfuerzo de conquistar de verdad, de conseguir que, durante unos minutos, unas horas, unos días, alguien quiera dártelo todo y recibir todo de ti.

Un emoticono, una sonrisa y vuelta al mando de la tele: «Sí, seguir viendo. Gracias, Netflix, que contigo no me mancho».

★ ★ ★

«Se ha impuesto la pereza», se repite Sofía, recopilando desde hace tiempo lo que ve y escucha en el despacho. Lo que se diagnostica a sí misma en el espejo.

Diez años atrás, divorciaba a gente que quería volver a emparejarse. Ahora no. Ahora, hasta los hombres, que tanto se dice que ni quieren ni saben estar solos, le confiesan que ni locos vuelven a la rueda. Los mayores de cincuenta porque reconocen que el interés por el sexo ya no les da para mucho. «Tanto esfuerzo por complacer, tanto riesgo de impotencia... Si tengo muchas ganas, una paja y listo». Los de cuarenta tienen miedo de las mujeres sin hijos, de estrenar una nueva camada para acabar en el mismo sitio: «Yo no quiero volver aquí dentro de cinco años, Sofía. No te ofendas, pero no quiero. Tampoco me lo puedo permitir, que esto es una sangría de dinero... Tengo un amigo que cuando discute con su mujer repasa un Excel que ha diseñado: la pensión, el alquiler de un segundo piso... Su hoja de cálculo es el mejor pegamento».

★ ★ ★

Sofía está siendo muy cínica.

Conoce, seguro, a otro tipo de hombres, más decididos a dar. De hecho, ahora los supermercados, los parques, los restaurantes y los hoteles están llenos de padres entregados. Padres que se pasan el fin de semana con una pelota y una bicicleta, jugando con sus hijos, cocinando para ellos... Cuidando.

Al fin y al cabo, la custodia compartida se ha normalizado y ya se pacta en casi la mitad de las separaciones. Y da gusto: los padres saben cuidar, las mujeres disfrutan de una vida propia. De hecho, la única mujer separada que Sofía tiene cerca con custodia completa es su amiga Ana.

Sofía se está yendo del tema, pero no puede evitarlo.

Mil veces le ha pedido a Ana que se plantee un nuevo pacto. Mil veces le ha contestado Ana que no. «Él no tiene interés. Donde el padre no llegue, llego yo».

—¿Y a todo lo que renuncias? ¿Cómo llegas a eso?

Ana no contesta a esa pregunta, aunque es muy consciente de sus renuncias y solo quiere que su hija no las repita. Ana, ahora que Sofía se da cuenta, se parece a su madre. «Se esclaviza ella para liberar a las demás. Se esclaviza sin necesidad».

Libre o esclava. Esa es la dualidad que ha marcado la vida de Sofía desde que nació, y ella cree que hay matices, tiene que haberlos. «Mañana me planto en tu casa, mamá», se repite como si su madre la oyera.

Se le ha quedado un mal sabor de boca y escribe a Felipe: «Lo siento. Es verdad que he sido una borde. No es mi día. Perdón». Felipe no contesta. Nunca más escribirá y ella no volverá a acordarse de él. Él tampoco de ella.

Ligereza

Ana tampoco quiere pareja, pero no por pereza sino por una palabra que acaba igual y significa algo muy distinto. Su sueño es vivir con «ligereza»: que nada le pese. Durante los larguísimos meses de la enfermedad de su padre ha pensado mucho en el significado de «pesar». Pesan los kilos, obvio, pero, sobre todo, pesa el dolor, pesa la desesperanza, pesa la expectativa, pesa la edad, pesa el deseo, pesan las carencias, pesan los apegos, pesa el miedo…

A ella le pesan, también, los catorce años de madre sola.

Nunca se casó con el padre de su hija, pero jamás se imaginó que fuera a tener que tomar todas las decisiones, ir a todos los médicos, comprar todas las zapatillas, recoger de todas las fiestas, reconducir todos los desengaños, disolver todos los terrores, limpiar todos los vómitos, curar todas las fiebres, aplacar todas las pataletas, impulsar todos los sueños, curar todas las heridas…

Ser madre, ahora, en estos tiempos de niños hiperestimulados, de miniemperadores exigentes, implica una dedicación completa, abusiva, inhabilitante. Implica estar siempre disponible o, lo que es lo mismo, no poner nunca el móvil en modo avión, no desconectar nunca el cerebro, no dormir nunca del todo. Y, también, implica renunciar a un cuarto propio, a un tiempo exclusivo, a unos sueños personales, intransferibles y, ahora se da cuenta Ana, literalmente irrenunciables.

Renunciar a una misma es morir.

«Pero no estoy muerta, porque la sigo llevando al colegio».

* * *

Ana se sabe los horarios de su hija mejor que su propia agenda profesional de reuniones y entregas. Extraescolares, médicos, planes… Y, mientras, ha trabajado, y trabajado, y trabajado… Y sigue trabajando. Cuando Lola era un bebé, había seguido un poco, a ratos, con su vida de mujer independiente. Los bebés no hablan y duermen mucho tiempo. Los bebés son gestionables con abrazos, logística y una abuela cerca. Los dos o tres primeros años de vida de Lola, de vida con Lola, Ana tuvo rollos y hasta algún noviete. Todo eso pasó.

Lola exige y Ana hace tiempo que no puede ni quiere liarse con nadie; su vida es una lista de obligaciones ajenas: las de su empresa, las de su hija. Y, los últimos meses, la de su padre enfermo, la de su madre enfermera.

Trabajar y cuidar. Cuidar y trabajar. Dar, dar, dar.

Ana está agotada, exhausta.

Y el cansancio también pesa.

Por eso se ha obsesionado con la ligereza, con ir por la vida con el alma liviana. Sin querer nada demasiado. Nada ni a nadie.

* * *

«El día que murió mi padre», se dice Ana, «empecé a necesitar pastillas». No lo escribe porque le da vergüenza: necesita superar esta adicción, pero no puede. El día que murió su padre, bajó a la farmacia y la encontró cerrada por la tormenta. Quería comprar algún somnífero para dormir sin sueños, pero tuvo que esperar al día siguiente. No durmió y, cuando se derritió la nieve, pidió pastillas fáciles, sin receta y con la suficiente dosis de química; con ellas sigue. Pensaba que, si al menos dormía, si por las noches conseguía apagarse y resetearse de alguna manera, podría, poco a poco, acercarse a ser quien era de verdad. No la de antes —antes de que su padre enfermara, antes de tener tantas obligaciones y tan pocos horizontes—... La de antes ya no existe; pero a Ana le gustaría encontrar su versión actualizada. Una mujer con un mínimo de energía y de luz.

—Papá, no sé quién soy ahora.

Eso tampoco lo escribe. Lo dice en alto, mirando la foto de su padre y guardando la morfina que les sobró, que es mucha. Tenía, tiene, una caja entera («qué ironía», piensa, «tanta droga regulada en casa y yo enganchada a un medicamento que no exige receta»). No ha mirado la fecha de caducidad porque la guarda para morirse, para que su hija no tenga que cuidarla. Si las pastillas han caducado cuando las necesite, supone que la matarán mejor. Es una ilusión pueril: si le da un ictus, si se queda vegetal, si... adiós, morfina. Había otro medicamento, el haloperidol, que no quiso guardar: era para el terror, para las alucinaciones, para esa inquietud terrible del que sabe que se muere… Ana solo conservó la morfina porque no quiere que esa tristeza inmensa y ese agotamiento infinito, la consecuencia de dieciocho meses de enfermedad, acompañamiento y desconsuelo, hundan nunca a su hija. Que no lo viva; al menos, no por su madre.

Ana la está educando para que sea una pequeña salvaje: que sea curiosa, exigente y buena; que sepa escuchar, que sepa escucharse; que haga lo que quiera, que nunca se detenga.

Cuando sea necesario, Ana se irá despacito, fácil, sin hacer ruido.

Y eso que a Ana no le faltan ganas de irse ya, no de morir, pero sí de escapar: su pequeña y adorable salvaje está adolescente perdida. Es a la niña que fue antes de esta pubertad a la que está haciendo esta promesa: «Lola, tú no me cuidarás».

★ ★ ★

«El día que murió mi padre, guardé las pastillas que tanto les costó recetarnos, que tanto nos costó darle. Esas pastillas que vienen con tantos reparos, tanto miedo y tanta determinación: que no sufra, que se vaya tranquilo, que muera en casa, que muera en paz», piensa Ana sin escribir.

La morfina es una frontera legal, necesaria, dificilísima.

De la morfina no se vuelve.

«Esa misma noche escondí la caja de morfina, también, por si la encontraba mi madre y se la tomaba antes que yo».

* * *

Lo bueno de vivir con su madre es que ahora puede llegar más tarde a casa. Su madre cuida a Lola, Lola cuida a su madre. O eso se supone. Ana no se engaña: en realidad no se cuidan; más bien se ignoran: una encerrada en su móvil, la otra en su duelo, pero al menos no están solas.

Ana se habría apuntado a boxeo, pero no tenía fuerzas. Antes —antes del cáncer, antes de la pandemia— tenía ganas de pegar, tenía ganas de pelea. Ahora ya solo quiere ligereza (está muy pesada con la ligereza, por contradictorio que parezca); así que ha vuelto a nadar. A pesar de que ha perdido tanto peso que el agua climatizada le parece una nevera, tres noches por semana sale del trabajo y se va a la piscina municipal. Poco a poco, ha recuperado sus marcas, sus kilómetros acuáticos. Y, sobre todo, ha recuperado su silencio: el silencio del agua.

En el agua no hay teléfono, mensajes, deudas. En el agua no pesa.

* * *

A Ana no le gusta ponerse intensa.

Llega a casa aún húmeda, saluda a la adolescente y a la viuda, les prepara la cena. Les pregunta tonterías, las hace reír con cualquier cosa. Suspira. «Mi reino por una risa». Cuando su hija y su madre se ríen, se puede ir a la cama con la satisfacción del deber cumplido. Y, también, con un poso de tristeza, porque es consciente de que es ella la única que se esfuerza.

Esas risas tan queridas son muy trabajosas y muy caras. Esas risas son la penitencia por nadar, por leer un poco en la cama, por no decirles a las dos mujeres que viven con ella la verdad, su verdad: «Cuidadme vosotras un poco, que no sé quién soy. Cuidadme, que ya no tengo nada dentro. Llenadme… Ayudadme… Sujetadme…». Ana siente que se escurre, que se va por el desagüe, que desaparece… Pero no lo dice: se conforma con empujar hacia abajo el cansancio del cuidado y ocultarlo con el del deporte. Se conforma con buscar un libro y poner la mente en otro mundo; se conforma con parecer entera y no serlo.

Antes de leer, escribe a Elena: «¿*Habemus* decisión? ¿Necesitas algo?».

Elena está conectada; ve una serie en el ordenador, con el móvil en la mano. Con las series no piensa y tampoco se concentra. Contesta rápido: «Verte. *Habemus* decisión, pero necesito consultarte un tema de formato».

—¿Formato?

—Cómo contarlo…

—Con educación y ligereza.

—¡Qué pesada con la ligereza…!

—Ya… ¿Me recoges mañana en la piscina?

* * *

Ana hace una última ronda antes de meterse en la cama. Su madre está en su cuarto, con los crucigramas cerca pero mirando fotos en el móvil. «Ya no necesito la televisión, me entretienen más mis recuerdos», le dijo el otro día. Casi todas las noches encuentra una foto que la hace llorar y se la manda a Ana por WhatsApp, como si no vivieran juntas: «Mira, tu padre, ¿te acuerdas?». Sí, claro que se acuerda, se acuerda todo el rato.

Deja a su madre y busca a su hija: Lola, en el salón, pone el teléfono bocabajo al sentir a su madre cerca.

—¿Te vas a dormir?

—No, me quedo aquí y te vienes conmigo. Vamos a ver algo, mamá. ¿Te hago palomitas?

—¿Me haces o te haces?

—Joé, mamá, te quejas de que no te cuidamos y no te dejas cuidar…

—No me quejo.

—…

—Pero… yo no como palomitas…

La mirada de Lola. El reconocimiento, la sonrisa, la aceptación:

—Y no me dejo, tienes razón. Haz palomitas, anda.

* * *

Ana ha hecho un esfuerzo por evitar la tentación de preparar ella el agua, el cuenco, las servilletas. Con Lola en la cocina, avanza por el pasillo para proponer a su madre que se sume al plan audiovisual, pero... Se arrepiente y se frena. Su madre, con los audífonos olvidados y el volumen obligatoriamente alto, con su manía de oponerse a la versión original por no leer los subtítulos...

«El cuidado empieza con el autocuidado», se ríe Ana. Odia esa frase. «Esto es miniegoísmo, no autocuidado». Lola y ella siempre se han encontrado en el cine y las series; es su forma de hablar y compartir. La ficción las lleva a conversaciones necesarias y extrañas. Es su momento juntas, solas, en esa familia que son y han sido siempre. Está bien así.

Vuelve, se sienta en el sofá y busca.

Tienen guardadas, como casi todos, un montón de películas buenas que siempre les da pereza ver. Cuando llega Lola, practican una de esas danzas educadas y agotadoras en las que es fácil que ninguna diga la verdad y las dos acaben descontentas: «¿Tú qué quieres?», «No sé, ¿a ti qué te apetece?». Para ganar tiempo, esa noche Ana elige una serie de adolescentes. Adolescentes que ocupan, según Lola, ciento dieciocho identidades sexuales.

—¿Ciento dieciocho? Me parecen pocas...

Y, mientras Lola roncha palomitas, Ana se acurruca contra ella y enseguida se queda dormida y sueña con una niña enamorada de un cohete amarillo. «¿Por qué eres amarillo?», le pregunta, pero el cohete no lo sabe. El cohete ni siquiera entiende el color amarillo. «¿Es bueno el amarillo?». Ana no le responde porque no quiere que se acabe el sueño. Sabe que, en el fondo, en algún lugar de ese universo paralelo, está soñando con su padre: su padre, que la cuidaba; su padre, que ya no está.

Decisiones

Sofía se levanta temprano, sale a correr, se ducha, vuelve a la calle, compra el periódico y unos churros. Sus padres no viven lejos y ha elegido el efecto sorpresa. Seguro que su madre la espera —la teme más bien— a última hora de la tarde, pero hoy no tiene juicios, solamente trabajo de despacho que puede esperar. Son las ocho de la mañana cuando abre con su llave y encuentra a su padre solo. Pedro fue diplomático y ahora es ratón de biblioteca, siempre con la cabeza en un libro. Es también un hombre digitalizado: a sus sesenta y pocos años, Google se ha convertido en su segunda naturaleza y, cuando no lee, se engancha a los seminarios de y sobre sus pensadores favoritos. Sofía no sabe si su padre sabe…

Se acerca, le da un beso.

—¿Has desayunado?

—No, todavía no. Estaba a punto de hacer café. ¿Quieres?

—Me hago un té y te acompaño. ¿Y mamá?

—¿Tu madre…?

Otra cosa que Sofía observa, en el despacho, en casa, en la vida, es esa forma de poner distancia: «tu madre» no parece la misma persona que «mi mujer». En «tu madre» la responsabilidad es de Sofía, ella es la dueña y responsable del vínculo. En «mi mujer», la responsabilidad es del padre, que la encontró, la enamoró y quiso casarse con ella.

A Sofía le entra una rabia antigua, una rabia de infancia y protesta.

—Mi madre, sí. Tu mujer…

El padre la mira, sorprendido. Pero acepta el matiz:

—Se fue hace unos días. A la playa. ¿No te lo contó?

Sofía entiende entonces que su padre no sabe y decide protegerlo. Por respeto a su madre, por amor por su padre. Por eso miente:

—Ay, perdona. Es verdad. Se me había olvidado…

Desayunan juntos, hablando de política y de derecho. Sofía quiere a su padre. Cuando su madre se queja de que, al casarse, no pudo trabajar y tener una vida propia, Sofía no lo discute, pero se resiste: la culpa no fue de su padre. Su padre no lo prohibió, jamás lo habría prohibido. Es verdad que viajaban sin parar, que pasaban apenas dos años en cada destino, que no hubiera sido fácil convalidar el título y establecerse como psicóloga en países tan variopintos. También es verdad que su madre no buscó una solución alternativa: dar clases, colaborar en alguna institución… Su madre puede protestar contra su época, que no le exigió contribuir, que no la estimuló… Pero no puede protestar contra un gran compañero que la quería como era y la quiere como es: independiente, exigente y fuerte.

Una hora después, Sofía sale de la casa de sus padres y hace una llamada inútil: el móvil de su madre está apagado. Le manda un mensaje: «Mamá, estás siendo muy egoísta. Entiendo tu angustia, pero me tienes que dejar estar. Llámame». Se da otros tres días de plazo y se va a trabajar.

* * *

Elena lleva todo el día recibiendo mensajes del profeta. «Tenemos que hablar más. Necesitamos tu *seniority*». Le ha contado lo de su oferta a Ana, a Sofía y, luego, a su amigo Marcos, empresario. «Lo que te ofrecen es una tomadura de pelo», sentencia Marcos, tajante. «Si están pensando más en la foto y menos en la contribución, la capacidad y el resultado, no es una empresa mejor que la que tienes. Es importante no restarte valor, no devaluarte. Y no hablo de dinero…».

Elena traduce las palabras de Marcos a su manera: «No puedo conseguir que me respeten si no me respeto a mí misma».

Por otro lado, también cree que estar fuera del organigrama y del equipo directivo, lejos del espacio en que se toman las decisiones, bloquearía su capacidad para hacer, para transformar, para conseguir resultados. Tiene claro el no, pero —por prudencia o por inseguridad— antes de dar su respuesta definitiva prefiere comentarlo con su analista.

* * *

Los psicoanalistas no suelen conocer desde dentro el mundo de la gran empresa. Esa especie de teatrillo, esa forma de hacer las cosas, que cambia en cada sector y en cada compañía. Les resulta ajeno e impostado, pero acaban descubriendo que siempre rige la estadística: en cualquier sector, en cualquier nivel directivo, se encuentra el mismo porcentaje de inseguridad e inteligencia, brillantez y mediocridad, entrega y egoísmo que en la calle. Solo que este grupo social, el de los altos ejecutivos, determina tu salario, tu capacidad adquisitiva, tu valía profesional, tu lugar en la sociedad y hasta tu autoestima.

El psicoanalista escucha atento, en silencio, y es la propia Elena quien relaciona la propuesta con sus ligues fallidos: «Me pasa como con algunos hombres. Siento que no quiero, pero me cuesta decirlo».

—¿Cómo…? —presiona el psicoanalista.

—Sí, sí… Me di cuenta al separarme… Cuando le gusto a alguien, me dejo liar. Aunque a mí no me guste…

—¿Por qué?

—…

—¿Por si no hay nadie más? ¿Por si es el último tren?

—No sé… Yo creo que no sé decir que no.

—Te va a sonar a libro barato, pero… ¿es por miedo a que no te quieran?

Elena piensa…

—Sí, no sé… Seguramente… Pero ya estoy harta. El profeta me manda mensajes y me insiste porque aún no he dicho que sí, pero si entro… Si acepto sus condiciones, si me humillo y acepto no figurar y hacerlo todo por detrás de una tía que sabe menos que yo, seré alguien a quien no pueden respetar porque no se ha respetado a sí misma. Lo sabía, pero me lo ha tenido que decir un amigo, la verdad...

—¿Entonces?

—Igual es el último tren, igual es mi última oportunidad, pero elijo respetarme.

El psicoanalista espera.

Elena sonríe:

—¿Qué piensas?

—Que soy un poco ridícula... Es que me pongo muy esotérica. Pienso en esos manuales de autoayuda que dicen que si tú te respetas, el mundo te respetará... Ese rollo de «Si yo cambio, todo cambia». Y no lo sé, a estas alturas quizá sea un error tremendo, pero... Siempre me he cambiado de trabajo huyendo de los vicios del anterior, sin pensar adónde iba. Y ya no quiero. Quiero elegir bien, quiero ir a un sitio en el que me quieran, me valoren y me respeten.

—...

—Odio lo de «más vale malo conocido que bueno por conocer». Toda la vida lo he odiado y me he lanzado al bueno por conocer, pero ya no. Ya no.

⋆ ⋆ ⋆

Elena sale de la consulta y recoge a Ana en la piscina. Está contenta. Sabe que, cuando se lo explique en persona al profeta, se pondrá nerviosa, pero de momento está contenta. Ana le ofrece un truco que suena a trabalenguas:

—Él sabe que tú sabes que lo que te ha ofrecido es una chapuza. Que si te necesita, te tiene que dar el puesto y el poder que mereces. No vayas por ahí, no lo pongas en evidencia.

—Qué intensita y qué lista eres desde que eres huérfana…

—Muy graciosa. Lo que quiero decir es que no hace falta que hagas sangre y le expliques que la oferta ha sido ofensiva. Dile tu verdad, pero… dísela a medias. Dile solo que así no, que así no crees que pueda funcionar.

—No quieres que le suelte a la cara que es una falta de respeto, ¿eh?

—Pues no. ¿Para qué? A los profetas no les gusta que no los sigas.

—Y a los seguidores no les viene bien equivocarse de secta.

—Exacto.

—Pues listo.

—*Alea iacta est.*

—¿El latín te parece ligero?

—Es la única frase que me sé. De los tebeos de Astérix.

⋆ ⋆ ⋆

Con la decisión tomada y el formato resuelto, siguen hablando:

—De todos modos… Ya no espero tanto del trabajo. A los veintitantos, a los treinta, lo quería todo. Tenía esa ambición inagotable: conseguir el puesto más alto, ser la más lista, estar en primer plano… Y se me ha pasado.

—Sí, a mí también… Trabajo igual, pero ya no me escuece. O no tanto… Lo único que me duele es necesitar el sueldo y tener miedo de perderlo.

—Es que tú encima estás sola con Lola, pero… Hay un momento en que te das cuenta de que ya no vas a seguir subiendo. Que sí, que eres buena, que hay gente peor que tú en puestos más altos, pero que ya… Por mal *timing,* por falta de mala baba o porque no juegas al pádel…

—La verdad, yo me prefiero sin esa ambición y sin esa rabia.

—¿Sí? Yo no. La rabia es una parte esencial de mi energía.

—Que no, Helen, que no… La revolución de las viejas es pacifista y serena. Mientras nos paguen, nos tenemos a nosotras, tenemos nuestra gente.

—¿Y cuando no nos paguen?

—Entonces —y Ana sonríe, imaginándose furiosa…— la revolución de las viejas será violenta.

—Tú sabes que no somos viejas, ¿no?

—Lo tengo clarísimo.

Energías

Es viernes y a Ana se le ha olvidado que esta noche duermen en su casa cuatro adolescentes, Lola y tres amigas. Duermen, por decir algo. Parece —por lo que Ana ha podido deducir— que una casa con una sola madre, una casa sin hermanos, una casa de hija única, suma muchos puntos para convertirse en la sede ideal del mayor despliegue hormonal del colegio. Pero no es solo eso. Un día, Ana escuchó a la mejor amiga de Lola afirmar muy seria: «Es que tu madre no es una madre; es Ana», y sintió orgullo. Un orgullo que no quiere analizar demasiado porque sabe que en eso de ser Ana y no una madre hay muchas carencias. Ana no tiene una pareja y, por tanto, no hay un frente unido de padres contra hijos; Ana no censura la ficción que se puede consumir en su casa; Ana no tiene normas sobre la comida sana cuando vienen en pandilla; Ana no tiene problemas con que duerman revueltos los chicos y las chicas... Y también es verdad que Ana, la Ana de antes del duelo, era una mujer divertida y diferente.

Quizá el orgullo de Ana es una falla pero, de momento, se alegra de que las niñas elijan su casa: que se amontonen unas sobre otras en el salón, que graben vídeos con música dudosa, que se rían mucho y fuerte, que su madre siga sin audífonos, que…

Que su casa acoja adolescentes que, si no, estarían en la calle.

Lo que Ana finge no recordar es que estas niñas son jaraneras y nocturnas, que su alegría es ruidosa e inagotable, que si vienen no se duerme nada. Encima, cuando llega de estar con Elena se encuentra la casa vacía salvo por esa señora que parece una versión hueca y ausente de su madre, y que sujeta un bolígrafo y una revista de crucigramas.

—Mamá, ¿no es el mismo crucigrama de anoche?

Su madre elige no oírla y no contesta. Ana sabe que los crucigramas son una muleta o, mejor dicho, un disfraz. Su madre se levanta, desayuna, se arregla, hace algún recado, compra pescado (por alguna razón, solo compra pescado) y, luego, se viste con el crucigrama para parecer activa, concentrada, entera.

Su madre está tristísima y no avanza. Rellenó tres palabras el día que se instaló en su casa y se quedó ahí, fingiendo que estaba bien, fingiendo que estaba viva. Ana recuerda a la madre de su infancia: la intelectual amable, la sabia cariñosa, la mujer que solía toparse con exalumnos conmovidos: «Doña Teresa, usted no lo sabe, pero me cambió la vida…». Ana recuerda la biblioteca de su madre, de sus padres, ahora en cajas. Ese amor por la lectura, por las palabras, por la enseñanza; por las posibilidades infinitas de la educación para construir, transformar, impulsar…

Ana creció admirando a su madre y no soporta que ahora le dé pena. La mujer que cambió el mundo de tantos estudiantes, la que los impulsó hasta la luna en primero de carrera, la que marcó tantas vidas, ahora se conforma con rellenar la fila ocho horizontal. Y a veces ni eso.

Por eso Ana se ha puesto un plazo: cuando se cumpla el tercer mes, si Teresa sigue así, catatónica, hará algo. ¿El qué? Ni idea. O no; o se concederá una prórroga. A Ana no le caben más dramas y, si no lo reconoce como tal, si no le pone nombre, este drama no existe. Por eso finge creer que su madre está bien y así se lo escribe a su hermano cada noche: «No te preocupes. Sigue haciendo crucigramas».

* * *

Su madre solo inicia una conversación repetida: la logística. Lo hace todos los días. «Por favor, hija, déjame a mí el cuarto de invitados». Ana se niega. En ese cuarto —en el que nunca cupo un invitado, solo una mesa de despacho— la ventana da al patio. Su madre necesita una abertura al exterior, a la luz, al horizonte. Vivió toda su infancia en un piso diminuto desde el que no se veía el cielo, un piso de posguerra, un piso con miedo.

No puede volver atrás. Por eso, Ana se niega a encerrarla en esa habitación, pequeña como una celda. Su madre ya está enclaustrada en el dolor y, además, ahora parece haber perdido a cuatro adolescentes.

—Mamá, ¿dónde están las niñas?

—¿Qué niñas?

Su madre siempre la oye cuando se habla de Lola.

—Lola, mamá; Lola y sus amigas. Tenían que haber llegado hace horas…

Teresa sonríe. Todo lo que hace Lola le hace gracia.

—Llegaron y luego se han ido.

—¿Adónde?

—Me pidieron dinero y se han ido. —La abuela imagina una adolescencia imposible, feliz, ingenua, despreocupada—. ¿A por chuches…? No sé, hija… La verdad es que no me he enterado.

Ana no insiste. No le explica que ya no tienen edad de chuches, que ni siquiera es horario para comprarlas, que es tarde, joder… Llama a Lola, y su hija, por supuesto, no contesta.

Ana se va a su cuarto diminuto, abre el ordenador y espera.

Lola llamará.

«El día que murió mi padre me quedé sin habitación propia. Huérfana de padre, huérfana de espacio, huérfana de mí».

Le gusta tan poco esa queja que borra el texto, se va a la cocina y pone la mesa. Para que las niñas cenen, cuando les dé la gana, lo que les dé la gana.

Justo entonces, entran:

—Joé, mamá, ¿dónde estabas?

Son casi indistinguibles. Melenas larguísimas, sudaderas muy anchas, deportivas idénticas.

—Te hemos ido a buscar a la piscina.

—¿Para qué?

Ana está sorprendida, pero porque se le olvida lo evidente: quieren algo, claro.

—Necesitamos tu tarjeta. Vamos a pedir a McDonald's.

—Si ya hay cena…

—Ana… —sonríe la más guapa y zalamera de las amigas de Lola—. Tu casa significa hamburguesas y *nuggets*… De siempre, ya lo sabes. Y, oye, me tienes que dejar un día esa chaqueta; es preciosa, mola todo…

Ana se mira la chaqueta y entonces se da cuenta: es puro peloteo, distraído, cariñoso… Eficaz. Entrega el móvil y la tarjeta, en rendición, y charla con ellas mientras llega el pedido.

Le actualizan el índice de simpatías y antipatías del grupo ampliado (ellas cuatro son el núcleo duro, luego hay otros ocho, luego seis más, después… Después, Ana se pierde). Los líos en clase y en redes. Las ofensas y pequeños dramas. Los últimos ataques de risa. Las nuevas modas estéticas y filosóficas… Ana disfruta, escucha, aprende. Palabras, expresiones, ilusiones. Es un baño de vida.

Las deja en un momento álgido, felices, a gusto; comprueba que su madre se acuesta y, cerrando todas las puertas posibles al ruido y la energía inagotables de esa maravillosa pandilla de locas, coge un libro e intenta refugiarse en la lectura.

Mañana debería llevar a su madre al cementerio. Son ya dos meses.

Es toda una vida.

* * *

Sofía conduce toda la tarde y aparca delante de un hotel. Nunca ha dormido allí, en una habitación impersonal de la misma ciudad donde siempre ha pasado los veranos en casa. Pero… Respeto, paciencia y libertad: no imponer, no imponerse.

Ha llegado a la playa de noche y no quiere asustar a su madre. Sube a la habitación, se da una ducha y sale hacia el apartamento. No ha conseguido que su madre coja el teléfono. De hecho, tiene el móvil apagado, aunque sabe —se lo ha contado su padre— que todas las mañanas lo enciende y llama a su marido. Si su intuición es correcta, su madre estará allí, encerrada en ese bloque que es horrible por fuera y maravilloso por dentro, en ese piso de esquina, tres fachadas acristaladas, las tres con vistas al mar.

Sofía se abriga a pesar de que sus escalofríos son internos, cierra los ojos para sentir el viento y la sal, echa a andar y, al cabo de quince minutos, llega. Tiene que contar hasta el piso doce para comprobar si las luces están encendidas, si conoce a su madre como cree, si Marga está allí arriba, sola, escondida, asustada.

Hay luz.

«Mamá…», piensa Sofía casi en voz alta, llena de compasión, amor y tristeza.

«Mañana vengo, mamá. Mañana hablamos». Y vuelve caminando; más tranquila, por fin, después de esta larguísima semana de silencio e impotencia. A primera hora, le traerá *croissants,* naranjas frescas, el periódico. A primera hora, cuando esté en pijama y sin armadura, se sentará con ella y hablarán de todo.

* * *

La madre de Sofía, la madre de Ana. Dos madres perdidas en la pena a las que apenas hemos puesto nombre. Y lo tienen, claro. Las madres, nuestras madres, siempre tienen nombre. Y sueños, y esperanzas, y una vida entera detrás, y una más corta y también completa por delante. Son más que mamá, mami, madre. Son más que tu madre, mi madre, su madre.

Tienen nombre y no solo un puesto y una función en nuestras vidas.

La madre de Ana se llama Teresa; la madre de Sofía se llama Marga; la madre de Elena, ya que estamos, se llama, sí, María Elena. La llaman Malena.

¿Está también perdida la madre de Elena?

* * *

Elena ha ido a verla. Una visita de control que hace todas las semanas. Al entrar, no sabe por qué, recuerda el día que su madre le contó que detestaba su nombre. Odiaba María Elena que, así, tan compuesto, siempre le había hecho sentir mayor: «era un nombre de señora y yo era una niña pequeña». Odiaba también Malena, que le sonaba a diminutivo artificioso, forzado, un poco cursi. Elena la había escuchado atenta y boquiabierta. Había esperado que la revelación se convirtiera en algún tipo de explicación, pero no. «Lo odio, lo odio. Ni soy María Elena ni soy Malena». Elena le preguntó bajito, como sin darle importancia:

—Pero, mamá, si no te gustaba tu nombre, ¿por qué me lo pusiste?

Su madre la miró sorprendida, con esa mirada que decía «¿Quién eres? ¿Por qué no te enteras nunca de nada?».

—Era lo normal. Era la costumbre…

—No sé, mamá… Es lo que hiciste tú, pero no creo que fuera obligatorio.

Otra vez la mirada de su madre. Ya a la defensiva y, entonces, la protesta.

—Además, no te llamas como yo. Tú eres Elena. *Siempre* Elena. *Solo* Elena. Elena *entera.* Un solo nombre, no uno compuesto más un diminutivo. ¿Qué pasa? ¿No te gusta tu nombre?

Elena descartó profundizar en el tema.

No entiende a su madre.

O sí, sí la entiende. «Era lo normal», dice. Siempre la imposición de la mirada externa, el *comme il faut.* Y, al otro lado, lo que ella quería hacer, lo que se moría por hacer, lo que no había hecho, lo que —y esto Malena no lo admitirá jamás— no se había atrevido a hacer. Siempre la tensión entre la expectativa ajena y el deseo propio, autocensurado, podado, mutilado.

—¿Cómo te habría gustado a ti llamarte, mamá?

Y vuelta a la sorpresa:

—Ay, no sé, hija, no lo he pensado. ¿Para qué lo iba a pensar? Me habría gustado tener el nombre de una mujer guapa y feliz.

—¿No has sido feliz, mamá? Guapa sí eres, lo has sido siempre. Pero ¿no has sido feliz?

Y su madre chasqueó la lengua con sarcasmo.

Su madre dolía y, doliendo, hacía daño.

* * *

Elena esa noche no le cuenta nada de la oferta de trabajo. Malena solo quiere hablar de Enrique, ese médico con el que Elena ha estado medio saliendo medio entrando el último año. Un novio al que Malena apenas había visto pero que parecía encajar bien en su lista de deseos: carrera de ciencias («son más difíciles, los hombres de ciencias son más listos y más trabajadores»), educado, aparente...

—¡«Aparente»! ¿Qué quiere decir aparente, mamá? —había protestado Elena cuando su madre conoció a Enrique y la felicitó.

—Ay, hija, que parece, que parece...

—¿Que parece qué?

—Elena, de verdad...

«Elena, de verdad...», en tono de reproche, de decepción, de desesperanza, era el final de casi todas sus conversaciones. Elena quiere a su madre. La quiere más de lejos, claro, sin los puntos suspensivos con los que acaba cada frase; sin sus imposiciones silenciosas ni sus expectativas incumplidas.

Sin embargo, todo lo que su madre quería, quiere, para ella, a Elena la saca de quicio. Todavía. A sus cuarenta y muchos. «Quien te altera te controla», le dijo una vez el psicoanalista. Por eso Elena intentó trabajar la aceptación y, en su defecto, el cambio de tema. Un cambio que ella practicaba a la defensiva, y su madre, a la ofensiva. Elena había dejado a Enrique por razones que tendremos que abordar y que, por supuesto, no ha compartido con su madre.

—No lo entiendo. Te vas a quedar sola. No quiero que estés sola.

—Mamá, te lo he explicado: no quiero estar con él.

—Pero si te quiere...

Elena se muerde la rabia.

—¿Y tú qué sabes? Y, aunque me quiera, ¿qué más da, mamá?

Se gira entonces hacia su padre, esa presencia silenciosa y segura. Su padre, que siempre espera: si Elena habla, escucha; si Elena calla, también escucha.

Su padre señala con la mirada el tablero de ajedrez, sonríe y coloca las fichas. Elena se sienta y juegan.

Elena sabe que su supervivencia exige no pasar mucho rato en esa casa de su infancia, estar siempre de puntillas, sin involucrarse demasiado, sin dejar mucha huella. Cumplir con las visitas, una vez por semana, y salir deprisa, sin tiempo de que se le peguen los reproches ni los restos de esos roles y etiquetas de la niñez («tú siempre tan chulita, equivocándote sin que se te pudiera decir nada»). A Elena le gustaría que su madre no creyera conocerla porque ella ya no es la niña que vivió en esa casa y, desde luego, nunca fue la hija que su madre esperaba. Elena intenta que su madre no le pese y que no condicione su vida. Intenta, en realidad, que su madre le resulte ligera («a Ana le encantaría saberlo», piensa) y a veces lo consigue mientras procura no abandonar a su padre, su querido ajedrecista silencioso.

—Vosotros dos a lo vuestro. Por un día que viene la niña, os ponéis con el ajedrez y a mí que me zurzan...

Padre e hija miran a la mujer que se queja. Elena admira y envidia a su hermano: se casó muy joven e hizo de su familia una república independiente. Nada de ir a comer los domingos, nada de llamar todos los días. Nada, por supuesto, de que su madre tuviera las llaves de su casa. Con casi treinta años de retraso, Elena intenta seguir su ejemplo.

Sabe que cualquier día la enfermedad o la vejez, lo que antes se manifieste, la van a obligar a estar, a implicarse, a lastrarse. Pero, mientras tanto, se concentra y comprueba que su padre sigue siendo un hombre inteligente, disciplinado, paciente; un contrincante imbatible.

Planes

Sofía ha dormido con las ventanas abiertas al mar, con frío y con miedo.

Solo después de correr se mira en el espejo. Lo que ve es lo que hay: angustia. Está aterrada, el alzhéimer le da pánico. Ella, que es tan racional, no sabría vivir sin cerebro; perdiendo la cabeza, yendo marcha atrás. Y se reprocha, además, las frases hechas. «¿No sabría vivir sin el cerebro? ¿Y entonces qué...? ¿Entonces me muero solo porque me da la gana, solo porque no puedo vivir? "No puedo" y, pum, me desplomo y desaparezco... ¡Como si fuera tan fácil morirse...!».

Tiene la tentación, al estar tan cerca, de creer que puede asomarse a la realidad y la mente de su madre... Y no. No puede. Y tampoco quiere anticiparse: quiere escuchar, quiere saber estar. «Bueno, vamos», se dice.

Compra el desayuno y unas margaritas silvestres que parecen ajenas a ese pueblo playero, pensado para el verano y las palas, para los helados y la música machacona. Las margaritas le dan paz y la necesita: ¿qué pasa si su madre no abre la puerta? «Tendrá que abrir».

Camina rápido y, cuando llama al telefonillo, Marga no duda.

Sabe perfectamente que es su hija, que la playa nunca fue un escondite definitivo sino un refugio temporal, que no se trataba de huir sino de ganar tiempo; apenas unos días de ventaja para tener armado un plan. Y lo tiene. Gracias a un cartel amarillo y a la mirada de Julianne Moore.

Fue hace unos años, en el cine de su barrio. Uno de toda la vida reconvertido en multisala, de público tranquilo, pantallas digitales, versión original y pocas palomitas. Sintió que ese cartel la llamaba y entró sola. La peli, claro, era *Siempre Alice.* Alice, profesora de lingüística, empieza a preocuparse por sus despistes, por esos vacíos recurrentes en medio de una clase... El diagnóstico, a pesar de los cincuenta y pocos, es incontestable: alzhéimer precoz. Y Alice decide prepararse. Se pone pruebas y arma una hoja de ruta: el día que no pueda completar esto, esto y esto, iré a este otro cajón, cogeré estas pastillas y... Todo lo anota, creyéndose a salvo. La escritura frente a la desmemoria. Pero no: el día que no completa el primer paso, es incapaz de seguir sus propias instrucciones, las instrucciones que preparó una persona que ya no es. No puede morir porque no puede matarse. No puede vivir porque ya no es ella. Es solo un contenedor cada vez más hueco, una nada molesta. Y, por delante, años y años de vida dolorosa, solitaria, inútil, desesperada.

* * *

Marga, la madre de Sofía, lleva días cavilando cómo aprender de los errores de Alice, conseguir lo que Alice no logró. La primera conclusión le resultó obvia: si no puedo confiar en mi cerebro porque está enfermo, tampoco puedo confiar en mí. ¿Y entonces en quién? Había apuntado cinco nombres: su única hermana, sus dos amigas de la universidad, su marido, su hija. Descartó a los tres primeros y dudó con Pedro, su compañero paciente, su hombre en la luna.

Al final, lo tachó también. Quedaba Sofía.

Marga había usado tres hojas. Cada una con un título. Quién. Cuándo. Cómo.

* * *

Espera a Sofía en el rellano y, cuando se abre el ascensor, la abraza con tanta fuerza que los *croissants* se quedan planchados. Permanecen abrazadas un minuto, dos, tres minutos largos. Calladas, llorando.

Es la madre quien se separa de la hija un poco, lo justo para cogerle la mano y hacerla entrar en el apartamento.

Sincronizadas, silenciosas y eficaces, colocan las flores en un jarrón con agua y los *croissants* en un plato, hierven agua para el té, sacan un par de tazas y unas servilletas, mantequilla, mermelada, cubiertos... Quieren hacer muchas cosas y hacerlas despacio. Quieren ganar tiempo. Cuando se sientan, Sofía mira al plato y desmigaja el *croissant,* pelándolo con mimo, incapaz de comerlo. Su madre la observa como si tuviera tres años y no casi cuarenta, como si pudiera todavía engañarla y susurrarle que la vida siempre es justa, que merece la pena en cualquier caso, que todo saldrá bien…

—Hija…

—Mamá…

—Directas, ¿vale?

—Vale.

—Es muy pronto todavía. Apenas unos despistes, pero el diagnóstico es incontestable. Está ahí y sabes que hay poca esperanza. Se están probando cosas. Me puedo intentar meter en algún piloto… Y lo miraré, te prometo que lo miraré, pero yo no quiero vivir sin ser yo. Lo entiendes, ¿no?

Sofía lo entiende. Clarísima y dolorosamente.

—He estado leyendo la ley de la eutanasia. Lo que yo tengo está previsto. Es una enfermedad que ocasiona un padecimiento crónico, incurable, intolerable y todos los adjetivos tremendistas que quieras. Es incompatible con mi dignidad. Puedo ir y firmar, sin problema… Pero, luego, el proceso se complica y se alarga. Dependes de la burocracia, de la objeción de conciencia, del juicio ajeno sobre un sufrimiento propio…

—Luego es un lío. Lo sé, mamá. —A Sofía le sale la abogada. Eligió libertad, eligió formación; eligió, también, lealtad—. Yo también me he estado informando. Lo firmas y luego, si es que no la derogan o la diluyen, quedas en manos de otros…

—Y de vosotros, Sofía. De tu padre y de ti. De que toméis la decisión cuando yo lo haría, que lo activéis a tiempo…

—Mamá, eso seguro: cuando tú digas.

—Conoces a tu padre. Es maratoniano, como tú. Un hombre de largas distancias. Siempre un poquito más. Yo no quiero un poquito más, Sofía.

Y Marga le tiende a su hija un papel con un «Cuándo» bien subrayado. Debajo una sola frase: «Cuando no os reconozca».

—Sofía—dice muy suave—, tienes que ser tú. Tu padre creerá que igual al día siguiente me acuerdo de lo que haya olvidado el anterior. Me enseñará fotos. Me repasará nuestro noviazgo. Me pondrá las canciones que sabe que me gustan... Me acariciará cuando yo sea solo una especie de muñeca diabólica, un bebé grande y hueco... Tu padre no se dará por vencido. Tienes que ser tú.

Sofía no lo duda. Aunque, claro, no se le escapa la ironía: esa petición es una orden, esa petición no contempla su libertad. Siempre supo que la libertad era una exigencia y no un regalo, una obligación y no un lujo. Siempre supo, también, que cumpliría su parte. Por eso ni discute.

—Vale, mamá.

Su madre le aprieta la mano.

—Yo se lo diré a tu padre, no te preocupes. Se lo explicaré y conseguiré que lo entienda...

A Sofía se le llenan los ojos de lágrimas. Respeto y amor. No hay amor sin respeto, tampoco sin admiración. Y Sofía admira a su madre, pero no es fácil respetar sus deseos, no es fácil cumplir su encargo. La práctica siempre es más dura que cualquier teoría.

—Quedan dos cosas, hija.

Y le tiende otro papel. «Cómo». Y cinco palabras: «Pastillas. En casa, sin médicos». Sofía quiere protestar, pero Marga necesita seguir…

—Ya hay casos frustrados, gente que lo ha pedido, a la que no se lo han concedido, que está esperando… Yo no quiero eso, Sofía. No quiero y no puedo. Yo os lo dejo escrito y firmado, te consigo las pastillas y me las das tú en casa. Quiero morir bien.

—Vale.

—Gracias, hija. De verdad.

Se miran mucho rato. Se miran con amor y con respeto.

Hasta que Sofía rompe el silencio para evitar romperse ella.

—Oye, mamá, ¿son legales esas pastillas?

—…

El silencio de su madre es una respuesta que Sofía acepta y que la conduce directa a otra pregunta:

—¿Sabes ya dónde conseguirlas?

Marga no lo sabe. Quiere saberlo, quiere ocuparse de todo, pero no lo sabe.

—Legales no, claro. Ya sabes tú qué no.

—Pero ¿sabes cuáles son?

—No estoy segura…

Sofía, la abogada, va a tener que saltarse la ley. Se acuerda de su amigo Juan, que se casó en cuanto se aprobó el matrimonio entre personas del mismo sexo con la convicción de que la única manera de que no te quitaran un derecho era ejercerlo. Piensa que, si no se destapan y se arreglan en la práctica los fallos de esta ley —y eso si se consigue mantener—, el avance será terrible y dolorosamente insuficiente. Y entiende también que su madre no quiera inmolarse en ese intento.

—Como quieras, mamá. Tú mandas.

—Lo que quiero, ya que estoy con esto, es una buena muerte, hija. Una muerte suave. No quiero dar la lata ni sufrir demasiado…

Parece que se quiebra, pero remonta.

—Quiero paz. Eso es lo único que quiero… Tengo derecho a la paz. —Endereza la espalda y sigue—. Ahora… Hablemos de tu padre…

Sofía se sobresalta.

—¿Le pasa algo a papá?

—Que se va a quedar solo. Que va a envejecer solo.

—Estoy yo, mamá.

—No, tú no tienes que estar. Tú eres libertad, ya sabes lo pesada que me pongo… Lo he pensado también. Que bastante te estoy pidiendo…

Marga ha estado invirtiendo todos estos años el sueldo de su marido, el patrimonio de los dos. Le enseña a Sofía los saldos de las cuentas del matrimonio, la pasea por su estado financiero. «Papá ahora está bien. Me echará de menos, se le hará un nudo y, luego, volverá a sus cosas, a distraer su mente portentosa… Pero he encontrado esto…».

Teclea algo en el móvil y le enseña a Sofía una urbanización moderna y con piscina. «Tiene jardines, fisioterapia… Apartamentos de uno y dos dormitorios…». Su madre lo vende y Sofía lo compra: «¿Un *coliving* para mayores?».

—Eres hija única, mi vida. No puedes echarte encima tú sola toda esta carga. A tu padre le quedan veinte o treinta años de vida. ¿Quieres pasar una década llevándolo al médico, cambiándole los pañales, vigilándole la medicación...? No, ¿verdad? Tienes dos opciones: o te vas a trabajar fuera, o esto. O las dos, yo qué sé, lo que quieras... Hay dinero suficiente.

Sofía deja el móvil en la mesa y dice tranquila «Vale, mamá, vale. Te lo acepto todo». Y su madre, ya relajada, ya hambrienta, mete el cuerno del *croissant* en el bote de la mermelada de naranja, lo aplasta dentro, lo saca todo espachurrado y lo muerde con un gesto voraz. Sofía la mira entre el desconcierto y el espanto, y Marga, con la boca llena, suelta una carcajada.

—Todavía me acuerdo de untar, hija. Solo quería verte la cara...

—Muy gracioso tu humor negro.

Cuando terminan de desayunar, acuerdan pasar el fin de semana en la playa y volver juntas en el coche de Sofía.

—¿Cómo viniste?

—En autobús. Quería ponerme a prueba y ver si me perdía. —Y se vuelve a reír como una niña—. Sofía...

—¿Qué?

—¿Sabes todas esas veces que me he quejado de no haber hecho mi vida? He sido muy injusta; he tenido una vida buena. He querido a tu padre, nos hemos respetado, hemos vivido en mil sitios... He tenido una vida buena.

—Lo sé, mamá.

—Es importante que lo recuerdes, que borres mis quejas, que sepas que he querido la vida que tenía.

—Entendido.

—¿Y tú, hija? ¿Tú quieres la vida que tienes?

—Ahora mismo, no.

—Ya me imagino…

—…

—Te estoy pidiendo algo durísimo, ¿no?

—Me estás pidiendo, supongo… —Sofía traga saliva, traga lágrimas, traga mocos—, lo único que puedo hacer por ti.

Premios

Elena cree firmemente en la educación y en dar la cara. Así que llamó al profeta y le propuso verse en persona.

Han quedado a última hora porque conciliar las vidas, las agendas y los egos de los altos ejecutivos es una tarea ímproba. Nadie quiere tener demasiados huecos porque parecer desocupado es sinónimo de ser irrelevante.

Elena, además, se había hartado ya de faltar a su trabajo. Un proceso de selección largo da para demasiadas escapadas con excusas sospechosas y Elena tiene su orgullo: ella también es una alta ejecutiva. Así que impone que la cita sea fuera del horario laboral y sugiere el bar de un hotel elegante.

Van a venir los dos: el profeta y su socio. Elena llega primero, siempre cinco minutos antes, y ellos aparecen puntuales, juntos, con el uniforme del directivo moderno: pantalones de un sport carísimo, chaqueta de marca exclusiva, zapatos de ante que cuestan tanto como unas vacaciones y esa clamorosa ausencia de corbata.

«Hasta parecéis guapos, olé vuestros cojones, olé vuestros sueldos», les jalea Elena por dentro.

Sueña con tomarse luego una copa, cuando se la haya ganado, pero de momento ha pedido agua con gas. Ellos no se cortan: eligen una cerveza tostada, compleja —«Olé otra vez», piensa, esta vez con envidia porque ellos se juegan menos y pueden afrontar la charla con alcohol, relajados—, y enseguida despliegan una estrategia de seducción profesional…

—Hemos estado pensando…

—…

—Habría que reforzar tus funciones. Por tu capacidad, por tu experiencia…

Elena, impaciente, les corta.

—Os debía una respuesta y la tengo. No puedo; no tiene sentido. Justo por mi capacidad y por mi experiencia, creo que me tendríais que contratar de forma abierta, darme el puesto oficial y no el trabajo por detrás. Entiendo que vuestra decisión es otra y la acepto; pero me gustaría que entendieseis y aceptaseis la mía.

Cuando Elena se acerca peligrosamente a su verdad completa, a que se le escapen palabras imborrables como «humillación», «insulto» o «indignidad», el socio mira al profeta, y el profeta levanta las manos, rindiéndose de buen humor… Se parten de risa los dos. Se descojonan, vaya.

—Te lo dije: eres muy gilipollas y muy bruto.

—Que sí, joder, que sí…

Elena los mira boquiabierta.

—Si lo queréis compartir con el resto de la clase…

El profeta frena a su socio con una palmada en el brazo:

—Deja, deja, me toca a mí. Perdona, Elena. El otro día la cagué. Había tenido un día de mierda. Estaba rebotado, harto… Nada que tuviera que ver contigo, la verdad. Antes de que entraras, creía haber encontrado la solución, la chica esta de la que te hablé, que es buena. Se le queda grande el puesto, eso seguro, pero… Es buena, aprendería, quedaría bien… Llegaste, hablamos, me cuestionaste, me diste respuestas… Me dejaste pensando…

Elena casi se pellizca. «¿Está pasando? Sí, está pasando», y espera que siga. «No te jode la profeta», evoca, riéndose de su pesimismo antropológico. No las tiene todas consigo, pero intuye que…

—Por resumir: me equivoqué, así de claro.

—…

—El puesto es tuyo. Eres la persona más potente que hemos entrevistado. Tienes el talento, la capacidad y la experiencia.

—Jo… der… —Un joder lento e hipervocalizado.

Los dos hombres la miran, sonrientes… Les divierte su cara de pasmo. Es un silencio que hacen largo hasta que Elena contesta con una afirmación que suena a pregunta y que le sale casi tartamuda.

—¿Gracias?

El socio se apiada de ella e interviene.

—Espera, que tendríamos que hablar de sueldo y condiciones, ¿no?

La conversación de dinero es rápida. Es una empresa que cree en compartir el éxito con los ejecutivos que lo hacen posible. Elena acepta el puesto, el socio pide champán, el profeta pide permiso...

—¿De sentido del humor cómo andas, Elena?

Elena va bien y le anima a arriesgar.

—¿Aguantas la verdad?

—Mucho mejor que la mentira.

—Que sepas que no te contratamos por mujer ni por *silver.*

—¿Por *silver?*

—Sí, hija, los mayores de cincuenta, que ahora desgravan...

—Lo sé, pero... Aún no tengo cincuenta... Tú sí, ¿no?

—Qué cabrona.

—¿Era eso lo que me ibas a decir?

—Era una broma mala y una verdad buena: te contratamos por tu talento, pero te van a tocar muchas fotos de cuota...

—Tengo mucho sentido del humor, pero también mucho sentido del ridículo... No pienso ser vuestro póster *silver.*

—Perdona, mujer *silver;* eres un póster doble.

—¿Y si brindamos? —propone el socio.

—¿Por la cuota?

—Por el talento.

«¡Por el talento!», brindan los tres.

Y Elena se relaja y confía. En el universo, en la vida y en algo todavía más importante y más suyo: su criterio. «Respétate a ti misma, respétate a ti misma...», el mantra con el que se ha arrullado estos días vuelve a ella, pero sigue siendo una mujer escéptica y lo descarta: «menos espiritualidad y más alegría, cojones», se dice.

«¡Olé yo!», brinda por dentro. «¡Olé mis ovarios, olé mi cerebro!». Y, luego, recordando a sus amigas, a las mujeres que conoce y todo lo que queda por avanzar, hace otro brindis mental: «Olé mis compañeras! ¡Olé las viejas!».

Sustos

Ana se ha acabado una novela en una noche. Como una niña solitaria y adicta a la lectura, como una madre a la que no dejan dormir las adolescentes animosas y alborotadas de la pijamada.

Es sábado y desayuna con su madre en la cocina, tranquilas, en silencio. Teresa, leyendo el periódico en el móvil; Ana en el ordenador. Las amigas de Ana siempre se burlan: «Tu madre pegada al móvil, y tú, en plan *boomer,* con el trasto portátil…». Ana se justifica: «Es la vista cansada, queridas. En el Mac puedo ampliar la pantalla y leer sin gafas. En el móvil ni aun así. Mi madre es tan moderna que, al operarse de cataratas, se quitó la presbicia y ve mejor que yo».

También duerme mejor y, por eso, aprovecha las mañanas para volver al ataque:

—Anita, han pasado dos meses. Quiero que vuelvas a tener tu cuarto. Cuando consigamos arreglar lo del testamento y veamos qué dinero queda, ya valoramos otras opciones… Mientras tanto, asumo que me quedo aquí, pero no así, hija, no dejándote sin habitación…

—Vamos a hacerlo al revés, mamá, por favor. Cuando arreglemos lo del testamento, revisamos esto.

—Pero, hija…

A veces su madre oye sin audífonos, otras ni siquiera con. A Ana no le gusta gritar y es consciente de que ha simplificado su relación y la ha dejado en frases cortas que ella se completa por dentro: «Mira, mamá, te lo digo bajito y firme, que no he dormido y el insomnio me ha borrado a mí también los filtros: bastante que has perdido a tu marido; que vives sin tus cuadros, tus muebles y tus libros. Bastante que no puedes con tu alma y te lo callas. Solo te puedo ofrecer una cama más grande y mejor, un baño para ti sola y la mermelada que te gusta… Déjame hacerlo».

—¿Qué has dicho, hija?

—Que te quiero.

Su madre le aprieta la mano y retoman la lectura en silencio. Al poco, empiezan a entrar en la cocina, arrastrándose medio dormidas, niñas perfectamente vestidas. Es esa vergüenza adolescente que les hace quitarse el pijama en cuanto se levantan en casa ajena, hurgar en la mochila buscando ropa limpia, cepillarse el pelo, lavarse las legañas y ya, sin que nadie haya podido atisbar el sujetador tímido o un mechón rebelde, esbozar una sonrisa silenciosa y suplicar un poco de agua, una galleta y un abrazo. Necesitan estar más despiertas para dejarse llevar por las hormonas. A primera hora son todavía niñas, calentitas, tiernas. Ana las abraza y las huele, una por una; las tres maravillosas amigas de Lola, a las que conoce, cuida y aloja desde hace más de diez años.

—¿Por qué os habéis levantado tan pronto, loquitas zombis? Si es sábado…

—Pusimos el despertador. Me recogen ahora…

—Y a mí.

—Y a mí.

Ana prepara ColaCaos, tuesta pan, derrite en el microondas galletas con chocolate y, dejándolas sentadas a la mesa, va al cuarto de su hija, ese koala pequeñito que antes dormía agarrándole el pelo y ahora se mete en la cama a regañadientes, penando por el móvil en modo avión, que expía sus pecados en el cuarto de baño y soñando con monstruos ingenuos y unicornios perversos que ya no siempre comparte con su madre.

—¿Lola?

Lola no está en el cuarto. Ana llama a la puerta del baño.

—¿Lola?

La escucha llorar y entra sin hacer ruido. Otro secreto para madres de adolescentes: es importante que sus amigos nunca las vean sufriendo, que parezcan siempre estar de *chill* («¿se dirá así? Seguro que no», piensa Ana. «Se me da fatal hablar la jerga zeta»); que, sobre todo, nunca descubran que sí, que su amiga malota y popu también necesita el abrazo de su madre. Porque tiene sueño, porque tiene hambre, porque pasar una noche despierta a su edad, con amigas que están y amigos que no están, con *stories* de Instagram que dan envidia y vídeos de TikTok que hacen daño, con mensajes que no llegan y otros que no deberían llegar, con un batiburrillo de sentimientos ingestionables y risas incómodas… Pasar una noche así, una noche teóricamente divertida, genera un estrés terrible, delirante, letal…

Ana se frena los adjetivos y Lola llora, llora, llora. Entre los sollozos, suplica.

—Cierra la puerta, mamá. Que no me oigan. Cierra la puerta…

* * *

Ana se imagina muchos días yendo al médico.

—Perdone, ¿qué me recomienda para la adolescencia de mi hija?

—¿Para el acné?

—No, para mí. Para soportar sus cambios de humor, su dependencia emocional, su desprecio radical. Para seguir queriendo, para acompañarla, para garantizar que mantiene intactos, en el fondo, su bondad y su sentido del humor…

—Le receto paciencia.

—¿La tiene en cápsulas?

—Le receto, también, que afine la mirada: su hija está dentro, sufriendo.

* * *

No hay recetas, y Ana, con todo el peso de su grandísima hija en el cuello, utiliza una táctica rastrera para ganar tiempo.

Necesita que el drama se atenúe hasta que se hayan ido sus amigas y se pueda hablar con calma (si es que para entonces hace falta):

—Lola, mi vida, que no te vean así. Límpiate las lágrimas, sal, desayuna con ellas… En cuanto las recojan, me cuentas.

Palabras mágicas. Lola se lava y se mira al espejo.

—¿Se nota que he llorado, mamá?

Ana la mira, evalúa, duda…

—No, no… Parece que es solo sueño.

—¡Gracias, mami! ¡Te quiero!

Y Lola corre a la cocina. Desde el pasillo, Ana ya puede oír las carcajadas. Se está riendo hasta su madre. Comparte silla con su nieta y las otras tres se amontonan alrededor: están instalando Instagram en el móvil de Teresa y eligiendo las cuentas que debe seguir y las fotos que puede subir.

—¡Mamá, mamá! Adivina qué nombre de usuario tiene Abu…

—Abupedia.

—Joder, mamá… Qué cortarrollos…

Otra vez al borde de la lágrima. Era una pregunta sin misterio: Ana y Lola siempre consultan a su madre los deberes de letras, las dudas geográficas, históricas, literarias y políticas. La llaman Abupedia, sí. Y a Ana se le ha olvidado una regla básica de la maternidad: nunca, jamás, acertar las adivinanzas. O, dicho de otro modo, siempre fallar, siempre ceder; siempre siempre perder.

La rescata su madre, que está posando instagramera y elegante, con su bata de seda japonesa, para el deleite de las cuatro mosqueteras.

⋆ ⋆ ⋆

Un rato después, ya las tres solas, Teresa olvidará Instagram, que no tiene energía, interés, ni ganas; que era solo amor de abuela. Y su nieta se encerrará en su cuarto a revisar mensajes y escuchar muy alto su lista de Spotify, sin querer hablar con su madre de esas lágrimas matutinas ni de ninguna otra cosa. Saldrá casi a la hora de comer, entrará en la cocina y, de repente, le gritará a Ana:

—¡Todo esto es culpa tuya, mamá! ¡Gracias por joderme la vida!

¡Boum! Portazo, claro. Dos portazos para ser exactos. La puerta de la cocina, la puerta de su cuarto. Ana sigue removiendo la pasta, intentando que no se le pegue porque, desde que murió su padre, todo se le pega. El mal humor, los macarrones, la culpa… No oye entrar a la abuela de su monstruito adorado. Teresa la abraza por detrás y susurra con un tono intenso, digno de locutor de documentales: «La maternidad es una experiencia maravillosa cuando el cachorro alcanza la pubertad, ¿eh?». Ana se ríe hasta las lágrimas y, mientras, su madre la aparta y cuela la pasta.

—Qué torpe eres, de verdad.

Ana abre una cerveza. Le da un trago, se la ofrece a Teresa y le dice en voz baja lo que piensa. Su madre la oye o no, según, pero Ana a veces lo intenta, por si acaso.

—Me impresionan tus mareas, mamá. Pareces estar vegetando, sin ganas de vivir, queriendo irte cuanto antes y, de repente, vuelve tu energía, te sientas con nosotras y nos rescatas…

* * *

«Vosotros sois mi vida», decía siempre Teresa a sus hijos durante la enfermedad de su compañero. «Vosotros y él». Ana sabía que era verdad y mentira: su madre es una mujer llena de amigos, de experiencias; una mujer que ha trabajado, viajado, creado, enseñado, compartido... Su madre tenía una vida propia, plena, intensa, extraordinaria. Ellos —su marido, su hermano, la propia Ana— podrían ser sus principales afectos, pero no su vida, nunca su vida.

¿Y ahora? Ahora Teresa ha escuchado... O no, pero contesta a su manera:

—Crees que no la estás ayudando, Anita. Crees que no sabes hacerlo, pero sabes, puedes. La forma en que confía en ti, en que te cuenta todo y se desahoga contigo... Eso es sólido y, cuando pase esta larguísima adolescencia, os encontraréis al otro lado: dos grandes mujeres que han crecido juntas, que se han hecho mejores la una a la otra. Además, aunque no la estés ayudando, seguro que no la estás desayudando...

Ana no contesta. Rumia el verbo «desayudar» que, por supuesto, no existe. Intenta apuntarse que estaría bien buscar luego los antónimos de ayudar. Y entonces sonríe, le hace gracia darse cuenta de que su madre y ella hablan ahora en monólogos. No monólogos interiores, como los de las novelas, sino exteriores. Monólogos en voz alta que nunca llegan a ser diálogo, sino apenas reflexiones de personaje con testigo... Y se le escapa:

—¡Qué guapa eres, mamá! Con tus ochenta años, qué guapa eres...

Justo entonces entra Lola, con un auricular puesto.

—¿Qué van a comer hoy mis hormonas, chicas?

—Algo tranquilizante. Hidratos de carbono que te pesen y te duerman...

—Ya, mamá. No me rayes y no te rayes, ¿vale? Las adolescentes somos así... Te diría que no va a volver a pasar, pero tú y yo sabemos que sí, que va a ocurrir mil veces más. Pero perdona, ¿eh?, perdona...

(Los antónimos de ayudar, por cierto, son: abandonar, desamparar, desasistir, dificultar, entorpecer... Ana no está practicando ninguno, así que, sí, quizá esté ayudando a Lola).

* * *

Comen pasta que no se ha pegado y, después, cuando Teresa se retira, Lola habla, en su estilo torrencial, contándolo todo, sin priorizar, sin resumir. Habla y habla y, cuando Ana intenta interrumpir, Lola confiesa impaciente y sincera:

—Mamá, déjame, espera, no interrumpas, que yo hablo contigo en bruto... Necesito soltártelo todo seguido y, cuando tú me lo devuelves, es cuando empiezo a entender...

Ana escucha, agotada. La adolescencia consiste en dar infinitas vueltas alrededor de un yo pegajoso y confuso. A veces a Ana le gustaría no volver a casa. O poder escaparse de vez en cuando a tomar aire. Como cuando todavía se hacían viajes de trabajo largos y ella desaparecía feliz, obligada y satisfecha, porque eran noches de hotel y descanso, noches en una cama a la que no se subía nadie de madrugada, noches completas en una habitación a la que no llegaban esos gritos de «¡Mamiiiii…!» que no diferencian entre la gravedad y el capricho.

La vida es mucho más que la maternidad, pero… ¿cabe ese más?

«¿Qué es mi vida ahora? Maternidad y pena; hijez y trabajo; miedo y natación. Ni ligereza ni gaitas. Quiero reírme, quiero llenarme, quiero dejar de dar…».

Ana sigue dando y escucha con paciencia. Lola incluye demasiados detalles y se desvía en algunas nimiedades… Escucharla exige concentración, disciplina y estoicismo. Al parecer, en una noche perfecta, en una vida alegre, algo ocurrió en el teléfono: en otra casa, en el post de una red social destructiva a la que Lola vive enganchada… Pasó algo que Lola no debería haber sabido pero supo. Algo que le dolió y que, en realidad, no es importante. Algo que le va a volver a pasar.

⋆ ⋆ ⋆

Lola, por fin, termina. Ana le devuelve lo que ella entiende: la distinción entre las amigas que te atraen y, sin embargo, te hacen daño; las amigas que te permiten ser quien eres y te devuelven mejor; las amigas que te gustan un rato o a ratos y que no te sientan bien… Llamamos «amistad» a relaciones tan distintas… Nutritivas, tóxicas, superficiales, falsas, extraordinarias, interesadas, circunstanciales… Pero esas diferencias son complejas y, a veces, destructivas. Sobre todo, son muy engañosas: no todo es amistad. Si hace daño gratuito, lejos, ¡ya!, sin excusas.

Lola habla desde un dolor rígido e inflexible, casi insuperable.

Ana le devuelve matices, tolerancia, curvas. Intenta limar la aspereza de esa adolescencia en la que se sentencia rápido, se llora fácil y se sufre mucho.

Lola contesta. Otra vez premiosa, pero ya más tranquila.

Ana le da la razón en algunas cosas, la motiva en otras. Rebaja el daño e impulsa la esperanza. Luego, se abrazan y, ya ligera, Lola dice: «Gracias, mami». Y Ana le pide un respiro para dormir media hora: es una siesta intranquila, soñando que está con su padre, en un barco. Soñando que navega y no alcanza la costa, que se despierta sola y a la deriva... «¿Papá...? Papá, ¿estás bien...?». Su padre no contesta y Ana quiere despertar, pero le cuesta. Para conseguir salir de ese sueño tiene que emerger desde el fondo del océano. Se le enroscan las algas, se le pegan los peces, se le duermen los brazos, se le cansan las piernas...

Ana pelea por respirar, por vivir, por abrir los ojos y, cuando se incorpora aturdida, mira el móvil para ver la hora y encuentra un WhatsApp del padre de Lola: «El próximo fin de semana tengo lío. No la recojo».

Otro fin de semana que anula y van... Hace casi cuatro meses que no ve a su hija, que no la llama, que no habla con ella.

Lola está sufriendo y su padre no está. Lola está viviendo y su padre no está. Lola está, también, disfrutando, creciendo, aprendiendo. Y su padre no está.

* * *

A estas alturas, a sus catorce años, Lola tampoco lo espera, pero a Ana no deja de sorprenderle ese hombre que, al ser entrevistado como cineasta de éxito, siempre se llena la boca de empoderamiento y nueva masculinidad, mientras brilla por su ausencia en todo lo que tiene que ver con la paternidad.

Sofía, que es muy pragmática, lo había sentenciado:

—A tu ex le va de cojones porque tú te ocupas de su hija. ¿Qué habrías hecho tú con la mitad del tiempo de estos catorce años? Igual tendrías otro trabajo, igual te habrías dedicado a escribir novelas, igual habrías aprendido a bucear…

—Menos mal que no estás diciendo que igual tendría un novio.

—Igual tendrías un novio, pero no hablo de eso.

—…

—Lo que quiero decir es que su éxito es tuyo, ¿entiendes? Es un éxito parásito. En el reino de la custodia compartida, el tipo que presume de feminista y siempre rueda documentales sobre mujeres en riesgo se dedica a sus cositas mientras precisamente una mujer —que debe ser omnipotente porque según él no necesita nada— se ocupa de su hija sin descanso y sin apoyo.

—Sí, pero… ¿ser mal padre es necesariamente ser machista?

—No es ni mal padre, Ana, no te engañes. Es un padre inexistente.

—Ya, vale, lo que quieras… ¿Ser un padre inexistente es machista?

—Es irresponsable, insolidario, impresentable, egoísta…

—Ya, pero tú quieres que lo exponga por machista.

—Anita, no me jodas: desde luego no es feminista. Y no quiero que lo expongas, quiero que le reclames que haga su parte, joder…

—Sí, pero ya sabes mi teoría: yo no quiero que mi hija esté con un padre que no quiere estar con ella.

—Aunque eso te deje sin vida…

—Aunque eso me deje sin vida.

—Ana, ¡coño!, espabila: agotada y renunciando a ti tampoco puedes ser la mejor madre del mundo.

—…

—Lo siento, pero es así.

—Sí, sí… Pero también soy consecuente: yo elegí quedarme embarazada, yo elegí separarme, yo elegí no exigirle lo que él no quería dar… Son mis decisiones; es mi responsabilidad.

⋆ ⋆ ⋆

Ana sabe que no es la mejor madre del mundo, desde luego que no. Es una madre sobrepasada. Su vida, su yo más auténtico, se detuvo a los treinta y seis, cuando nació Lola. Si alguien le pregunta qué edad tiene, siempre quiere contestar: «Treinta y seis», porque en ese momento se quedaron congelados sus sueños, sus deseos y su libertad, esa que había dado por hecha y que ahora ya casi no recuerda.

Se quedó embarazada por insistencia de su pareja: «No quieres tener un hijo porque no me quieres lo suficiente, porque necesitas dejar siempre abierta la salida de emergencia». Una presión constante que ella reconocía enfermiza y a la que, sin embargo, y contra sus mejores instintos, sucumbió sabiendo que esa relación no...

Un día, en plena mastitis, con muchísima fiebre y una lucidez aterradora, se dio cuenta de que no quería que su hija creciera en el desamor, la presión y la tristeza. Así que, con una mano aplacando el dolor de la teta y la otra temblando en el teclado del móvil, mandó un mail a una abogada que le habían recomendado. «Es muy joven, es muy buena».

Unos días después, estaba todo acordado: él no quiso la custodia compartida, solo que vendieran el piso. Ana accedió y le hizo una promesa a su hija que se convirtió en una condena: «Donde no llegue tu padre, siempre estará tu madre. Yo seré tu colchón».

De todos modos, Ana sabe que hay otras maneras. No es ciega: ve otras madres que han conservado sus sueños, que hasta los han cumplido. Sabe que los hijos también son motor e impulso.

Ana no culpa a la maternidad ni a su ex. Ana examina la situación que tiene y ve las grietas como oportunidades: su hija adolescente la necesita más y la necesita menos. Más en la escucha, en la confusión, en los líos. Menos en el tiempo, en esas largas tardes de planes independientes, de crecimiento.

Ana sabe que dentro de nada no tendrá excusas y podrá retomarse, pero está en duelo, noqueada y torpe, como oxidada. Ana no sabe bien quién quiere ser, pero intuye que, si sale de ese desconsuelo, si la pena se le aclara y recupera las fuerzas, encontrará tiempo, luz y un pequeño hueco.

«¿Una oportunidad, que dirían los cursis? No, joder, solo la vida. La pura vida. La puta vida, aunque se enfade Elena. La vida, que me apasiona y me da miedo».

Recuerdos

El domingo por la noche, Sofía aparca el coche en la calle de sus padres. Apaga el motor y espera que su madre diga algo. Han estado todo el camino hablando: de redes sociales, populismos y recetas de cocina; de todo y de nada. Ahora, en la puerta de su casa, Marga calla. Unos minutos que parecen años y, por fin, propone: «Sube conmigo, anda, le hará bien ver que estás y que vas a seguir estando».

Pedro las recibe contento.

—He preparado lubina, que te gusta —informa dirigiéndose a su mujer.

Le coge las manos. La abraza:

—Te he echado de menos.

Marga sonríe y le pide que se siente. Lo suelta abrupta, todo seguido:

—Amor… Tengo que contarte algo. No es bueno: tengo alzhéimer.

Pedro hace un gesto, intenta acercarse; Marga lo detiene:

—No, espera, déjame terminar. Es alzhéimer precoz. Ahora no se nota demasiado, ahora estoy bien, o lo parece, pero…

Pedro interrumpe: promete que la cuidará, que podrán con ello, que todavía tendrán muchas felicidades pequeñitas… Marga le espera, pero no le contesta, quiere terminar el discurso que tenía preparado. Quiere convencerlo rápido para no tener que volver a hablar de ello.

—Pedro… Yo no quiero vivir cuando no te reconozca, cuando no te recuerde, cuando no pueda compartir contigo los cuarenta y tantos años que hemos pasado juntos ni planear los próximos… No quiero vivir cuando no sea yo, cuando no conserve mi cerebro… Mi alma… Mi vida…

El padre de Sofía levanta la vista hacia su hija y confirma su sospecha: las dos mujeres que adora ya lo han acordado todo. Entonces, ya en cuenta atrás, llora silencioso, agarrando la mano de su mujer, abrazándola por encima del hombro, pegando su cabeza a la de Marga, apoyándose los dos en todos los sentidos buenos. Sofía, por pudor y con respeto, se va a la cocina, saca la lubina del horno, la coloca en la mesa y, luego, los besa y cierra la puerta de la calle despacito.

Los deja solos, en pareja, en esa pareja buena que son. Los deja compartiendo el duelo, compartiendo los recuerdos, compartiendo el miedo.

Todo el discurso libertario de su madre ha estado siempre mágicamente atado al amor, al buen y gran amor por su padre. A veces Marga lo vivía con rabia, otras con agradecimiento. Y, ahora, su hija lo vive con admiración: sus padres se quieren, se siguen queriendo.

* * *

Ha estado conduciendo todo el día, pero no quiere ir a su casa. Entrar sola, quedarse sola, rumiar sola. Descalzarse y contemplar su horizonte: cuándo tendrá que matar a su madre, cómo pasará el tiempo mientras tanto, si podrá vivir sin pensarlo todo el rato.

Manda un mensaje a Ana y se autoinvita. «Pillo pizza por el camino, ¿vale?».

—Vale.

Ana es la amiga que lo encaja todo. Su amiga sobrepasada. Su amiga acogedora. Su amiga madre. Su amiga huérfana. Su amiga, a la vez, entera.

* * *

¿Entera?

Mientras Sofía conduce, Ana se recupera de un ataque de llanto.

Lola entró en bucle. La falta de sueño después de esa noche con amigas, con tensión, con dudas, con heridas… Y, cuando Lola entra en bucle, ataca. Primero llora, de cansancio y de desasosiego; luego se revuelve. «Todo esto es culpa tuya».

—¿Qué es todo esto? —quiere preguntar Ana. Es la adolescencia, es la inseguridad, es la incertidumbre.

—No sé quién soy, mamá, pero no quiero ser esto…

«Esto», otra vez. «Esto».

* * *

«Eres una niña maravillosa, sonriente, divertida, gamberra, cariñosa. Eres lista y torpona. Te gusta mucho jugar.

Necesitas que te besen, que te abracen, que te hagan caso. Desde que se te han revuelto las hormonas y tienes móvil (que, esté bien o mal según los teóricos de la crianza perfecta, es desde que vas y vienes sola del colegio y de tus planes), te cambia el humor de repente y has perdido la capacidad de atención.

»Te sabías lista y nunca te esforzabas, pero ahora ya no te concentras. Siempre tienes algo que ver en una pantalla: un vídeo de TikTok, un mensaje de WhatsApp, un comentario de Instagram... Te digo "Lola, deja el móvil", y tú te justificas: "Estoy contestando a Inés". "Pues por eso, no son horas". Una pausa y vuelves *más* rotunda: "Estoy contestando a Inés, mamá". Y tu voz es seca, dura, violenta.

»Me asustas porque no sé cómo ayudarte.

»Me asustas porque a veces no te encuentro y sé, mejor que nadie, que estás ahí dentro: maravillosa y asustada».

Todo eso piensa Ana y quiere levantar la mano, como en el colegio, y pedir permiso para intervenir, pero sabe que es peor. A veces, cuando Ana empieza a hablar, Lola la corta con esa actitud chulesca de quien necesita decir la última palabra, quedar por encima, disfrazar de autoridad una inseguridad tremenda.

Lola necesita un abrazo y no quiere necesitarlo. Necesita lo mismo que la calmaba de bebé: la piel, el latido, el olor de su madre. Y necesita a la vez hacerle daño, crecer contra ella, descartarla. Necesita no necesitarla. Una madre del colegio, con la experiencia de otras dos hijas ya mayores, había sentado un día a Ana: «Das demasiado y, en los ojos de tu hija, te has hecho gigante. Intentará derruirte…».

A Ana le pareció una maldición, pero ahora, viendo la fiereza en la mirada de Lola, escuchando la aspereza en su voz…

Se rompe. Se rompe porque ella también está exhausta.

—¡Cállate! —le grita Lola a Ana, que no hablaba—. ¡Todo esto es culpa tuya!

Otra vez, la frase de la mañana.

Otra vez, con más violencia.

Otra vez, y ya son demasiadas.

Cuando Ana empieza a llorar, Lola se asusta y se va.

La abandona con otro portazo, en el fondo culposa, en la forma displicente.

* * *

Ana se ha quedado en la cocina, sentada en el suelo, abrazándose las rodillas. Tiembla y llora, llora y tiembla. En silencio, para no satisfacer a su hija, para no preocupar a su madre. No puede pensar con claridad y, para calmarse, revisa una y otra vez las terrazas del edificio de enfrente. Las luces encendidas, los movimientos de los vecinos, la ropa tendida. Ana es claustrofóbica y necesita mirar fuera, siempre fuera. También está vacía y no puede mirar dentro. Cuenta ventanas iluminadas de abajo arriba, de arriba abajo; de izquierda a derecha, de derecha a izquierda. Una y otra vez. Atisba vidas que no son la suya y que imagina mejores, al menos más tranquilas. Cuenta y se va serenando.

Cuando consigue ponerse de pie, mucho rato después, ve el mensaje de Sofía y no sabe negarse. Tampoco quiere. Quizá pueda pedirle ayuda, quizá pueda llenarse.

* * *

Lo que sí consigue Sofía es cambiar la energía de la casa. Todos nos comportamos mejor delante de un tercero, una cuarta en este caso. Hay cariño y complicidad, además. Hay buen rollo. Se han sentado a la mesa de la cocina las cuatro, con una cerveza Ana y Sofía, con Aquarius Lola y Teresa.

Mordisquean la pizza, chiclosa y fría.

Sofía y Lola hablan de un *shippeo.* Lola, ya tranquila, mira de reojo a su madre para comprobar si aguanta o se derrumba y la delata. A Lola, además, le gusta Sofía. Una tía joven y dura, con rollo; una tía indestructible que habla el lenguaje de los zeta: las zapatillas guapas, lo que renta o no renta, lo que da lache, lo que puto flipa porque el «puto» va siempre delante del verbo...

Sofía, mientras, se fija en Ana: está demacrada y la ve amagar una sonrisa débil. Intuye algo y se vuelve hacia Teresa. Le cuenta no sé qué lío del testamento, la gestión del notario, la lentitud del oficial del ayuntamiento... Son palabras técnicas, lenguaje jurídico para aburrir a Lola que, rápidamente, se retira a su habitación y sus pantallas.

Teresa tampoco tiene el cuerpo para burocracias.

Su cuenta está congelada y lo estará aún unos meses. Durante el proceso testamentario, la legislación protege a los herederos mientras, muchas veces, también los perjudica. Se necesita investigar, dicen; garantizar que nadie estafe a nadie. Unas cuentas que ya estaban vacías, una pensión que sí recibe, un piso que ha tenido que dejar... Teresa querría vivir el duelo en toda su profundidad; sin distracciones, sin papeleos, sin angustia, sin pobreza.

Sofía ha intentado suavizar el proceso, dulcificar el lenguaje y atenuar la falta de promesas, pero la realidad es demasiado áspera. El primer día, cuando le explicó a Teresa la casuística («el ejemplo que se cita siempre es la madrastra malvada que vacía las cuentas y roba a los hijos, pero la verdad es que son más frecuentes los casos de hijos sin escrúpulos que dejan a sus padres en la ruina»), Teresa miró a Gonzalo y a Ana y soltó una risa seca.

—Estos dos son incapaces. Tan íntegros como su padre, tan *txotxolos*...

Días después se escondió en el cuarto de su hija, se quitó los audífonos y se desentendió del proceso. Es otra cosa más de la que se ocupa Ana. Por eso, la sola mención de la palabra «testamentaría» hace que Teresa también huya y que, por fin, Sofía y Ana se queden solas, con la cocina y el salón despejados para ellas.

⋆ ⋆ ⋆

Sofía le hace una pregunta difícil:

—¿Qué harías si tuvieras todo el tiempo del mundo y no tuvieras obligaciones? Ni de trabajo, ni de cuidados.

—...

—Eso es la definición del lujo, ¿no? Ser dueña de tu tiempo.

—Si tú lo dices...

Sofía le habla de libertad y de tiempo, y Ana se da cuenta de que ahora mismo no puede ni imaginarlos. Si no consigue deshacerse de la tristeza, arrancársela a mordiscos, a tirones, desgarrándose incluso, no puede ser dueña de su tiempo ni de nada bueno. Ana no tiene energía y no se engaña: no cree que esté agazapada debajo de la pena, no; teme que su fuerza haya desaparecido para siempre, que haya huido, decepcionada con su dueña. Pero no se lo quiere contar a su amiga, no quiere oírlo.

Y tampoco quiere ser víctima porque, a ver: ¿qué le pasa? Lo que pasa a su edad: padres que envejecen, decaen y mueren; hijos que siguen pidiendo amor y cuidados mientras rechazan las sugerencias, los planes y los besos. Trabajos que no son perfectos. Relaciones que no existen o no son ideales...

Le pasa la soledad, le pasa el cansancio, le pasa que se vacía y no se llena. Le pasa que no tiene ilusiones. Le pasa que no se encuentra. ¿Le puede contar eso a Sofía? Sí, pero... «¿Y si empiezas por tapar los agujeros y vaciarte menos?».

* * *

Está en ello: está orgullosa de pequeñas y casi ridículas victorias durante las últimas semanas; de haberse ido deshaciendo de alguna gente que no suma.

Por ejemplo, ya no compra en la frutería más cercana a su casa. Fruta rica, sí, pero un frutero displicente que siempre le discute su gusto por los plátanos verdes. Todas las semanas, todas: «Señora, están más ricos maduros». Todas las semanas, todas: «Me gustan verdes». Todas las semanas, todas: «Señora, se equivoca». Ha cambiado de frutero, se ha quitado ese ruido, un ruido mínimo pero irritante.

También ha aprendido a ser un pelín egoísta, un pelín solo, como cuando se negó anteayer a hacerle un favor a su compañera. Esa que siempre finge hacer lo que piden los jefes y nunca hace lo que necesitan los demás; la que, cuando le interesa algo, se acerca coqueteando, pizpireta: «Guapi, ¿cómo estás? Te veo carilla de cansada. ¿Qué te iba a decir, cariño...? ¿Tú no tendrías un rato para buscarme la documentación de...?». Ana llevaba años cediendo ante esa hipocresía egoísta, esa desfachatez cansina. Y hace poco, aunque con culpa, se negó sin demasiadas excusas: «No puedo ahora. Ya te aviso si tengo tiempo».

«Parezco tonta», piensa Ana. «Satisfecha a los cincuenta de logros que debería haber conseguido a los quince». Y se ríe de sí misma recordando aquel libro que leyó de adolescente: *Cuando digo no, me siento culpable.* Aquel libro del que solo aprendió el título.

Sofía la está mirando fijamente.

—¿Ana...?

Ana sonríe y vuelve.

—Perdona...

—¿Qué harías si tuvieras todo el tiempo del mundo?

—Dormir y sentir el viento.

Ana se imagina tumbada al aire libre.

—¿Y qué más?

—¿Con dinero?

—Sí, claro, con dinero. Sin dinero, como tú dices, el tiempo vale menos...

—Contratar a alguien que me cuide y que tome todas las decisiones: que me diga qué desayunar, qué ropa ponerme, cómo hacer bien los abdominales, cuántos kilómetros caminar cada día, cómo desmaquillarme...

Ana quiere delegarlo todo.

Están en situaciones muy distintas y, a la vez, muy parecidas. La de Ana, evidente; la de Sofía, todavía secreta.

—¿Y qué más?

—Nada más. Bueno, viajar, claro. ¿Qué harías tú?

Sofía evita la respuesta y, sin embargo, contesta la verdad.

—Mi madre tiene alzhéimer. Con sesenta y tres años, físicamente a tope y tiene alzhéimer. Me ha pedido que la mate cuando ya no me reconozca.

Acosos

Ese mismo domingo, Elena se despertó nerviosa. Le dan miedo los cambios, como a todos. Le da miedo, también, no estar a la altura después de haberse hecho respetar. ¿Síndrome de la impostora? Sí, quizá. También algo más básico: saber quién eres y lo que vales no significa que siempre te lo creas.

Recurrió a Ana, por mensaje.

—¿Y si me he equivocado? Que estoy mayor para sumergirme de lleno en un proyecto y echarle dieciocho horas al día.

A Ana le basta una sola frase. Bueno, dos:

—Es lo que querías y, además, te lo mereces. Te jodes y lo disfrutas.

A veces solo necesitamos oír lo que nosotros no nos atrevemos a decir(nos) para no caer en la soberbia ni en el delirio. Ya sonriente y capaz, a pesar de la inquietud que no se apaga, Elena se pone a ordenar su casa y su cabeza. Va a ser una semana intensa y estresante. Tiene que recibir por escrito la oferta del nuevo puesto; avisar en su vieja empresa sin demostrar demasiada satisfacción; contárselo a los clientes controlando ella el relato, que dirían los políticos, para poder mantener el contacto y la confianza; hacer un plan de transición…

Está contenta e intranquila, con ese cosquilleo bueno, de orgullo e inquietud.

Se ha puesto a revisar los armarios. Lo hace siempre con los cambios. Mete en una bolsa dos chaquetas y un par de botas viejas para donar y empieza a abrir el correo acumulado en la cocina. Bancos que le venden tarjetas que no quiere, tiendas que juran echarla de menos y le ofrecen descuentos, revistas de compañías de seguros que la invitan a espectáculos pasados, *flyers* de descuento para pizzas que jamás pedirá…

En medio de esa sobredosis comercial, un sobre manuscrito.

Enrique.

★ ★ ★

La última vez que se vieron fue en casa de unos amigos. Habían entrado juntos, dos adultos con mucho pasado y una vida rica e independiente que elegían quererse en libertad. Tres botellas de vino más tarde, Enrique gritaba.

—Pero… ¿¡qué más queréis!? ¿Eh? ¿Qué más queréis? ¿¡Qué cojones queréis todavía las feministas!? ¿¡Igualdad!? ¡Lo que pedís no es igualdad, sino una dictadura! ¡No vais a parar hasta cortarnos a todos la polla…!

Enrique, médico, diputado, padre. Enrique, borracho. Enrique gritando. Enrique soltando espuma por la boca. Enrique sin pensar en nada ni en nadie, con rabia, con rencor, con odio, con miedo.

Los anfitriones eran amigos de él. Había también otra pareja, seis personas en total. Alguien había mencionado el nombre de una directiva que sonaba para ministra, ministra de un ministerio que Enrique, al parecer, creía merecer.

—La cuota. ¡La puta cuota! El bienquedismo de los cojones… Y el talento, ¿eh? ¿Y el mérito? Los hombres hemos sido descartados por decreto, por vuestros putos ovarios y vuestras putas quejas…

Habían estado hablando de feminismo, sí. Con naturalidad. De los festivales de cine que retiran la distinción entre actores y actrices para el premio de interpretación. Las tres mujeres presentes coincidían en que era una bobada buenista y, también, una injusticia, que así sería casi imposible premiar a los hombres. Habían hablado del miedo al populismo, de cómo los ultras utilizaban la rabia y la inseguridad para buscar enemigos comunes o más bien culpables plausibles: la inmigración, el feminismo, la libertad sexual…

Habían estado de acuerdo en que resultaba aterrador vivir en un mundo que, de repente, idolatraba a los hombres autoritarios y feroces mientras se cancelaban las opiniones incómodas, los clásicos de la literatura, las películas sacadas de contexto. Todos, incluso Enrique, habían reconocido autocensura. Ya casi no opinaban. Evitaban meterse en líos, a pesar de que en algunos foros se consideraba valiente soltar auténticas burradas y renegar de la diversidad.

Elena se había consolado al sentirse parte de una mesa que parecía francesa: burgueses liberales, gente educada, adultos con criterio propio y respeto por el ajeno. Y, la verdad, no se había fijado —no lo hacía nunca, no era su problema— en la cantidad de veces que Enrique había rellenado su copa.

Además, admiraba a la mujer que sonaba para ministra: era una altísima ejecutiva, una tía con un gran currículo en la empresa privada, una persona que podía aportar mucho a lo público. Pero Enrique no hablaba de su talento y, ahora, después de esos gritos, ya daba igual.

Con esas formas, Enrique, borracho o no, demostraba ser un necio. Un hombre inseguro y arrogante. Un dictador de corazón pequeño y cerebro insuficiente.

Mientras berreaba y su amigo, el anfitrión, intentaba calmarlo, Elena recordaba la cantidad de veces que le había molestado un latiguillo con el que Enrique remataba siempre las frases.

—No tienes razón; y lo sabes.

Ese «y lo sabes» para salir de cualquier situación... Esa mentira repetida mil veces que él solía decir justo cuando Elena sabía exactamente lo contrario.

Si algo odiaba Elena era a los individualistas de izquierdas. Esos tipos (y tipas) que presumían de pensar solo en los demás mientras creían únicamente en sus propios derechos y querían convertirlos en privilegios. Ella, socialdemócrata convencida, feminista practicante, igualitaria combativa, se pasaba el día examinando sus contradicciones y sus errores, intentando mejorar. Y hacía muchos años que había aprendido que el egoísmo es una forma socialmente tolerada de maldad y de negar a los demás. Por supuesto que en el camino de la igualdad se producen excesos e injusticias. Por supuesto. Pero... No así. No generalizando. No a gritos. De repente, Elena sintió un poder enorme: el poder del hartazgo, del así no, del mejor sola que mal acompañada.

Dio dos besos a los otros cuatro comensales, cogió su abrigo y se fue sin una sola palabra a Enrique. Esa misma noche, bloqueó su contacto en el móvil y, al día siguiente, cambió también la cerradura de su casa. No había nada que Enrique pudiera explicar que borrara esa imagen de él despotricando, borracho, no contra los excesos del feminismo, sino contra su propia existencia.

Habían pasado ya seis semanas. Sabía de, al menos, un par de conversaciones entre Enrique y su propia madre, Malena. Unas conversaciones que a Elena le parecían patéticas por parte de él, desleales por parte de ella. Ahora, esta carta.

* * *

Elena la mira, se siente fuerte primero y duda de sí misma después. «¿Es pose o de verdad me importa una mierda?». Duda porque se culpa de haber estado demasiado tiempo con Enrique sin admitir una obviedad: que su estómago había reconocido el narcisismo casi al minuto, que jamás le gustó por dentro... Se culpa y enseguida se corrige: no se culpa, se avergüenza.

Había escuchado un pódcast sobre la relación entre Clinton y Monica Lewinski, ese caso que leímos y juzgamos a los veinte con un desdén absoluto por la tonta de la becaria que se liaba con el asqueroso de su jefe. El pódcast relataba el caso desde una mirada del siglo XXI, una mirada educada y atenta: el deslumbramiento de Monica por un jefe carismático era más que comprensible. Monica acababa de salir de la universidad, era una niña. Clinton no. Clinton tenía la edad de Elena ahora, Clinton sabía.

Elena había aprendido con ese pódcast dos cosas terribles y pegajosas: la primera, mientras Monica se la chupaba, Clinton siempre estaba hablando por teléfono con algún colega, con esa actitud machirula y repugnante («jua, jua, si tú supieras lo que tengo aquí de rodillas»); la segunda, Clinton solo le había hecho un regalo a Monica, *Hojas de hierba,* un libro de poemas de Walt Whitman; y era un regalo repetido: era el mismo libro que, fingiendo ser un hombre sensible, un hombre comprometido con la poesía y con el mundo, un hombre merecedor de una gran mujer, le había regalado a Hillary, a su mujer, cuando empezaron a salir.

Monica había sido una víctima.

Clinton era un cretino.

Como Enrique.

Después de la primera noche que pasaron juntos, Enrique le había mandado a Elena un libro y una rosa. ¿El libro? *El profeta,* de Khalil Gibran. «El libro no tiene la culpa de nada», piensa Elena ahora, sin haberlo leído. «Seguro que se lo ha regalado a muchas mujeres antes; se lo regalará todavía a alguna más después».

«No te jode el profeta...», se dice recordando al padre de Ana. Y se ríe ella sola. Con la fuerza de la carcajada, abre la carta.

Soy un imbécil.
Por favor, llámame.

Elena se alegra de que no haya incluido un poema, ni de Walt Whitman ni de nadie; que no haya frases largas y explicaciones confusas, que solo haya una petición fácil de desatender. No lo quiere llamar, no lo quiere ver.

Rompe la carta sin rabia, con la misma falta de pasión con que ha hecho pedazos la oferta de Telepizza; pone el papel en la bolsa que bajará mañana a reciclar y se tumba en el sofá con un Kindle y el móvil. Mira la hora. Duda, coge el Kindle y... No: vuelve al móvil. Googlea Walt Whitman y ojea alguno de sus poemas. No le gusta. Le gusta casi todo Ángel González. Le gustan algunos versos de Ernesto Cardenal. Le divierte Nicanor Parra. Adora a Emily Dickinson. Piensa en la frase de Enrique y en unos versos de Machado que tan bien canta Serrat: «Nunca es triste la verdad, lo que no tiene es remedio». Que traducido por Elena significa: «Querido, tienes razón: eres un imbécil».

Se ríe. Se levanta y busca *El profeta.* «Tú no tienes la culpa», le repite al libro. Y, aun así, echa un vistazo y también lo aparta. Abre las notas del móvil y empieza a hacer listas de tareas pendientes, de gente a la que llamar, de gestiones para preparar el cambio de empresa.

Y, luego, ya relajada, entra en la aplicación de ajedrez que comparte con su padre. Piensa, mueve y espera. Su padre está conectado, claro. Pero Elena quiere más: abre otra partida e invita a Jorge, su ex.

* * *

Lleva semanas, desde el episodio con Enrique, intentando no culparse. Y, por supuesto, no generaliza. Es una mujer con suerte, rodeada de hombres buenos. A los dieciocho, en la universidad, conoció a Jorge. Se enamoraron, estudiaron, crecieron y trabajaron juntos. Durante más de veinticinco años fueron un equipo extraordinario: con complicidad pura, sin un solo roce. Gracias a Jorge, Elena se atrevió a aceptar un puesto en Pekín, a alejarse de su madre sin culpa, a ascender sin reparos, a no tener hijos. Gracias a Jorge y, repite siempre él, gracias a Elena. Eran equipo. Son equipo.

Elena mira la pantalla. Jorge se ha conectado, pero no ha aceptado la partida.

¿Siguen siendo equipo?

* * *

Hace unos años, en un congreso, Jorge tuvo un lío. Su lío se quedó embarazada y Jorge, por alguna crisis que Elena no había previsto ni intuido, que quizá no tenía nada que ver con ella, quiso tener ese hijo. Se separaron compartiendo abogada (Sofía, claro) y dejaron de compartir todo lo demás: las series, las vacaciones, el piso y el tablero de ajedrez que les habían regalado al casarse.

Durante el primer año, Elena no quiso ver a Jorge, no podía. No era capaz de aguantar su conversación contada en semanas: «está en la semana doce», decía de su lío, siempre sin nombrarla. «Parece que su diabetes es muy típica en la semana dieciséis». Fue en la semana veinte cuando Sofía lo tuvo todo atado. Entonces, Elena cortó la relación y empezó a salir. A salir como, quizá, no había salido a los dieciocho: con un ansia feroz.

Se especializó en ligar con hombres más jóvenes que ella. Se divertía más (o se aburría menos, que no es necesariamente lo mismo). No solía llevárselos a casa porque prefería controlar ella los tiempos: «Me visto y me voy». Solían durarle poco. Se cansaba enseguida de los mensajes, las reclamaciones, las exigencias y, la verdad, en algunos casos, también de las faltas de ortografía. Elena no soportaba la tensión sexual en mensajes mal escritos. «Hubo dos que le escribieron lo mismo: «Pivonazo», con «v». El segundo, añadió también condescendencia: «Para tu edad, pivonazo». Pero a Elena solo le molestaba la «v».

Tal vez fue eso, la simple corrección ortográfica, lo que le atrajo de Enrique. Eso y que parecía la síntesis perfecta entre lo que ella quería y lo que su madre quería para ella. Una gran conciencia, una buena carrera. Sentido del humor, educación exquisita.

Parecía, pero no era. Enrique llevaba siempre puesto el disfraz: novio perfecto, yerno ideal, portavoz incisivo, negociador exigente… Hasta que bebía y/o se relajaba. Enrique era sobresaliente en teoría y muy deficiente en la práctica.

* * *

La primera noche que bebió demasiado, estaban también con amigos de él. En un bar. Uno de sus colegas se interesaba por el trabajo de Elena, y a Enrique, con copas, le entraron unos celos patológicos. Se levantó de la mesa, se acercó a Elena y, con la excusa de darle un beso, le escupió, borracho y baboso, en el oído: «Te lo quieres tirar, ¿no?». Elena terminó de cenar y se fue a casa. A la media hora, allí estaba Enrique, aporreando la puerta, pidiendo perdón, jurando que le había sentado mal el alcohol por la medicación para la alergia.

Mientras su estómago gritaba un rechazo inapelable, Elena escuchaba por defecto, porque no sabía no escuchar, y se dejaba convencer porque… Porque era tan cómodo… Ir al cine en pareja, compartir hotel en vacaciones, tener tranquila a su madre…

«Tan cómodo y tan equivocado; una cagada terrible», eso le había dicho su estómago aquella noche de hace un año. Eso le había seguido diciendo y Elena solo lo escuchaba ahora.

Entre tanto, poco a poco, había dejado de no hablar con Jorge.

Habían vuelto a quedar, con tiento y con ganas. Habían vuelto a contarse algunas cosas, a plantearse que se necesitaban, que lo suyo era una costumbre nutritiva en el mejor y más literal de los sentidos: se alimentaban y se hacían crecer.

* * *

Jorge no vivía con la madre de su hijo, sino en un piso cercano. No eran pareja, sino «copadres», una asociación con un único beneficiario: el niño. Jorge era ahora un padre entregado y cariñoso, mitad padre, mitad abuelo. Y, mientras, Elena y él estaban descubriendo una amistad sin tensión sexual, una especie de hermandad.

«¿Solo eso?», se preguntaba Elena a sí misma. Porque no se lo había contado a nadie más que a Ana, y Ana nunca habría hecho esa pregunta. Ana y Jorge eran amigos, Ana y Jorge se tenían ley. Y, sobre todo, Ana no juzgaba. No podía juzgar cuando Elena todavía no podía hacerse sin lágrimas algunas preguntas difíciles: ¿qué significaba que Jorge hubiera tenido un hijo? ¿Cuánto iban a poder compartir ahora en tiempo, intereses, conversaciones, prioridades…? ¿Cómo quedaba ella en ese nuevo mapa de afectos de Jorge? Si se conocieran, ¿le caería bien el niño? ¿Y ella a él? ¿Y cuando fuera adolescente, como Lola? Eran dudas demasiado ásperas y Elena se había acostumbrado a dejarlas aparecer como si fueran globos y, luego, pincharlas, hacerlas explotar e intentar olvidarlas con una disciplina prusiana.

* * *

El caso es que esta noche, tan a gusto en casa, le habría encantado que Jorge estuviera, mezclar un par de vodkas con tónica y, como siempre, sentarse cada uno en un extremo del sofá, mirándose. Jorge con las piernas cruzadas, Elena con los pies encima de él.

Jorge seguía sin aceptar la partida y Elena, nada masoquista, hace un jaque a su padre y pone el móvil en modo avión.

Soluciones

Ana y Sofía se habían quedado charlando hasta la madrugada. Hacía horas que Teresa y Lola dormían cuando Ana ofreció su salida de emergencia.

—Tengo las pastillas de mi padre. Si hacen falta, te las presto. Vamos, te las doy. Y, si quieres, lo hago yo…

Sofía protestó, sorprendida.

—No, no. Es mi madre. Me toca a mí.

—Nos toca a todos. Cuidar a los mayores es una responsabilidad de todos.

—Mi madre no es mayor. Ya quisiera…

Ana se intentaba poner en el lugar de Marga; le deseaba paz para poder elegir por qué calle pasear mientras pudiera, qué películas ver mientras le importase, qué comida pedir mientras le apeteciera… ¿Paz en pleno terror?

—¿Y está tranquila? —se atrevió, por fin, a preguntar.

Sofía bajó la cabeza y Ana intentó ayudar.

—Ha delegado en ti, así que es como si hubiera delegado en mí. Somos red.

—…

—Yo no habría podido acompañar a mi padre sin mi hermano.

—...

—Tú eres hija única y... Ya sé que eres una tía dura y todo eso, pero en esto te aguantas y estamos juntas.

—Pero si tú no tienes energía...

—Para ti sí. Para ti, toda.

—...

—¿Vale?

—Vale.

Sofía aceptó porque, la verdad, lo necesitaba.

Tras ese pacto de sangre, Sofía le había pedido a Ana una manta y un pijama.

Y, luego, su conversación dio aún muchas más vueltas porque los dolores intensos, los temas complicados, no se resuelven tan fácil. O, mejor dicho, no nos abandonan: necesitamos reafirmarnos una y otra vez.

—Creo que si yo fuera mi madre lo haría ya. ¿Por qué esperar? Va a ir perdiendo memoria y solo va a ganar angustia.

—Quizá quiere daros tiempo a ti y a tu padre para haceros a la idea....

—¿Te he contado que le ha buscado una residencia? Perdón, una residencia no: un apartamento asistido. Lo tiene todo pensado para que yo no me esclavice cuidándolo. Lo tiene tan pensado que creo que hay truco...

—¿Qué quieres decir?

—Tengo la sensación de que cualquier día me la encuentro... —Y Sofía hizo un gesto macabro, de muerte segura.

—Si lo hace, hay que respetarla.

—Sí, pero... Mi madre me ha empujado tanto a ser libre y autónoma que igual se ha creído que lo soy y... No sé, yo todavía la necesito, ¿sabes?

Así, con todos los secretos al aire, fue como vaciaron las penas y pudieron dormir. Cada una en un sofá, agarradas de la mano.

Por la mañana, se levantaron pronto, hicieron café, se dieron un abrazo. Apenas hablaron. Sofía se fue a su casa, Ana fue a despertar a Lola.

Era lunes.

* * *

Es lunes y lo primero que encuentra Ana es un mensaje de su ex. Hace meses que su única comunicación es para anular planes, pero...

—Me voy a llevar a Lola a Londres,
con Carmen.

«¿Y quién demonios es Carmen?», se pregunta Ana sin demasiado interés antes de dejar el mensaje sin contestar.

* * *

Es lunes y Elena llama a Jorge en cuanto sale de casa con sus vaqueros viejos.

Con una rebeldía infantil y obcecada, odia las normas cuquis, odia el *casual Friday* y ese modernismo hipócrita de algunas consultoras: «los viernes en tejanos, que somos enrollados; pero, por favor, el resto de la semana, intentad pensar con tacones y/o chaqueta», así que hace años que todos los lunes, sin falta, desde una desobediencia estéril y que sabe ridícula, va a la oficina con zapatillas deportivas y pantalones vaqueros.

Hoy los combina con una chaqueta elegante, un *look* parisino de mujer con mucha vida, con las huellas de la risa y la inteligencia bien marcadas en la cara y en el paso ligero y ágil, un *look* que la representa.

Es el día en el que va a anunciar su cambio y se le hace raro no habérselo contado a su compañero, a su amor. «¿Mi amor? No, Elenita, no. Tu amigo y gracias». Así, sin demasiada piedad, se habla Elena a sí misma mientras marca el teléfono de Jorge.

—George…

—Helen…

Siempre se llaman así, en inglés. Elena, además, pone acento muy *british* y, a la vez, muy regañón, como si George fuera el de *Los Roper,* esa serie tan antigua sobre un matrimonio exasperado. Enseguida relaja y le habla bajito, con una voz llena de amor y de nostalgia.

—¿Puedes hablar? ¿Te pillo bien?

—Siempre.

A Elena le dan ganas de hablarle así pero en la cama, en esas mañanas perezosas en las que todo lo hacían debajo del edredón: desayunar, leer, reír, hablar, querer… Con las persianas subidas y las sábanas cansadas. Elena se sacude la morriña:

—Tengo novedades. ¿Nos vemos y te cuento?

Jorge está terminando de desayunar en ese apartamento en el que vive desde hace tres años y que todavía no ha conseguido considerar su casa. No es tanto el tamaño, sino una sensación de asepsia, de no haberse dejado ni un pedacito de alma en el sofá. Lo alquiló amueblado, rápido, indoloro.

Quedan para la tarde y Elena intenta controlarse, pero no puede.

—Ayer no me aceptaste la partida.

—¿Es un reproche?

—Es un dato.

—Vale. Luego te veo. Tengo que recoger a Pablo y llevarlo al cole… —Jorge cuelga, sin enfado y sin dar explicaciones.

Elena se muerde los labios y se niega a arrepentirse. El arrepentimiento le ha parecido siempre una flagelación inútil. «No se puede rebobinar. Solo se puede aprender e intentar no repetir errores», eso le había enseñado su padre: «Estrena siempre errores nuevos». Y en eso anda, aunque este error de hoy es viejuno y facilón, un error vulgar.

* * *

Jorge no aceptó la partida a pesar de estar conectado. Jorge estaba ocupado o, simplemente, prefirió no jugar con su ex al ajedrez. Jorge —con los mismos años que ella, que son muchos— hizo lo que le dio la gana y estaba en su derecho.

«Minucias, qué rollo las minucias». A Elena le gusta esa palabra y, calibrando si es la que mejor define su pequeña metedura de pata, se entretiene y entra otra vez en el ánimo punk, en el ritmo de sus andares decididos, ejecutivos, digitales, modernos, agresivos y todos los adjetivos que buscaban en esa empresa que le acaba de hacer una buena oferta. «Las minucias nos hunden mucho más que la gravedad, son siempre las cosas pequeñas las que nos matan...». Elena se está perdiendo porque se ha puesto a imaginar a Jorge con Pablete, ese niño de dos años y pico que, con los ojos de su padre, camina tan contento a la guardería. Ese niño que, quizá, Jorge tuvo con otra mujer porque Elena no quiso tenerlo a tiempo.

⋆ ⋆ ⋆

—Que no, joder, Elena. Lo tiene con otra mujer porque se lio con ella una noche tonta —fue lo primero que dijo Ana, siempre comprensiva.

Elena no le reprochaba los cuernos porque en veinticinco años de relación los dos tuvieron tentaciones y deseos, cayeran o no, y nunca se los confesaron hasta que...

—¿Tú habrías abortado? —le había preguntado Elena a su amiga.

—...

—O sea, te quedas embarazada del rollo de una noche, de un tipo que sí, que parece buena gente, que lo conoces un poco por trabajo, pero que te saca casi veinte años y tiene la vida hecha por otro lado... ¿Habrías abortado?

—No sé, Helen. Supongo que abortar no es fácil, pero, por lo que dices, es una ejecutiva joven, con un buen curro y con criterio… Igual simplemente quería ser madre en algún momento; igual había tenido el típico novio de toda la vida y acababan de dejarlo; igual pensó «pues entre inseminarme a los cuarenta de un desconocido o aprovechar estos genes que sé cómo han salido…». No tengo ni idea.

—Yo habría abortado.

—Claro, pero tú nunca has querido tener hijos.

—Eso es verdad.

—…

—Pero… ¿se lo habrías dicho al padre? ¿Le habrías metido en ese lío tan gordo por una decisión personal tuya?

—Estás siendo injusta… Creo que la explicación es más sencilla: te quedas embarazada y le ofreces al padre la verdad, que es lo mínimo; y luego, además, todas las opciones: no implicarse, implicarse a medias, implicarse del todo…

—…

—Si me preguntas si se quedó embarazada a propósito, no tengo ni idea, pero lo dudo. Si me preguntas si hizo lo correcto al contárselo a Jorge, creo que sí; si quería tener al niño, sí, por supuesto. Lo correcto era contárselo y la prueba es que no le pidió nada más. Ha sido Jorge quien ha querido estar.

Poco a poco, Elena lo había aceptado. Jorge iba a ser padre de un hijo ajeno. Jorge iba a empezar una vida en la que ella no tendría tanto hueco. Jorge había elegido ejercer.

—Y, Helen, tía, si pienso en el padre de Lola, en su paternidad escasa y casi inexistente… No solo entiendo a

Jorge sino que se lo agradezco. Es un buen padre, un buen amigo, un buen tío. Jorge mola mucho.

* * *

Elena llega a la oficina ya más tranquila.

Aún no quiere conocer a Pablo. Está recuperando una relación con Jorge que no consigue calificar. No sabe si admite un adjetivo en presente o solo los que definen los restos de un pasado profundo, intenso, bueno… Antes de enredarse con el hijo, necesita saber dónde está con el padre. Y dónde quiere estar, que tampoco lo tiene claro. Además, aunque lo supiera, ignora lo que opina, quiere o desea la otra parte.

Suspira. Mira el edificio del que se va a despedir y entra a toda prisa, subiendo tres pisos por las escaleras. Su jefe no está. Tenía reuniones fuera toda la mañana. Elena echa un vistazo a la pradera, hay poca gente todavía. Se sienta a su mesa y abre un documento de traspaso para quien herede sus funciones. Cuando suena su móvil, se sobresalta. Primero porque ya casi nadie llama sin un mensaje previo. Segundo porque el número es el de Teresa, la madre de Ana.

—¿Teresa? ¿Estás bien? ¿Ha pasado algo?

Unos minutos después, Elena levanta la cabeza hacia el techo y piensa. Piensa en lo que le ha contado Teresa, piensa en su madre, piensa en las madres. Esa necesidad crónica de resolver, esa obsesión por salvar. Teresa está preocupada por Ana y quiere hablarlo en persona con Elena, quiere que lo arreglen juntas. Quiere, además, que Ana no se entere, que Elena le guarde el secreto.

«Las lealtades…», se dice Elena con ganas de que Teresa hubiera adivinado y entendido su silencio. «Mi lealtad es con Ana». Le ha dado largas, claro. «Es una semana complicada, de cambios gordos, dame unos días y te aviso…». Luego llamará a Anuska para contárselo. Además, seguro que se verán pronto. La puede ir a buscar cualquier día a la piscina. Coge un *postit* y apunta sus tres conversaciones pendientes: Jefe, Jorge, Ana. Luego traza una línea y, en otro nivel, añade a Teresa. Otra línea: útero. «Tengo que intentar aprovechar estos quince días de transición para buscar esa segunda opinión».

★ ★ ★

Justo en ese momento, como si le leyera la mente, llega un mensaje de Sofía con un contacto, la doctora Jiménez y, después, un imperativo repetido: «Llama. Ya». Sofía, medicalizada por el diagnóstico de su madre, necesita un entorno sano, un entorno que se cuide, un entorno seguro. «Es la mejor ginecóloga de tu seguro. Llama ya. Llama ya. Llama. Ya». Y Elena, que no tiene nada mejor que hacer mientras espera a su jefe para decirle que ya no va a ser su jefe, llama y consigue una cita esa misma semana invocando el nombre de su abogada y amiga. Le escribe un mensaje:

—Ya tengo cita, abogada.

—Gracias.

—¿Tú estás bien?

Sofía escribe, borra, escribe...

Elena se impacienta y llama.

—¿Qué?

—Nada —dice Sofía con voz de todo.

—¿Seguro?

—Tengo trabajo, Helen.

—Te dejo.

Elena cuelga y añade en el *postit* el nombre de Sofía. Lo dobla y, justo entonces, ve entrar a su jefe:

—Ernesto, tenemos que hablar.

* * *

Ernesto, el director general de la empresa, es un hombre cansado. No es mal tipo, es solo que nació rendido, nació agotado. Elena sabe que es injusto describirlo en dos frases, seguro que es un ser humano complejo y valioso, pero... Lleva años gestionando la crisis con una mezcla de resignación y desidia, sin tomar decisiones, sin ponerle ganas. Elena lo aprecia en lo personal y lo sacudiría en lo profesional, como en ese chiste que le encantaba de pequeña: «Mamá, mamá, no quiero ir al colegio». «Venga, hijo, levántate, que eres el director». A Elena siempre le han dado ganas de gritar: «Venga, Ernesto, que eres el director. Arriésgate, haz».

—No me des malas noticias, Elena, te lo pido por favor —le suplica Ernesto mientras caminan juntos hacia su despacho.

Elena sonríe y, sin sarcasmo, niega:

—No, no. Es buena: te voy a rebajar los costes salariales.

Ernesto se gira:

—No me jodas, que no estoy de humor.

Elena se calla hasta que cierran la puerta, espera que él llegue a su silla gigante y se esconda detrás de la mesa más opulenta de toda la oficina y, entonces, sentándose ella también, con cuidado, al otro lado de la mesa, y moderando el tono para que no parezca jactancia, repite:

—Te voy a rebajar los costes salariales. He aceptado una oferta. Quería decírtelo a ti primero y ahora escribiré a Recursos Humanos. Me voy en quince días.

Ernesto se tapa los ojos con las manos, baja los codos a la mesa y se sube las palmas por la frente, agachando la cabeza. No dice nada.

—Ernesto… Ernesto, ¿estás bien?

Y, de repente, Ernesto se parte de risa.

—Qué cabrona, qué suerte. Te escapas como las ratas, antes de que se hunda el barco…

Es una risa un poco loca y Elena se ofende.

—Tampoco es solo suerte; también es mérito.

—Elena, a tu edad, que es casi la mía, en este sector, en este momento, es suerte. Me alegro por ti y también me da una envidia de cojones.

—Mmm… ¿Gracias?

Ernesto se levanta, la abraza.

—¡Enhorabuena, de verdad! Dile a Recursos Humanos que no te mareen. Hazme un informe, ordéname bien tus proyectos y vete cuanto antes. Estoy casi seguro de que te vas a nuestro principal competidor… —La mira y Elena asiente… Nombra el puesto, nombra la empresa—. Me entrevistaron, ¿sabes? Me alegro de que seas tú. Te lo mereces. Dame otro abrazo y vete, anda, vete.

Juicios

Sofía tiene una semana complicada. Un caso incómodo y rocoso, un caso complejo contra una mujer que ha acusado a su ex, el cliente de Sofía, de algo que Sofía sabe (lo ha comprobado, lo ha demostrado) que él no ha hecho. Su alianza natural con las mujeres se revuelve contra las excepciones que sí, claro, existen, y son eso: excepciones.

Una madre francesa, una denuncia de malos tratos que nunca se prueba, un hijo que sale del país, un padre destrozado. Sofía se aplica porque cree que, resolviendo las excepciones, se confirma la regla. Ella no lo llama violencia de género, es un término que le suena a una violencia semántica; para ella es violencia machista, con todas las sílabas, con toda la tristísima y cruel carga real del adjetivo que algunos se empeñan en negar.

«Es que en las redes se han puesto de moda los matones del colegio», le resumió Ana un día. «Esos niños de papá no muy espabilados que eran los más cachas y los más pegones…». Sí, y Sofía, mientras, tiene un cliente al que sabe inocente y que no puede visitar a su hijo en Francia.

Por la tarde tiene una reunión por vídeo con un colega francés. Están trabajando juntos, bien. A finales de semana será el juicio en Nantes. Sofía repasa el expediente. Hace ya dos años que la mujer se fue, que la justicia abandonó a ese niño que no ve a su padre, que seguramente ya no lo recuerda. La justicia es pública, lenta, teórica y abstracta. Su cliente y su hijo necesitan una atención rápida, práctica, personalizada, concreta. Necesitan una solución legal e inmediata. Necesitan un abrazo. Necesitan una vida llena de amor y de esperanza.

Sofía se echa a llorar, sola, en el despacho.

«Yo también necesito un abrazo, joder».

Y, luego, busca una botella de agua con gas en la pequeña nevera que tiene en el rincón. Con el picor del gas, se enchufa. Llama a su cliente y quedan para preparar su testimonio en francés, el francés que ha estado aprendiendo un padre que necesita recuperar a su hijo en cualquier país, en cualquier idioma, pero cuanto antes.

★ ★ ★

Cuando termina, Sofía llama a su madre y no sabe si preocuparse o alegrarse cuando Marga lo coge al primer timbre.

—Hija, ¿cómo estás?

—Bien, mamá. ¿Tú?

—Estoy bien… Tu padre y yo hemos ido a desayunar a la cafetería en la que nos conocimos y luego hemos dado un paseo. Ha sido una mañana muy bonita.

—Qué bien, mamá. Me alegro.

—Hija…

—¿Sí?

—Haz un paréntesis, apártame un poco. Esto no es ya, no es todavía. Descansa.

Sofía valora lo que le pide ahora su madre. Otro imposible, pero ella también puede mentir, ¿no? Al fin y al cabo, el amor inventó las mentiras piadosas, que es un adjetivo ideologizado y feo para las mentiras necesarias.

—Claro, mamá. No te preocupes, te quiero.

—Y yo a ti más.

Esa había sido siempre la despedida de esta madre y esta hija, siempre. «Yo a ti más». Y ahora Sofía siente un escalofrío: ¿y si, cualquier día, es una despedida definitiva porque su madre resuelve el problema por su cuenta? Va a volver a marcar su teléfono pero se controla: si lo fuera, estaría bien; si lo fuera, sería su decisión; si lo fuera, lo respetaría.

Así que, con la llamada acabada, Sofía susurra: «Te quiero y te necesito, mamá. Todavía te necesito». Luego silencia el móvil, lo coloca boca abajo y lee una vez más todo lo que ha preparado para el juicio, con esa concentración que mantiene pese a las constantes interrupciones de la tecnología que han arruinado la constancia de sus amigas. «Es porque eres bailarina, una masoca disciplinada», se reía Elena. «No, es porque sus casos son de vida o muerte; un abogado es como un médico», corregía Ana. En realidad, Sofía se concentra con esfuerzo y determinación, porque es lo que tiene que hacer. Se concentra porque lo contrario sería mala praxis.

* * *

En la agencia, Ana mira alrededor: hace diez años gestionaban la mitad de clientes y, sin embargo, eran el triple de periodistas. Un ERE detrás de otro y se habían quedado en esa raspa y esa miseria, la sensación de tener que dar gracias cada día porque eran periodistas con nómina. Sí, claro, sueldos congelados y, a grandes rasgos, el triple de trabajo, pero... «Gracias a Dios». Todas las semanas, algún compañero, alguna compañera, pronunciaba esas tres palabras y Ana hervía.

«Gracias a que somos unos *mataos* que sacamos esto adelante, gracias a que todavía somos capaces de enganchar a suficientes usuarios, gracias a que nos quedan pocos escrúpulos, gracias a que tengo cincuenta y controlo el *fucking* Twitch, gracias a que no decimos que no a nada...». Y entonces Ana se ponía a canturrear por dentro a Mercedes Sosa. No recordaba su nombre, pero sí sus versos, los que escribió Violeta Parra en realidad. Los recordaba de cuando era pequeña y sus padres se atrevían a celebrar la Transición; se atrevían, sobre todo, a tener esperanza: «Gracias a la vida, que me ha dado tanto».

La vida le había dado mucho. Unos padres buenos, íntegros, cariñosos. Una educación exquisita. Un hermano que le caía bien y la acompañaba. Amores, viajes, ilusiones. También le había dado a Lola (y, sí, le había quitado el tiempo, pero le había dado a Lola).

Cantaba a la vida mientras editaba un vídeo (también eso hacía: editar vídeos en un modernísimo programa que su compañera, la que decía «guapi», no manejaba a pesar de presumir todo el rato de ser *millennial,* nativa digital, joven y *cool).* Lo que sí era cierto es que esa compañera tenía miles de seguidores en Instagram, que todas las semanas estrenaba ropa; que no se cansaba en tacones y nunca se le corría el maquillaje; que era, o parecía, una treintañera eterna. Pero justo esa mañana Ana había leído en una *newsletter* una frase que tenía ganas de enseñarle: «Algún día todos seremos los viejos y gordos que se han quedado desfasados».

—Mira, es del newsletter de Antonio Ortiz, el de Webedia…

—¿Qué? Repite…

Ana lee despacio: «Algún día todos seremos los viejos y gordos que se han quedado desfasados», y su compi guapi contesta con un golpe de melena:

—Tú no, cariño. Tú siempre has sido delgada. Mírate, menopáusica y sin tripa.

«Zorra», piensa Ana. «Hija de puta». Y se corrige porque son insultos sexistas. Los retira y no puede evitar una pregunta sincera:

—Tú sabes que siempre habrá otras más guapas y más jóvenes que tú, ¿no? ¿Que la juventud se cura con el tiempo?

—Yo confío en Jeff Bezos, guapi. Ya ha lanzado su cohete y ahora se pondrá con lo de la juventud eterna. A ti te va a pillar tarde, aunque tienes buena piel…

Ana se rinde. «Es una caricatura, un tópico andante. Es mala suerte tenerla tan cerca, pero, oye, igual un día le encuentro la gracia…». Sigue escribiendo y solo a la hora de comer, cuando se da un paseo largo antes de comprarse un sándwich, vuelve a abrir el mensaje del padre de Lola y lo relee buscando pistas:

—Me voy a llevar a Lola a Londres,
con Carmen.

Ana tiene muchas preguntas: por qué a Londres, por cuánto tiempo, por qué ahora y, también, sí, quién es Carmen.

Hasta hace unos meses su novia era una tal Sonia. Quizá debería llamarle y pedirle explicaciones, pero se siente protegida porque, gracias al maldito Brexit, para ir al Reino Unido hace falta pasaporte y el de Lola está caducado. Tendrían que ir los dos juntos, con el libro de familia en la mano, a firmar y garantizar otra vez que ninguno iba a sacar a la niña del país para siempre. Vamos, que en cualquier caso su ex se lo iba a tener que currar un poco más que un mensaje de texto.

★ ★ ★

La última vez que renovaron el pasaporte —hace seis años, una pandemia y unas cuantas vidas— estuvieron horas en comisaría. Ana y Lola se iban de viaje con unos amigos y les tocó esperar entre adolescentes que habían perdido el móvil y parejas que no se hablaban.

Álvaro, encima, quiso hacer un chiste delante del policía. Con ese sentido del humor del que estaba tan orgulloso y que casi siempre resultaba inoportuno.

—Firmo porque hemos hecho una hora de cola y no quiero discutir, pero que conste que no me fío de mi ex.

El policía levantó la vista.

—¿Qué dice?

—Que me gusta que se lleve a la niña de viaje y le enseñe el mundo, pero que no sé si me fío.

—¿Tiene usted motivos de sospecha?

El policía no sonreía, y Ana, callada, pensaba: «Imbécil, si nos mudamos a otro país ni te enteras, que apenas duerme en tu casa seis noches al año».

Álvaro no contestó.

—Veo que la custodia es de la madre, señor. ¿Quiere usted hacer alguna denuncia? ¿Quiere que anulemos la autorización para volar? ¿Tiene usted motivos de sospecha? —repitió el policía muy serio.

—No, nooo…

—¿No qué?

—Era broma.

—No tiene ni puta gracia —dijo el policía. Y, mirando a Ana, sonrió empático y dijo—: Lo siento. La próxima vez, venga con su abogada a ver si así mejora el sentido del humor de su exmarido y nos reímos todos.

Ana se aguantó las ganas de contestar, como siempre: «No es mi marido; nunca nos casamos». Como si así, sin boda, sin fiesta, sin papeles, fuera menos grave la necedad de Álvaro, pero la realidad es que daba igual: con hijos, daba igual. Lo que sí hizo fue agradecer al policía el rigor, la profesionalidad y el rapapolvo.

* * *

Alguna vez Álvaro le había pedido consejo a Ana para dejar a sus novias.

A una porque quería tener hijos; a otra porque ella también tenía una hija y quería que vivieran juntos... «Como comprenderás, no voy a vivir con una niña ajena...». Ana se ahorró el explicar que no comprendía su comportamiento con la niña propia, así que imposible con la niña ajena. Álvaro insistió.

—Anda, ayúdame... ¿Cómo la dejo? Tú me dejaste bien, que yo me acuerdo. Me hiciste creer que te dejaba yo...

—No sé, Álvaro. ¿No me dejaste tú?

—No tengas morro. ¿Cómo lo hago?

—Con toda la sinceridad que puedas, pero evitando la crueldad. Ten cuidado de no parecer un egoísta.

—Soy un egoísta.

—Pues entonces hazlo como quieras.

La frecuencia y la intensidad de la relación entre Álvaro y su hija se podía calcular en novias. Hasta los ocho o nueve años, siempre se llevaba a Lola en los principios: parecer un buen padre, un padre entregado, le hacía quedar como un buen tío. Y la niña era dulce, guapa, divertida... Un punto positivo en la imagen de Álvaro. Eso ocurría un par de fines de semana y, luego, cumplido su papel, Lola era descartada mientras él y la novia se encerraban en hoteles exóticos.

Entre novia y novia, volvía a ejercer un poco, pero Lola ya no era esa niña mona, sino una adolescente con planes propios, humores impredecibles y reglas abundantes; armada, por experiencia, con un tremendo escepticismo hacia ese hombre tan poco confiable, encerrado en otra adolescencia, esta egoísta y perpetua.

* * *

Cuando Ana llega a casa, cansada y sin haber contestado el mensaje, se encuentra a Lola haciendo la maleta.

Su padre le había escrito también a ella con algo más de información: Carmen era Carmen X., conocida trapera feminista. Tenía veintiocho años. Ana la había escuchado en Spotify y la había leído en alguna entrevista: letras llenas de fuerza, una formación musical clásica, talento a tope e ideas muy claras.

«¿Y qué hace con este? ¿Cómo la ha engañado?». No lo pregunta en alto, pero Lola se lo cuenta:

—Se conocieron porque papá le está produciendo un documental. Me ha mandado ella un audio desde el móvil de papá. Dice que tengo suerte de tener un padre tan comprometido y tan entregado, que necesitamos más hombres como él, hombres que sean auténticos aliados. Dice que papá la va a acompañar en la gira y que quieren que yo vaya con ellos, que no quiere separarme de mi padre.

* * *

Ana se ha quedado enganchada en la palabra «aliados». «Álvaro, aliado. Sí, aliado el que tengo aquí colgado». Se ríe de pena, ella sola, por esa frase ridícula. «Ya me he rebajado a la adolescencia de estos dos». Traga saliva y pregunta:

—¿Y cuándo te vas, entonces?

—El jueves.

—¿Este jueves?

—Sí.

—¿Y por cuánto tiempo?

—Un mes, ya te lo he dicho.

—No, no me lo has dicho.

—Es obvio, mamá. La gira es un mes.

—¿Y el colegio?

—Seguirá en el mismo sitio cuando vuelva, además, ya casi es Semana Santa.

—Sí, casi, queda un mes y pico.

—Mamá, no me jodas. No me arruines la vida otra vez. Que siempre lo estropeas todo, joder. Que es la oportunidad de mi vida. Van de Londres a París, luego a México y a Argentina. Voy a conocer un montón de países y un montón de gente. Mamá, si repito curso, repito y punto. ¡Mamáááá...!

Lola, niña grande, ha ido subiendo el tono y ahora le está tirando de las solapas, la está sacudiendo, casi histérica.

Ana le agarra las muñecas para frenarla y Lola grita.

—¡No me pegues!

Y entonces Ana se harta:

—¿Que no te pegue yo? No te he pegado nunca. En mi puta vida te he pegado. ¡No me pegues tú a mí! ¡No me grites tú a mí!

Su voz es tan seria, de una seriedad tan extraña, que Lola se calla.

—Estás en tercero de la ESO. E-Ese-O. Educación Secundaria Obligatoria. A los catorce años la educación es obligatoria. Tu padre igual no se da cuenta porque nunca te ha llevado al cole, pero es obligatorio. No puedes irte un mes a Londres, ni a México, ni a ningún otro sitio hasta que no tengas vacaciones. Y, si no me crees, vete al aeropuerto e intenta salir, aunque, por cierto, tienes el pasaporte caducado…

—¡Eres una hija de puta, mamá! ¡Te odio!

Lola se pone a llorar, dando puñetazos al aire y a su madre. Llena de rabia infantil y de frustración adolescente, o al revés. Jodida por la promesa incumplible de un padre irresponsable y ausente; culpando a la madre responsable y presente.

Llora y grita, sigue gritando: «¡Eres una hija de puta! ¡Vivir contigo es una mierda!». Grita tan alto que su abuela sale del cuarto y, antes de mirar siquiera a su hija, ve a su nieta, acurrucada en el sofá, llorando, temblando, y se arrodilla a su lado como si tuviera veinte años menos:

—Lolilla, ¿qué te pasa, mi vida? Cuéntaselo a tu abuela…

De pie, sola, siempre sola, Ana también llora, pero no grita y no tiembla. Pregunta, casi suplica…

—¿Mamá…?

Y lo repite más alto, por si Teresa no lleva los audífonos. También le toca un hombro y le pide que la mire, pero ni su madre ni su hija se vuelven hacia ella. Ana llora silenciosa y nadie la consuela. Da un paso atrás para repasar la escena y recuerda… El día que nació Lola, su madre le hizo una promesa solemne: «Voy a querer mucho a mi nieta, pero tú siempre estarás primero». A Ana le pareció una promesa innecesaria y un poco histriónica; jamás pensó que su madre fuera a tener que elegir ni, mucho menos, que eligiera equivocarse, pero ahora, esta noche de lunes absurda, la escucha susurrarle a Lola:

—Tranquila, que ya hablaré yo con ella. Tu madre está cansada y triste, ¿sabes? Pero lo entenderá.

Y Ana lo vuelve a intentar:

—Mamá, por favor, escúchame un minuto…

—Espera, hija, que Lolilla está con un ataque de ansiedad. Espera…

—¿Un ataque de ansiedad? No, madre; lo que tiene Lola es una pataleta.

—Ay, hija, qué más da eso ahora…

—Mamá, que soy su madre…

—Lolilla, no llores. Lola, mi vida…

Teresa sigue susurrando ternuras y Lola, ya sin lágrimas y enganchada al cuello de su abuela, mira a Ana, satisfecha. «Aliada, la que tiene ella colgada», piensa Ana sin poder evitarlo.

* * *

Se va a la cocina, se sienta a la mesa y las escucha desde allí: Lola se sigue quejando de su madre («Nunca me hace caso, siempre me regaña», con esos adverbios definitivos que no admiten excepciones, tan dramáticos, tan efectistas), Teresa le sigue dando la razón («Tranquila, mi vida, es normal que quieras pasar tiempo con tu padre…»). Lola reconoce que en parte es eso, pero que, sobre todo, lo que quiere es presumir con sus amigos, «Abu, es que, de repente, mi padre sale con Carmen X…». «Claro, hija, claro». Y Ana tiene ganas de gritar: «Tu padre sale con Carmen X., pero contigo no entra».

Lola sigue: «Mamá está siempre agobiada, que si el dinero, que si la casa, que si el trabajo... Papá siempre está feliz». Y, ahí, en ese momento en que Teresa no contesta una obviedad («Tu padre, Lola, está feliz sin ti porque contigo no está»), Ana se harta, coge un papel y escribe:

> Madre, la madre de Lola soy yo. La que se ha ocupado sola de ella durante catorce años soy yo. La que se ocupa de que vaya al colegio soy yo. La que se traga sus dramas soy yo. Y, sí, también soy la que le dice que no se puede ir un mes de viaje con su padre en pleno curso. Gracias por ayudarme a que no lo entienda, gracias por fomentar su pataleta.

Y, con eso, completamente derrotada, mete en una mochila un cepillo de dientes, una muda y un libro, y cierra la puerta despacito, dejándolas juntas, eligiéndose sola. En la calle hace frío y Ana duda: ¿la casa de Elena, la casa de Sofía...? Pero no: quiere silencio, quiere estar a su bola.

Recuerda un hotel a dos manzanas. Nunca ha dormido en un hotel en su propia ciudad, pero ya no le da ni reparo ni vergüenza: pide una habitación, tira la mochila a la cama, saca del minibar unos frutos secos y un agua, se recoloca mil almohadones, se tumba, pone el móvil en modo avión y enciende el televisor sin sonido. Y entonces sí: allí, sola, llora ya con ruido, con mocos, con desesperación. Llora hasta quedarse sin lágrimas.

Y, luego, le entra la risa recordando a una madre del colegio, madre de mellizas, o sea, con una adolescencia doble en casa. Esa madre perfecta pasaba el día leyendo a psicólogos de todas las nacionalidades. Los leía en libros pirateados y luego repartía por WhatsApp los PDF. Los títulos eran espantosos: *No te dejes agredir, Cómo cortarle las púas a tu erizo, Queriendo a tu enemigo*… Ana no se había descargado ninguno, pero coleccionaba los títulos para hacer reír a Elena. Intentaba imaginarse a esa madre tan preparada y tan perfecta, la que siempre había cosido a mano los disfraces de sus hijas. ¿Qué haría cuando las mellizas le gritaran «¡Eres una puta pesada!»? ¿Les prepararía un batido de fruta natural con lexatín machacado y lo llamaría *smoothie*?

En realidad, no tiene gracia: Ana, aunque su cabeza le asegura otra cosa, siente en esa noche de hotel, en esa noche exiliada, que quizá sea ella la única madre a quien su hija adolescente grita y pega, quizá sea ella la única madre mala, madre sola, madre incapaz.

¿Era ella así de adolescente? Intenta acordarse con honestidad y solo recuerda complejos, escarceos, timidez. ¿Está reprimiendo los recuerdos? Conecta el móvil un segundo y escribe a su hermano, que comparte su infancia y su memoria:

—¿Te acuerdas de si yo era insoportable de adolescente?

—Igual que ahora.

—En serio.

—Igual que ahora, pero estabas más gorda.

—¿Gritaba a mamá?

—No te he oído gritar
en toda mi vida.

—...

—Pero sí que estabas
bastante gorda...

—Está prohibido hacer eso,
¿no? Es *fatshaming*
o como se diga.

—Estará prohibido, pero
es verdad: estabas gorda, Anita.

—Te quiero.

—Y yo, gordi.

Y, entonces, Ana se toma una pastilla para dormir, abre el libro y finge que se olvida hasta que llega el último mensaje de su hermano. Al leerlo, sonríe y, más tranquila, apaga el teléfono:

—No te fíes de mis recuerdos. La verdad es que nunca te he hecho mucho caso.

Expectativas

Jorge y Elena cenan en su japonés favorito. Ahora arrasa el rollo «*foodie* castizo», los cocineros locales con estrella y mucho rollo en Instagram; pero Jorge y Elena son adictos desde hace décadas a un sushi muy concreto, el de este local sencillo, donde siempre les dan una mesa aislada.

Jorge está guapo. Ha adelgazado, se ha dejado barba. Parece más joven y Elena siente un pinchazo.

—Estás guapo, estás muy guapo.

—Gracias, Helen.

No espera un piropo por reciprocidad. Hay mucha confianza y Elena se conoce: ella está bien. Sin maquillarse demasiado, aunque recién duchada con el gel que a él le gusta (el que le gusta a ella también; el que siguen usando ambos), armada con su mejor sonrisa porque se alegra de verlo, de tenerlo para ella una noche entera.

—Voy a invitar yo, que tengo buenas noticias.

Ya han pedido y beben un sorbo de sake.

—Pues, venga, cuenta, ¿no? ¿O te quieres seguir haciendo la interesante?

—No, contigo no cuela: me han hecho una superoferta y me cambio de trabajo.

Elena le explica el proceso, las mil entrevistas y ese primer amago de esconderla, de ponerla por fuera, por debajo, por detrás; su negativa digna y algo temeraria y el encuentro casi milagroso con los dos socios dispuestos a recapacitar, reconocer un error y enmendarlo.

—Me siento como si me hubiera tocado la lotería.

—¿Por qué? Si eres la mejor y lo vas a hacer de maravilla. La lotería les ha tocado a ellos.

—Jo, George, tú sabes que no es así, que estamos al borde de los cincuenta y...

—Y te acaban de hacer un fichaje de estrella. Como te mereces.

Jorge brinda; se levanta, la abraza y le susurra al oído: «¡Enhorabuena, *crack;* de verdad! ¡No sabes cuánto te admiro!». Se lo dice en voz muy baja, una voz que a Elena le hace cosquillas, que le trae recuerdos dulces y una nostalgia intensa.

Cuando Jorge vuelve a su silla, Elena quiere preguntarle dónde están, qué puede esperar, cuáles son sus planes. Pero no debe, así que se traga los interrogantes y las expectativas y cambia de tema:

—Cuéntame tú. ¿En qué andas? ¿Cómo estás?

Jorge sonríe, esa sonrisa preciosa y abierta, esa sonrisa que reconoce su truco de desviar la atención, pero se deja. Le cuenta un par de anécdotas del trabajo, los últimos logros de Pablo (su velocidad en patinete, su pasión por el lenguaje) y, luego, generoso y sincero, le habla de la madre:

—No pensaba que fuera a funcionar, la verdad; creía que iba a ser más confuso. Pero ella es lista, amable, respetuosa... Muy buena madre. Es facilísimo educar con ella... Hoy me ha estado explicando que en otros países lo tienen clarísimo. No hablan de ser ex dando peso al pasado, sino de *coparenting,* de ser padres juntos, priorizando el presente. Suena buenista, pero tiene sentido. Además, ella y yo no somos ex, nunca hemos estado enamorados, no nos hemos ilusionado el uno con el otro para luego decepcionarnos. Somos compañeros en una tarea común. Con ella es cómodo y con Pablo... La verdad es que me está gustando ser padre.

Elena también le escucha generosa. Ella tampoco lo esperaba.

—Me alegro tanto, amor. Tanto...

Y se alegra de verdad.

—Está saliendo con un tío de su empresa. Van en serio. Me lo ha presentado y él quiere a Pablo, lo cuida... Es todo tan civilizado que parecemos noruegos.

—¿Seguro que son los noruegos los civilizados? Pensaba que eran los daneses.

Se ríen y brindan por Dinamarca y, por si acaso, también por Noruega, por Suecia y hasta por Finlandia.

Y, entonces, Elena no se resiste:

—¿Y tú? ¿Sales con alguien?

—Contigo, ¿no me ves? Estamos aquí cenando y emborrachándonos...

—Tonto.

—Tonta tú, que tú sí que salías con uno, ¿no? ¿Enrique era...?

Ante la cara de sorpresa de Elena, Jorge aclara:

—Me lo contó tu madre. Estaba ilusionada... O quería darme celos, no lo sé.

Elena tuerce el gesto y Jorge se adelanta:

—No se lo tengas en cuenta…

Elena gruñe, poco convencida, pero Jorge no le da tiempo a enfadarse.

—Bah, ¿qué pasó?

—Nada grave, solo que no merecía la pena, pero no me ha dolido demasiado.

—¿Y ahora?

—Pues, mira…—Elena duda—. Te podría contar una milonga…

—…

—Hacerte una tesis… Como mis amigas, que dicen que llevan demasiados años engañadas por el mito del amor romántico, buscándolo o sintiendo que les falta para no ser impares, pero que se han dado cuenta de que están mejor solas y en paz…

—¿Pero…?

—Pero yo he vivido ese mito. —Elena habla despacio, consciente del riesgo que corre con la sinceridad—. Lo he vivido contigo y la verdad es que lo echo de menos. Quiero decir que echo de menos lo nuestro; a nosotros.

Jorge acaricia el borde del vaso, callado.

—Lo siento. Me has preguntado y necesitaba decirte la verdad.

—Yo también lo echo de menos, Helen. Mucho —lo dice bajito y le coge la mano sin levantar la mirada. Elena tiembla—. Pero me da miedo volver y que no sea como antes, meterte en este lío de Pablo, meterlo a él… Me da miedo que nos desencontremos en este nuevo contexto…

—¿«Contexto», George? ¿Nos estás llamando «contexto»? —Elena se ríe y Jorge la sigue.

—¡Y yo qué sé! No sé cómo llamarlo... No encuentro la palabra para definirnos...

—Somos nosotros. Los mismos que nos atrevimos a vivir en la otra punta del mundo y hasta fuimos capaces de aprender chino. Dime que no podríamos, si eso es lo que quieres, si eso es lo que queremos, querer y cuidar a tu hijo mientras nos seguimos queriendo y cuidando nosotros. Que eso, además, sabemos hacerlo...

Jorge asiente, con alguna duda aún en la cara.

—¿Podemos ir despacio?

—Podemos. Podemos también no ir...

—Lo que no podemos es hacernos daño.

—Eso es imposible.

* * *

No duermen juntos esa noche. Su amor es demasiado delicado y ellos se notan frágiles, ilusionados y con una pizca de miedo. Elena llega a casa y se observa en el espejo: «¿Es un milagro? ¿De repente, de un día para otro, lo tengo todo? ¿Amor, salud, trabajo, dinero?». En vez de contestarse, piensa en sus amigas, en Ana, que anda exhausta y hueca, en Sofía, que esconde un sufrimiento. «Disfruta, Helen», sabe que la animarían ambas.

Y, con eso, oliendo todavía a Jorge después del larguísimo abrazo que se han dado al despedirse, se duerme con una lágrima en el ojo, una lágrima de esperanza.

* * *

Sofía, mientras, está en casa de sus padres. A pesar de la conversación de la mañana, tan pacífica, su madre volvió a llamarla por la tarde, nerviosa, asustada:

—Sofía, hay que deshacer la casa.

—¿Qué dices, mamá?

—Hay que deshacer la casa. ¿No te acuerdas de esa obra de teatro de Sebastián Junyent?

—No... No sé de qué me hablas.

—Hicieron una película. Es una obra sobre lo difícil que es vaciar las casas cuando muere alguien. Hay que revisarlo todo y pensar bien lo que se conserva, que siempre es demasiado... Luego cuesta os costará tirar cualquier tontería... Tenemos que ponernos ya a vaciar la casa para que no tengáis que hacerlo después tu padre y tú. Tenemos que empezar ya...

Sofía no está acostumbrada a los nervios de su madre, a su exigencia ansiosa. Va corriendo a verla y, cuando llega, se la encuentra serena, leyendo en el sofá.

—¡Qué bien verte y qué raro a estas horas! ¿A qué has venido, hija?

Su padre la mira y se lo dice todo: él estaba delante en la llamada anterior, es testigo ahora también del cambio de ánimo. «Tranquila», le dice su mirada. «Aprovecha la paz».

—A estar un rato con vosotros, mamá. A nada más. ¿Me haces un hueco en el sofá?

Y Sofía se tumba con la cabeza en el regazo de su madre, que la acaricia distraída:

—Eres grande ya para esto, bebé, bebazo…

Y Sofía lo niega en silencio. «No, mami, no. No soy grande, no lo seré nunca».

Cambios

Ana va a la oficina sin pasar por casa.

Dormir fuera y habiéndolo llorado todo le ha permitido justo eso: dormir; dormir de verdad, descansando, sin estar pendiente de sus dos queridísimas almas, sus dos pesadísimas cargas. Y le ha sentado bien; se siente, casi, ligera. Al darse cuenta, sonríe. Hace sol, un poco de frío; es casi primavera.

En el móvil, un mensaje de su madre: «Al menos dime que estás bien», y Ana, que no es cruel y no pretende alarmar a nadie, le manda un emoticono con un beso. También hay un larguísimo audio de Lola que Ana no escucha porque no quiere volver a enredarse en la culpa ni en la queja. Son sentimientos pegajosos y Ana, hoy, no admite lastres.

Es la una de la tarde, primera hora para él, cuando su ex (el padre de Lola, más bien, que la categoría de ex caduca o debería caducar pasado el tiempo) la llama por teléfono. Ana mira el móvil, sorprendida: Álvaro se entregó muy rápido al WhatsApp porque allí nadie le lleva la contraria. Empezó a mandar mensajes anunciando sus decisiones en vez de llamar y arriesgarse a la discrepancia o el cuestionamiento. «Este fin de semana, no. El próximo tampoco». «Este año voy a trabajar todo el verano. No podré llevármela de vacaciones». «Mi asesor fiscal no me deja pasarte la pensión este mes». Y así. Ana enseguida aprendió a no contestar: ¿acaso le iba a convencer para cumplir sus obligaciones con un mensaje? No, Ana solo los guardaba: la desfachatez convertida en rastro digital.

* * *

Ana no coge el teléfono y Álvaro llama, llama y llama.

La única libertad que le queda a Ana, ocupándose sola de su hija, es elegir cuándo le coge el teléfono al padre en sus infrecuentísimas llamadas. Por supuesto, contesta a la primera cuando Lola está con Álvaro, pero no olvida su crueldad: los pocos días que pasaba con Lola, cuando la niña no tenía móvil, él nunca respondía a las llamadas de Ana. Lola se iba con él llorando y la madre no podía escucharle la voz y entender cómo estaba de verdad. Hasta que la niña, que somatizaba siempre, se ponía enferma y entonces Álvaro mandaba un mensaje: «Tiene fiebre, te la devuelvo esta tarde».

En cualquier caso, Ana asume que Lola está hoy en el colegio y no con Álvaro; así que pasa de contestar. Después de dos reuniones por Zoom, vuelve a mirar el móvil y lo que descubre es un mensaje de Elena:

—Anuska, me ha llamado tu madre. Quiere hablar conmigo.

—¿Cuándo?

—Ayer por la mañana.

—No puede ser. Habrá sido hoy.

—Ayer.

Ana se levanta y, mientras sube y baja las escaleras de su oficina para hacer ejercicio, llama a Elena:

—Ayer por la noche discutimos, pero… ¿Ayer por la mañana…? Qué raro; no había pasado nada… Igual es vidente y sabía que…

—Me dijo que estaba preocupada, que quedásemos y que no te dijera nada.

—Gracias.

—¿Por…?

—Por contármelo.

—Solo faltaba. ¿Qué quieres que haga?

—¿Cómo?

—Es tu madre. Ya sabes que la quiero, pero mi amiga eres tú. ¿Quedo con ella?

—¿Quieres?

—¡Qué pesada! Quiero lo que tú me digas. ¿Sabes qué le pasa?

—No sé, si hubiera sido anoche…

Ana le resume la situación y Elena flipa.

—Pero este imbécil… ¿Ahora es el padre guay? Ya se la podía llevar tres meses en verano, que a ti te iban a sentar de miedo las vacaciones.

—Ojalá, pero eso da igual: ahora no se la puede llevar ni aunque yo lo aceptara. Lo que me duele es tener el enemigo en casa, joder. Que mi madre me desautorice y se ponga siempre parte de Lola, que ni siquiera escuche mi punto de vista que, en este caso, además es el legal…

—Ya sabes que yo a mi madre la prefiero lejos, pero Teresa siempre ha sido estupenda. ¿Lo has podido hablar luego con ella?

—No, no la he visto; he dormido en un hotel.

—¿Cómo? ¿Te has ido de casa? —Elena se parte de risa.

—¡Solo una noche! —se defiende Ana de una acusación que nadie le ha hecho.

—¡Enhorabuena! ¡Olé tus ovarios!

—No te rías.

—Lo digo en serio... Vamos, que te lo digo otra vez: ¡enhorabuena!

—Es que sé cómo acaban estas cosas. Cuando a Lola se le agotan las lágrimas se viene a mi cama, a las dos o las tres de la mañana. Me pide perdón, me da mil explicaciones y se duerme. A la mañana siguiente, yo no soy persona y ella se vuelve a enfadar. Necesitaba dormir tranquila para no echar a mi madre de casa.

—De verdad y por tercera vez: ¡enhorabuena! Lo tienes que hacer más. —Elena la aplaude, literalmente. Y se ríen juntas—. ¿A qué hora vuelves a la casa del terror?

—A las ocho o así.

—¿Quieres que te acompañe?

—No, no. ¿Tú cómo andas?

—Todo bien, ayer avisé de que dejaba el trabajo...

—¿Y...?

—Mi jefe se lo tomó bien. Termino unas cosas esta semana y ya... —Elena no le cuenta lo de Jorge. Es demasiada información y, quizá, demasiada alegría. Sobre todo, es muy pronto—. Oye, llama a Sofía con lo de Álvaro. Por si acaso el tipo te puede meter en un lío. Luego hablamos.

★ ★ ★

Sofía tiene el móvil apagado; sin batería. Tuvo que correr a casa de sus padres a media mañana y ahora, ya avanzada la tarde, sigue allí. La avisó su padre. Marga había vuelto a la obsesión por vaciar. «Los muertos se tienen que llevar sus cosas consigo. No os puedo dejar todo esto», había declamado, histriónica, como poseída, haciendo gestos que abarcaban ese gran piso lleno de objetos vividos y viajados, trasladados de destino en destino durante los casi cuarenta años de carrera diplomática de su marido; gestos que, en realidad, abarcaban su terror infinito.

—Pero, Marga, no estás muerta, y yo tampoco. Esta también es mi casa.

Su marido había intentado frenarla: primero con cariño y, luego, con la escritura en la mano. Marga no le había contestado: iba midiendo muebles, haciendo fotografías, subiendo piezas a Wallapop... Solo de vez en cuando preguntaba, más a sí misma que a Pedro «¿Esta máscara tailandesa es antigua? Nos dijeron eso, pero no estoy segura... Bueno, la pongo en doscientos euros...».

Cuando llega Sofía, consigue sentarla a tomar una infusión. Despacio, suave, la escucha y le matiza:

—¿Sabes lo que vi el otro día en el periódico, mamá? Hay dos chicas que han montado un negocio maravilloso: cuando alguien muere, ellas se ofrecen a las familias para vaciar la casa en homenaje a la vida del que se fue.

Lo ordenan y lo colocan todo contando su historia, sus viajes, sus trabajos, sus afectos... Como si fuera la mejor versión de la casa y de la vida del que se ha ido. Son dos mujeres convencidas de que hay que dar a los objetos una segunda vida y todo lo venden, claro, pero son también unas enamoradas del respeto a los que se van... ¿Por qué no dejas Wallapop, que te va a estresar, y yo te prometo que las llamo cuando toque?

Marga se resiste un poco y Sofía mete la directa.

—Mamá, piénsalo de otra manera. Con tu enfermedad, lo mejor para ti es mantener tu entorno intacto. No te viene nada bien vivir sin tus cosas porque te va a ser mucho más difícil reconocer la casa y orientarte...

Sofía se traga las lágrimas al darse cuenta del paralelismo evidente entre ese cerebro de su madre que, sin Wallapop ni voluntad, se va literalmente vaciando y ese piso que su madre quiere despojar. Censura y calla lo que se le pasa por la cabeza: «Esto es morir matando. Ella se va y quiere faltarnos ya. No quiere que vivamos igual sin ella». Los enfermos, como los niños, necesitan explicaciones diferentes. No es mentir, es, otra vez, administrar la verdad.

—Mamá...

—Sí...

—¿Hacemos eso? ¿Confías en mí y esperamos?

—Sí, no sé, pero... —Marga coge las manos de Sofía—. Necesito hacer algo, ¿entiendes? Ocuparme... Necesito sentir que estoy al mando, que me preparo...

Sofía asiente y calla, porque para esa petición no hay administración de la verdad que valga. No puede soltar

«Tu enfermedad es justo lo contrario: te descarga, te desmonta, te destruye. No puedes ponerte al mando». Así que se limita a pasarle a su madre la mano por la mejilla, secarle las lágrimas y esperar. Luego, la aborda desde otro lado.

—Mamá, ¿te parece que sea tu abogada? Soy buena, que conste… ¿Preparamos una lista con tus cuentas de banco y tus cuentas digitales, apuntamos las contraseñas y empezamos a revisar tus voluntades?

—¿Mis qué…? ¿Mi testamento, dices…?

Esa palabra, «voluntades», ha sido un tecnicismo, un error de cálculo. Marga es una mujer culta, la conoce, pero se ha sobresaltado con la dureza de su realidad.

—Las cosas que sean tuyas y papá no controle, mami. ¿Hacemos una lista juntas y te la guardo?

—Sí, hija, claro.

* * *

A las ocho de la tarde, Ana manda un mensaje a su madre.

—Salgo para casa.

—OK. Te esperamos.

De camino, llama a Álvaro. Lo espera irritado, furioso, pero se lo encuentra arrepentido:

—Ana, necesito que me hagas un favor. Lo de Londres… —La Ana de hace unos años se habría apresurado a ponerle en evidencia. «No puede ser, tiene colegio, en qué estabas pensando…». La Ana de ahora, exhausta y silenciosa, espera a que Álvaro confiese y se retrate—. Fue precipitado. Estoy empezando con Carmen. Es pronto para traer a la niña… A Carmen le extrañó que en el mes y medio que llevamos juntos yo no hubiera visto a Lola, que no la hubiera llamado y…

—¿Y…?

—Ya me conoces.

—Quizá has cambiado. Cuéntame.

—Le dije que… No sé, le dije que tú eras una mujer difícil, que no me dejabas verla… Tiene un abogado de esos que salen en los periódicos, un tipo de colmillo retorcido que es experto en propiedad intelectual… —Ana no contesta—. Es posible que su abogado haya escrito a la tuya.

—¿Posible?

—Ana…

—¿Quieres que mi abogada conteste con la verdad desde el otro lado y que Carmen se entere de…?

—¡No, Ana, no! Por eso te llamo…

—…

—Joder, perdona. Ya sabes que cuando me enamoro soy patético…

—No entiendo bien qué quieres.

—Avisarte…

—¿Y qué más?

—Y… pedirte disculpas.

—¿Disculpas porque has mentido a una mujer y ahora un abogado me va a reclamar derechos de visita que tienes y que no ejerces?

—…

—¿Disculpas por eso…?

—Ana…

—Hay más, ¿no?

—¿Le puedes decir tú a Lola que lo del viaje se ha cancelado?

Y Ana, harta y tranquila, le dice:

—No, Álvaro, no. Esta vez, no.

Ana vuelve a llamar a Sofía, sin resultado. Le manda un audio.

—Te vas a reír, aunque no tiene gracia. Llámame cuando puedas por tema profesional. Y cuéntame cómo estás, por favor… Que eso es lo que más me importa…

Verdades

Elena sale pronto de la oficina. Ya ha terminado su dossier de traspaso y eso que solo acaba de empezar la semana. Lo que hacen las ganas, la ilusión, la despedida. El tener, literalmente, la cabeza y el corazón en otra parte. No tiene planes, aunque recoge su *postit* de temas (personas) pendientes —Jorge, Ana, Sofía, Teresa, ginecóloga— y se lo mete en el bolsillo. Luego recapacita, lo saca, lo desdobla, le hace una foto con el móvil y lo tira a la papelera.

A Jorge quiere darle tiempo y espacio. No tienen prisa. Con Ana ha hablado y han acordado verse a mitad de la semana, cuando haya relajado el ambiente de su casa. Elena cree que es mejor escuchar a Teresa y, con toda la información, poder ayudar a Ana de verdad. Con un par de mensajes, han quedado para el día siguiente. Y tiene cita en la ginecóloga. Solo le falta Sofía, que sigue con el móvil apagado.

Guarda el teléfono y camina de vuelta a su casa, con calma, sin música. Su lado ansioso quiere comprobar cada cinco segundos si Jorge ha escrito; su lado zen quiere vivir sin ansiedad. Elena se obliga y gana: son cuarenta minutos de paseo, observando, atendiendo. Se ve más con la cabeza erguida, sin rendir los ojos a una pantalla, y a Elena, además, le gusta ese frío de final del invierno, el frío que pica un poco y te mantiene alerta. Las luces están encendidas ya en muchas casas. Es esa hora de intersección, de niños ya fuera del colegio y padres aún en horario laboral. Por las ventanas, pantallas gigantes emiten dibujos animados y mesas de trabajo improvisadas lucen ordenadores llenos de cifras... A Elena le gusta su ciudad, le gusta la gente, le gusta la vida. Le gusta su vida.

⋆ ⋆ ⋆

Sofía va a estrenar la habitación de invitados. Ha vivido con sus padres en diez o doce casas diferentes, pero nunca en esta ciudad ni en esta casa. Ella volvió antes, a estudiar y, cuando ellos regresaron, ya se había independizado. No hay nada suyo en ese cuarto bien decorado y absolutamente impersonal.

Ha intentado darle un ansiolítico a su madre, tranquilizarla para que descanse, y Marga se ha echado a llorar:

—¡Nooo! ¡Estas pastillas afectan a la memoria, hija!

—Pero, mamá... Necesitas descansar...

—No puedo descansar; no puedo relajarme... Tengo que estar atenta...

—...

—Entiéndeme, Sofía. No puedo tomarlas...

—Pero...

—Estaré bien. Hoy estaré bien.

Así que Sofía ha aprovechado que la pastilla estaba fuera del *blíster,* se la ha tragado y, dejando a sus padres a solas, se ha tumbado en esa cama sin huellas ni recuerdos, con los ojos abiertos y la mente en ebullición.

Había conseguido elaborar esa lista con su madre: tiene dos cuentas en dos bancos diferentes más la maldita huella digital. En realidad, era pura distracción: lo que quería Sofía, lo que ha conseguido sin alarmismos, en medio de tantas otras cosas, es el nombre del neurólogo y la tarjeta del seguro médico.

La montaña rusa de las últimas veinticuatro horas le ha demostrado que esto no va a ser tan fácil, que el alzhéimer no es un vaciado dulce y paulatino, sino un proceso de altibajos convulsos, un terremoto logístico, físico y emocional, y que no pueden vivirlo sin brújula porque así están: perdidos, a la deriva.

Sofía necesita información.

Mañana pedirá cita y, mientras tanto, repasa en la cama sus mejores recuerdos con su madre. El primero, aquel viaje en barco, en Tanzania. Su madre llevaba un traje de baño blanco. La abrazaba fuerte con una mano y con la otra se sujetaba el sombrero para que no se volase. El mar era de un azul clarísimo, un azul imposible. Las dos reían, felices, llenas de esa sensación de libertad que da el océano, con esa fuerza del horizonte limpio y ese valor del viento que lo despeja todo y que Sofía busca todos los veranos en otros mares y todos los días en sus carreras por la ciudad.

Cuando su padre abre la puerta, Sofía está sonriendo, perdida en otro continente. Pedro se sienta en el borde de la cama. Sofía se incorpora, se cogen las manos:

—Sofía, hija…

—Papá…

—Tenemos que hacer algo. Yo…

—…

—No quiero tenerle lástima, ¿sabes? Esa no es la relación que tenemos tu madre y yo. Nuestra relación es de amor y admiración. Marga siempre me ha hecho mejor. Ella es mi mejor versión y yo… No puedo… Verla tan desvalida… No puedo, hija…

—…

—Me entiendes, ¿no? Yo lo que siento es amor. Lástima, no… Lástima, nunca.

Y Pedro se levanta y se va sin que su hija pueda abrazarle, sin dejarse romper del todo porque en el salón le espera Marga y no puede llorar. Solo puede querer. Solo quiere querer.

Su padre no ha concretado ningún verbo, no ha terminado casi ninguna frase, pero Sofía lo ha entendido. Su padre está desesperado.

* * *

Lo hemos contado como si nada, pero es como si todo: es la primera vez en catorce años que Ana se va de casa, que escapa de su propio piso porque lo siente territorio hostil. Por supuesto, ha tenido viajes de trabajo y ha salido a cenas, fiestas y hasta algunos polvos, pero siempre avisando con antelación y gestionado una cuidadora. Ana no quiere darle importancia porque no quiere juzgarse.

Se fue para no gritar, se fue para no volverse loca. Pero ¿se puede ir de casa una madre? Ana supone que no, pero cambia la pregunta: ¿se puede ir de casa una mujer? Y ahí sí, seguro, sin ninguna duda. «Además, no la dejé sola. Estaba su abuela, su abuela que la ha cuidado mil veces, su abuela traidora…». Ana se ríe con el adjetivo, literal y efectista, aunque no le hace ninguna gracia.

Está llegando a casa y se acuerda de cuando todavía vivía con Álvaro y daba vueltas y vueltas en el coche, sin ganas de aparcar, sin fuerzas para abrir la puerta y encontrar —en vez de un abrazo, un sofá y una cerveza— malas caras y una discusión siempre a punto de estallar. Para Ana, como en los juegos infantiles, «casa» es calma, seguridad, sonrisas, abrazos. «Casa» es sofá y manta. «Casa» es esa chaqueta vieja, grande, suave, desgastada. «Casa» es vivir en pijama y descalza.

Sube las escaleras despacio, dudando si va a encontrar un refugio o la trinchera de una guerra en la que no quiere participar. De una guerra de hormonas contra hormonas, de soledad contra soledad. Su hija, su madre, las dos contra su paz.

No le apetece entrar. Si Sofía le volviera a hacer esa pregunta («¿Qué harías si fueras dueña de tu tiempo?»), en este último tramo de escaleras, Ana le contestaría la verdad: «Me gustaría irme tres meses a Escocia, yo sola».

—¿Por qué a Escocia? —preguntaría Sofía.

Y Ana le diría otra vez la verdad:

—No tengo ni idea, pero lo que quiero es irme tres meses a Escocia, yo sola.

Se le ocurre, de pronto, que haberse atrevido a escapar, haber pasado esa noche en un hotel de su misma ciudad, es como haber abierto los grilletes. Mejor dicho, haberse demostrado que los puede abrir. ¿Puede? Quizá sí. Si se atreve…

Ana vuelve más fuerte, más libre, más tranquila.

Vuelve mejor y, aun así, vuelve con miedo.

* * *

Abre la puerta y oye la carrera de Lola, los pasos torpes y grandotes de una niña que la abraza con tanta fuerza que Ana se apoya en la pared para no caerse:

—¡¡¡Mamáááá!!!

Lola no relaja el abrazo y Ana, después de recuperar el equilibrio, responde y se lo devuelve. La quiere. A veces echa de menos a la niña gamberra y cariñosa que fue; otras, la encuentra dentro de la adolescente ciclotímica que es. La quiere y tiene ganas de que termine de atravesar este túnel y aparezca en la luz del otro lado, de que conserve siempre los amigos que ya la admiran, la estimulan y la quieren; y de que encuentre gente nueva con la que desarrollar sus talentos, sus bromas, sus amores. Ganas de que sea ella misma, de que sea siempre quien quiera ser y que serlo nunca le duela.

Ana entiende que la adolescencia es un terremoto, que desestabiliza y estresa; y desea con todas su alma que a su hija ese proceso le sea lo más leve y enriquecedor posible… Y que ella, su madre, pueda entenderla y ayudarla; acompañarla.

—Suelta, loquita, que me agobias… Déjame quitarme el abrigo y los zapatos, anda…

Lola se aparta, Ana se libera y, a los cinco segundos, Lola vuelve a abrazarla.

—Mamá, no te vayas. No te vuelvas a ir.

Ana ve asomarse a su madre desde el pasillo. Se hacen un gesto con los ojos, de reconocimiento y de conversación pendiente, un gesto casi de película del oeste, con la música de tensión incorporada y ese típico matojo de hierba seca empujado por el viento en una calle solitaria y polvorienta.

—¿Dónde has estado, mamá?

—Por ahí —contesta Ana mirando a su madre para ver si recuerda su respuesta favorita de adolescente, la que no concretaba nada pero no se podía reprochar porque no era silencio. Lola no lo pilla y devuelve la conversación a sus cosas, a ese mundo urgente que la reclama todo el rato.

—He llegado tarde al cole. Pensé que habrías vuelto y me llevarías, pero esta mañana no estabas. Me puse el despertador de casualidad, que si no ni eso, pero no había calculado bien porque me he tenido que hacer el desayuno.

—Buah, un drama…

—Joé, mamá, no te burles. No es un drama, pero me podías haber avisado…

—Vale, pues hacemos un aviso general desde ya: tienes catorce años, todos los días te toca despertarte y ponerte el desayuno tú sola.

—Joé, mamá…

Ana le acaricia la cara, la achucha. Abrazadas van a la cocina. En la encimera, una tortilla de patata de las que hacía su madre cuando lo hacía todo (trabajar, cuidar, querer), cuando hacía algo más que crucigramas. Huele bien. Ana sonríe. «Es horrible», piensa, «que haya que irse de casa y darles un sustito para que esto funcione. Qué mierda». Se pone una cerveza y pregunta a Lola:

—¿Has hablado con papá?

—No. Le he llamado, pero no me ha cogido.

—¿Te ha mandado algún mensaje?

—No.

Ana asume que Álvaro no le va a confesar a su hija que no hay viaje. Para él, obviamente, es más cómodo así. Y Ana está cansada de ser la madre bipolar: la madre estricta y la madre cariñosa, la madre de la logística y la de la diversión, la que marca límites y la que estimula talentos, la madre que da los abrazos y la madre que recibe los gritos.

Está cansada de todo y, especialmente, de la parte del todo que no es suya, así que no dice nada de su charla con Álvaro, aun sabiendo que le beneficiaría actualizar la información y desmontar el origen del enfado. No dice nada y Lola no pregunta.

—¿Cenamos?

Durante la cena parecen lo que son y no siempre saben ser: tres generaciones que se quieren, tres mujeres que se adoran, tres tías estupendas que comparten conversación, tortilla y risas.

Cuando Lola se va a la cama («Estoy agotada, mamá, ayer, sin ti, no podía dormirme»), Ana mira a su madre y le dice: «Tendríamos que hablar».

⋆ ⋆ ⋆

Ana empieza por lo práctico:

—¿Llevas los audífonos?

Su madre asiente.

—Me ha llamado Álvaro. No hay viaje, claro. Se le ha hecho bola y, además, era imposible que Lola dejara el colegio. Al parecer, ha mandado un burofax vía abogados para exigir ver más a Lola.

—Bien, ¿no?

—Mamá, no te hagas la tonta. Álvaro puede ver a Lola cuando quiera y lo sabes perfectamente. No quiso la custodia compartida; se la habrían dado, pero no le dio la gana. Según la sentencia, tiene derecho a una tarde a la semana y un fin de semana de cada dos; y, por supuesto, a la mitad de las vacaciones escolares. Lo sabes. Y sabes, también, que hace años que la ve muchísimo menos, que hace dos veranos que no se la lleva de vacaciones y que los fines de semana también pasa. Porque él no quiere, madre. Porque él no quiere. —Eso último lo repite Ana muy despacio, recalcando cada sílaba, subrayando que la ausencia del padre en la vida de Lola es cien por cien voluntaria.

—No te pongas así, hija. No lo pagues conmigo...

—¿Y cómo quieres que me ponga si él reclama por burofax algo que tiene y no disfruta y a ti te parece bien?

—...

—De todos modos, eso me da igual. Sofía lo tiene controlado y Álvaro está haciendo el ridículo. Lo que me preocupa, mamá, es la forma en que le das la razón a la niña cuando tiene una exigencia absurda. Mamá, que tú has criado a dos hijos y has sido profesora universitaria de adolescentes tardíos, cojones...

—Hija, es que Lola…

—¿Lola qué?

—Tú sabes que es mi debilidad; tenemos un vínculo especial…

—Sí, mamá, y me parece maravilloso, pero yo soy su madre y, si vas a vivir en casa, no puedes gestionar así estas cosas. No puedes seguirle la corriente con este delirio de largarse del colegio todo un mes para viajar por el mundo con la novia de su padre…

—Era lo más fácil para que…

—¡Mamá! Joder, escúchame, que no me estás escuchando.

—…

—Aparte de Lola, estoy yo. No puedes desautorizarme, ¿entiendes? No puedes.

A Teresa se le saltan las lágrimas.

—La niña tenía un ataque de ansiedad. ¿Qué querías que hiciera?

—La niña tenía una pataleta, mamá.

—Temblaba…

—La he visto mil veces. Tiembla cuando estamos tú y yo delante y, luego, se va a su cuarto, se conecta a TikTok y deja de temblar. Es una gran actriz y lo de ayer era solo una pataleta, madre.

—Lo que tú digas; no vamos a discutir por las palabras, pero estaba fatal y se me rompía el corazón…

—¿Y tú crees que yo estaba bien?

—Tú eres mayor, hija. ¿Qué podía hacer?

—Dejarme gestionarlo a mí, mamá. Que soy su madre, que estaba allí delante. Lola no estaba sola y abandonada; estaba con su madre... Me tenéis que respetar... Me tienes que respetar...

Teresa sigue llorando.

—No entiendo que te pongas así. De verdad que no lo entiendo. La niña...

—La niña, mamá, tenía una pataleta.

—Que sí, que me lo has dicho ya siete veces...

—Tres. Solo tres. Y sigues sin entenderlo...

Teresa se seca las lágrimas y no dice nada. A Ana se le parte el corazón.

Le coge las manos.

—Mamá, te quiero, sé que estás triste, sé que todo está mal, pero tienes que entender que Lola, se ponga como se ponga, no puede dejar el colegio un mes...

—Ya, es que...

—...

—Todo lo hago mal, hija. No debería estar aquí. Aquí molesto...

—Mamá, no molestas. Solo te pido que respetes mi maternidad.

Teresa se suelta. Enfadada.

—¿Cómo...? Eso no te lo acepto. ¿Tu maternidad? Pero si siempre he estado ahí para apoyarte. —Teresa está dolida y Ana se defiende y se resiste.

—Claro que has estado, mamá. Sin ti y sin papá, habría sido imposible ser madre sola. Pero las normas a Lola se las pongo yo.

—...

—¿Lo entiendes?

—...

—Mamá, dime que lo entiendes…

Teresa no contesta y Ana sabe que no ha entendido nada, que no puede entenderlo. Teresa siempre la ha visto débil y por eso interviene. Ana se ha cansado de discutir ese prejuicio. Vivir sin pareja y tener un trabajo inseguro no es debilidad. Lo primero es elección, lo segundo…, la vida. Ana es fuerte. No todo lo que querría ser, pero sí lo suficiente para educar y querer, para diferenciar drama de capricho, para elegir cuándo abrazar y cuándo poner límites. Y se equivoca, claro. ¿Quién no? Y rectifica. Y también acierta. Querría explicarle a su madre: «Soy más fuerte que tú. Que yo he perdido a mi padre y estoy de pie. Que nunca he tenido a nadie como él y estoy de pie. Estoy trabajando, nadando, hasta riendo, cojones». Querría explicarle la cantidad de kilómetros y kilómetros que hace a crol cada semana, que solo es músculo y dolor, no debilidad… Pero su madre ni contesta ni escucha. Y, así, Ana no puede contradecirla. Tampoco puede hacerle daño, pero protegerla le está costando la vida.

«Quizá», piensa, «tengo que cambiar la natación por el psicólogo. O por un psicoanalista pijo y carísimo, como el de Elena. Quizá solo tengo que nadar más».

Pasados

Sofía se levanta temprano, como su padre. No tiene ropa para salir a correr y, además, quiere aprovechar este momento: desayunar con él, los dos solos. La noche anterior se había limitado a escucharlo y había preferido reservar la ofensiva para cuando amaneciera. «Así estamos perdidos, papá. Necesitamos que el neurólogo nos cuente y nos guíe». Marga no había mencionado una próxima cita; ni se la planteaba. Para ella, su enfermedad se limitaba a dos hitos: diagnóstico y muerte, sin nada que atender, preguntar o saber entre esos dos extremos.

—¿Quieres venir conmigo?

Pedro asiente. Quiere, claro que quiere. Es un erudito, un hombre que cree que la información es poder; que cree en la ciencia y en sus avances; que cree, como teme su mujer, que mientras hay vida hay esperanza. O, al menos, lo creía.

—Sí quiero, pero… Déjame ver cómo está hoy.

—Estos últimos días han sido tan raros, papá… No quiere tomar ansiolíticos, pero yo tengo la sensación de que en parte es estrés y no tanto, o no directamente, la enfermedad… No tan pronto…

—No lo sé, hija.

—Yo tampoco; no tengo ni idea, pero necesito saber. Necesitamos saber...

Saber qué esperar, saber qué hacer, saber qué evitar, saber qué estimular. Sofía, Pedro y Marga se adentran en un terreno escarpado y oscuro. Sofía quiere un mapa, una linterna y, si fuera posible, una mano que los oriente.

A las nueve, se asoma al cuarto de su madre, la ve dormir tranquila y cierra.

—Me voy al despacho, papá. Estoy hasta arriba de trabajo y no tengo batería en el teléfono. Si hay alguna urgencia, no pueden localizarme. Llámame con cualquier cosa. Y, en cuanto tenga cita con el neurólogo, te aviso.

★ ★ ★

Ana y Lola van al colegio juntas, contentas, cómplices. Ana adora este trayecto, ese encuentro diario, veinte minutos para contarse cosas, descubrir canciones y estrenar la primera carcajada de la mañana. Aunque este curso su rutina ha sido sacudida por el desconcierto de la adolescencia y sus bajones anímicos.

Ana tiene un recuerdo borroso de sus catorce, quince años; por eso recurrió al testimonio de su hermano. Recuerda solo la vergüenza y el miedo: a que alguien se fijara en ella y viera todos sus defectos, a que nadie se fijara en ella y no viera todas sus virtudes. El caso es que su adolescencia no fue tan agresiva. No, agresiva no es la palabra: ¿tan dramática, tan exagerada, tan turbulenta...? Tan intensa, quizá.

—Mamá, ¿tú crees en el karma?

Lola, a dos manzanas del colegio.

—No, pero me gustaría.

—A mí también me gustaría, porque, ¿sabes?, creo que el karma te debe unas cuantas toneladas de felicidad. Tú das y no te devolvemos.

Y con un «te quiero todo, mamuchi» y un abrazo, su falda corta y sus piernas largas, Lola se bajó del coche.

* * *

«No sé si llamarlo karma, pero me tocaría algo bueno, leñe». Y Ana acentúa el «leñe» y se deleita en ese taco de tebeo. «Solo quiero una buena noticia, me la merezco». Y su voz interior se ríe con escándalo: «¿Quién mide los merecimientos? ¿Quién los juzga y los reparte? Ya te vale, Anita...». Ana se perdona el lapsus y, aprovechando un semáforo, se manda un mail a sí misma: «Poner límites a mamá». Así gestiona sus propios consejos: se los envía para consultarlos. Tiene el mail lleno de buenos propósitos, pero este lo va a cumplir porque le va la vida en ello.

Su madre, seguramente porque Ana no tenía una pareja que sirviera de freno, veía a su hija como a la niña que fue, como alguien a quien cree conocer bien por dentro, como alguien —ya lo hemos dicho— débil, vulnerable, en riesgo. Pero Ana llevaba más de la mitad de su vida viviendo sola, siendo de otra manera, haciéndose distinta a lo que fue en casa de sus padres, creciendo a su modo, eligiendo sus errores y consolidando sus fortalezas. Y —quizá de ahí venga la confusión de su madre— lo ha hecho sin alardear ni exhibir su yo auténtico.

Teresa tendría que aprender a respetar los límites. Ana tendría que aprender a ponerlos. ¿Sabría? Alguno sí. El primero, sí.

Lola es el límite.

* * *

A mediodía, en esa cafetería de moda que ocupa la planta más alta del centro comercial, Teresa desmigaja un sándwich carísimo y mira a Elena:

—¡Qué buena cara tienes, hija! ¿Te has vuelto a enamorar?

Elena se ruboriza y niega:

—No, no, es que me cambio de trabajo y estoy contenta. Pero cuéntame tú, Teresa. ¿Qué te pasa, qué te preocupa?

Teresa la mira y espera…

—Sabes que le contaré a Anita que te he visto, ¿no?

Ahí está. Ya puede soltarse.

—Sí, sí… Me imagino, pero…

—¿Pero…?

—Estoy muy preocupada. Por eso te llamé. Tú eres su mejor amiga.

A Teresa le cuesta ir al grano y Elena aprovecha:

—Vaya plan, Teresa… Tú estás preocupada por Ana y Ana preocupada por ti.

—Sí, pero ella conmigo no habla y yo… Yo estoy sin filtros ya. Hace años no te habría llamado, no me habría atrevido a meterme en su vida, pero es que ya no tengo nada que perder.

—No sé si es verdad eso...

—Sí lo es.

—No sé, Teresa; no deberías perder la relación con tu hi...

Teresa interrumpe y se lanza:

—Verás... Yo creo que Ana se quiere suicidar.

—¿Qué dices? —Elena ha levantado la voz.

—Las pastillas de morfina que teníamos, las que sobraron... Se las quedó.

—¿Y...? Eso no significa que se vaya a suicidar.

Teresa no habla, pero su mirada y sus gestos lo dicen todo. Dicen «si yo te contara...», aunque los «si yo te contara...» son siempre «no te cuento porque te quiero inquietar, pero no tengo pruebas...».

—Teresa, perdona, pero... ¿Tú te has puesto en su lugar? Ha perdido a su padre y os cuida a ti y a Lola, las dos con vuestros dramas, mientras trabaja todo el día... Está agotada y completamente sola en la carga emocional, logística y económica...

—Pero... Yo...

—Ya, si sé que no es tu culpa, pero la realidad del día a día de tu hija es bastante jodida. Está educando a una adolescente y consolando a una madre...

—Vieja, dilo. A una madre viuda y vieja...

—Consolando a una madre, punto. No digo vieja; no he dicho vieja. Lo que digo, lo que pregunto, es quién la cuida a ella. ¿Quién cuida a Ana, Teresa?

—Mi hija —protesta Teresa— está sola porque quiere. Hace años que no emite señales para que se le acerque ningún hombre, que va con la antena bajada para que a nadie se le pase por la cabeza intentar ser su pareja…

—Puede ser…

—…

—Pero ¿por qué crees que no quiere?

—Y yo qué voy a saber, a mí no me lo cuenta. Hablaba con su padre. Conmigo…

—Sí, pero… ¿Por qué crees?

—¿Porque le gusta estar sola?

—¿Le gusta estar sola?

—No sé, Elena. No me repitas las preguntas, que soy vieja pero no tonta. Te digo que a mí no me cuenta nada. ¿Cómo lo voy a saber?

—No quiere porque no le da la vida, Teresa, porque no le cabe nadie más que le reclame una mínima parte de su tiempo.

Teresa sigue desmigajando el bocadillo y Elena come con ganas, intentando comprobar si la madre de su amiga lleva los audífonos, porque lo ha oído todo, pero… O son increíblemente discretos o no están… Se han quedado calladas un rato hasta que una lágrima de Teresa despierta la compasión de Elena.

—Teresa… Que no digo que sea tu culpa, no te rayes, pero tienes que entender que a Anita no le cabe nada más.

Teresa busca un pañuelo, baja los ojos, los esconde. Elena se mosquea.

—Teresa, una cosa. Las pastillas de morfina… No las querrías para ti, ¿no?

Teresa no contesta. Elena le da tiempo, pero no tregua, y repregunta:

—Teresa… ¿Te preocupa que las haya escondido o que las haya tirado…?

Médicos

Teresa sale de la comida con hambre. Nunca le ha gustado comer delante de otros, y menos si la están regañando o se siente cuestionada, pero, encima, ahora, en pleno duelo, le parece que no debe, que comer no queda bien. Sabe que es absurdo, pero siente que el hambre es incompatible con la pena, que si la ven comer pensarán que no le duele tanto. Y le duele infinito. Así que come, claro, pero a escondidas. Poco, siempre dejando algo en el plato.

El caso es que, además de hambre, al salir de la comida también siente una energía nueva. Algo de lo que le ha dicho Elena, no sabe exactamente el qué, ha calado; le ha sacudido las telarañas y las excusas. Está triste, sí, pero tiene que ayudar a su hija, la tiene que cuidar.

Elena, en cambio, se ha quedado preocupada. Pide otro té con la cuenta y, mientras lo toma, va destilando lo que le va a contar a Ana de este encuentro; no puede ser todo, ni puede ser de cualquier manera. Ana necesita escucha y mimo, no que todos, todas más bien, vuelquen en ella sus desechos. A Elena le ha hecho gracia esa expresión de Teresa, lo de estar «sin filtros». La conocía por

Ana, pero no es lo mismo escucharla en directo. Le recuerda al «Voy a serte sincero» que sueltan algunos antes de clavarte un puñal. Eso de «perdóname, que soy muy claro y por eso te digo esto». Que, bien traducido, es «te digo esto porque te duele; te digo esto para joderte». ¿Y por qué? ¿Por qué crees que tienes derecho a herirme?

Los filtros son un requisito de la vida en sociedad, una dilución imprescindible para que no soltemos todo lo que se nos pasa por la cabeza, para que pensemos en los demás. Los filtros nos dan tiempo para pensar, medir y depurar. Los filtros no son insinceridad y sí pueden ser respeto, sensibilidad y educación.

Es verdad que lo de Teresa es otra cosa: ha perdido los filtros por la edad, porque ya está a las puertas del final y no quiere cortarse, porque está triste y herida. Y puede: porque es valiente, buena y generosa. Su «sin filtros» no es maligno.

Al menos eso quiere creer Elena, convencida de que, en general, los filtros son civismo y sentido común; «sin ellos, la sociedad es un estercolero».

* * *

Elena le ha dado vueltas y lo ha hablado mil veces con Ana y con Sofía. Por alguna razón, relaciona los filtros con algo que la inquieta desde hace tiempo: «ese individualismo feroz, esa convicción irrebatible de que nosotros tenemos derechos y los demás, obligaciones. Es la semántica de las redes sociales: ya no tenemos amigos, sino seguidores; ya no somos iguales con una relación de confianza y reciprocidad, no; ahora tú me sigues, eres mi audiencia y yo soy alguien subido a un estrado; estoy por encima de ti. Yo emito, tú recibes. Yo importo, tú aguantas. Yo hablo, tú aplaudes. Yo siento, triunfo, brillo; tú no importas... Por no hablar de TikTok, donde ni amigos ni seguidores: puro algoritmo, pura adicción».

Todo esto repasa Elena mientras sorbe el té. Se agobia, se sacude y se regaña. «Te has ido, tía. ¿Qué tendrá que ver Teresa con TikTok? Colega, necesitas trabajar...». Se concentra y busca su *postit* fotografiado. Le queda otro nombre y, siempre ejecutiva, no procrastina: llama a Sofía.

—Me pillas a punto de entrar en la consulta del neurólogo; luego hablamos...

—¿Neurólogo...?

—Mi madre. Te llamo...

Esta edad, piensa Elena, de padres mayores. Esta edad que cada vez llega antes y dura más tiempo porque... La madre de Sofía ¿qué edad tiene? Sesenta y pocos, quince más que Elena, nada... Igual debería llamar a su madre y chequear; no, se niega. Revisa el móvil, ningún mensaje de Jorge. Lo esconde. No pasa nada.

Y entonces suena:

—¿Te pillo bien?

—Perfecta.

Elena se levanta de un salto del taburete y baja las escaleras del centro comercial. Le encanta hablar con Jorge en movimiento.

—Salgo de una entrega de premios y te lo tengo que contar o reviento... El acto lo cerraba un ministro presuntamente progresista al que daba paso una actriz.

Jorge engola la voz e imita al ministro: «Me voy a saltar el discurso... Siempre te he admirado, siempre. Eres, y va a sonar fatal, lo que siempre me ha fascinado de las mujeres. Una mujer perfecta y silenciosa».

Elena grita en las escaleras mecánicas y dos señoras la miran con extrañeza:

—¿¡Cómooo!?

—Perfecta y silenciosa, Helen. Perfecta y silenciosa.

—Pero... ¿qué quería decir?

—Creo que se refería a sus cualidades intelectuales. De verdad... Creo que quería decir culta, contenida, tranquila, pero...

—Pero ha dicho perfecta y silenciosa.

—Sí.

—Oye, a esta mujer imperfecta y ruidosa le gustaría verte.

* * *

El neurólogo recibe a Sofía con alivio. Los buenos médicos necesitan saber a los pacientes bien acompañados. Sofía —abogada siempre— lleva un documento firmado por sus padres, por si acaso la obligación de confidencialidad impide que... Al médico no le preocupan los formalismos, sí los plazos.

—Llevábamos tiempo con esto. El diagnóstico final es reciente porque se ha resistido a algunas pruebas, pero tu madre ya está dejando atrás la etapa temprana del alzhéimer y va entrando en la fase moderada. Ya no van a ser esos olvidos fáciles, de un nombre o una palabra, sino cambios de humor que... Perdona: cambios de humor es un eufemismo. Hablo de enfados y ataques de ira, de obsesiones que le pueden entrar de repente...

—Estos días ha estado así, obsesionada con vaciar su casa...

El médico asiente y sigue.

—Puede que enseguida empiece a no poder hacer cosas sola. Vestirse, ducharse, ir al baño... Y que se vaya retrayendo, que se vuelva hermética... Es por miedo, pero... Os va a resultar muy doloroso.

Son demasiados síntomas, demasiados umbrales que cruzar en un camino tortuoso sin luz ni esperanza. Sofía solo hace una pregunta:

—¿Cómo la ayudamos para que esté lo más tranquila posible?

El neurólogo no tiene soluciones, solo algunos consejos, alivios superficiales:

—Ayudan las rutinas y mantenerse en el mismo hábitat. Cualquier cambio, de cuidadores, de ubicación, puede hacer que se desoriente más...

—¿Hay pastillas?

—¿Para frenar el deterioro? Experimentales.

—O ansiolíticos, para que esté tranquila...

—No son recomendables, ya te imaginas que no ayudan a mantener la memoria.

—O sea...

—Se está investigando mucho. El alzhéimer, el deterioro cognitivo en general, es el gran reto de la medicina contemporánea. En pocos años habrá avances importantísimos, pero no te voy a mentir: para tu madre ya es tarde. En unos meses vais a tener que planteαros una residencia, un lugar donde pueda estar atendida de forma permanente sin el desgaste que…

Sofía ha dejado de escuchar. Había querido creer que lo de «precoz» tenía algo de positivo, algo de tiempo a favor, pero es obvio que no: resulta que no están en un maratón, sino en un *sprint,* en una aceleradísima cuenta atrás.

—Gracias, doctor.

—Te voy a dar mi móvil.

—…

—Me llamas o me escribes con cualquier cosa, con cualquier duda…

Sofía, que practica el derecho como una actividad científica, perfectamente regulada por leyes, principios y consecuencias, intenta levantarse antes de que el doctor detalle ese momento en que su madre será incapaz de ser quien es, de ser lo que ha sido…

—¿Qué le digo a mi padre? Llevan toda la vida juntos…

—Si quieres, lo traes y se lo explico yo, pero creo que es importante que sepa la verdad. Tendrá que aceptar la realidad y, si no lo acepta, tú tendrás que aceptar su no aceptación.

—¿Es un trabalenguas?

—No, Sofía. Es la vida. No controlamos todo; solo podemos responsabilizarnos de cómo reaccionamos a lo que nos pasa. Os ha tocado una de las enfermedades más crueles que existen. Todavía tendréis algunos momentos dulces, de ternura y paz, de poder cuidar a quien os ha cuidado, pero… Es una mierda el final, ya te dije que no te iba a engañar.

* * *

A última hora de la tarde, guardando toda la crudeza para ella y sin cruzarse con su padre más que un mensaje de control («¿Qué tal?»; «Todo bien, está tranquila»), Sofía ha quedado con Ana en el despacho. Se va a Nantes en dos días y antes quiere comentarle ese burofax que ha recibido.

Ana la mira y la ve. Ve su dolor.

—Tu madre, ¿no?

Sofía asiente y hace un gesto para que reserven la conversación hasta después de terminar con el trabajo. Ana no quiere esperar, le parece que su amiga tiene un problema urgente e importante, y utiliza esa táctica que le ha servido otras veces: ponerse a la cabeza de la manifestación.

—A veces creo que esta es la edad de la tristeza interminable. Nos venden que la máxima felicidad se alcanza tarde, cuando llegas a aceptarte, estar contento con quien eres y querer lo que tienes, pero… Esta edad es una mierda, todo son pérdidas.

Sofía tarda mucho en contestar, rumiando las palabras de su amiga.

—Supongo que el truco es poder tomar el control, ¿no? Imponer tus propias condiciones y tus propios términos en la pérdida.

Ana asiente. Sin mencionarla, están hablando de una decisión que respetan y apoyan, de un dolor que ya está presente y de una ausencia que avanza. La complicidad y el amor son sólidos, se entienden, se esperan.

Sofía se centra:

—Venga, va: este burofax del nuevo abogado de Álvaro… ¿Hay algo que no sepa y debería saber?

Ana le relata una versión muy resumida: novia nueva, necesidad de dar imagen de buen padre, acelerón, frenazo y ese intento telefónico de marcha atrás…

—Ya, todo eso a mí me da igual. Perdona… Sé que para ti es molesto, pero, como abogada, a mí me da igual. La cosa es que en este burofax pide, ahora, catorce años después, una custodia compartida.

—¿Cómo? Me dijo que solo pedía lo que ya tenía, los fines de semana alternos… Vamos, lo que tiene y no disfruta…

—Pues no. Quiere la compartida. O no la quiere, pero es lo que pide el burofax, así que te lo pregunto a ti: Ana, ¿tú qué quieres? En este momento, ¿qué quieres?

* * *

Ana quiere muchísimas cosas. Quiere que Álvaro pague todo lo que debe. Lo que incluyó el juez en la sentencia: una pensión actualizada cada año más la mitad de las extraescolares y los gastos médicos. Quiere, sobre todo, que conozca a su hija, que la cuide, que le importe, que la admire. Que se sepa el nombre de su pediatra, de su tutora, de sus amigos. Que la lleve o la recoja del colegio, que vea sus trabajos y valore sus esfuerzos, que la ayude —de vez en cuando, un poco solo— con los deberes. Que sepa comprarle compresas y que le dé confianza para contarle que le empieza a gustar alguien y que la ha cagado en un examen de Historia porque ha pasado de estudiar. Quiere que la escuche y la impulse. Quiere que su hija tenga un padre bueno y ejerciente, quiere que Álvaro aporte: valor, amor, estímulos…

Sofía se impacienta:

—Ana, la pregunta es qué quieres de lo que pueda ordenar un juez.

Por exigencia de Sofía, Ana tiene guardados todos los intercambios con Álvaro. Le parecía mezquino, pero Sofía insistió: «Todos. No te cuesta nada. Son mails y WhatsApps, no los tienes que transcribir». Y ahí están, en una carpeta de su ordenador: desde sus negativas a pagar la pensión hasta los mensajes cancelando una y otra vez fines de semana y vacaciones, o exigiendo que Ana abandonara cualquier plan y recogiera a la niña si se ponía enferma en casa de su padre.

Sofía había sido clarísima: «Lo archivas todo, que nunca sabes si lo vas a necesitar para el juez o para explicarle a tu hija quién era su padre». Ana acabó guardando los mensajes de forma automática, sin pensar, y ahora…

Después de una conversación intensa, dolorosa y complicada, Sofía queda encargada de redactar una respuesta exigiendo el cumplimiento íntegro y retroactivo de las obligaciones de Álvaro y proponiendo que, entonces y solo entonces, se pueda reconsiderar el acuerdo siempre y cuando la menor, ya con catorce años, quiera esa custodia compartida y el padre garantice mantener el cumplimiento total, presente y futuro, de sus compromisos.

—Sabes que no va a pasar, ¿no? Se olvidará y no cambiará nada… —dice Ana, incapaz de imaginar a Álvaro reparando catorce años de negligencia. O, puesto que esos años son irreparables, haciendo algo más sencillo y muchísimo más difícil: cambiando.

—No lo sabemos.

—No lo sabemos, no. Y, en realidad, lo único que quiero son unas vacaciones larguísimas… Pero no las puedo coger si no estoy segura de que Lola está bien. Y me cuesta mucho creer que va a estar bien con este padre que es más adolescente que ella, pero ya, que me aburre el tema. ¿Qué puedo hacer yo por ti, abogada?

Sofía lo piensa y dice bajito:

—¿Me das un abrazo?

Las dos amigas se abrazan con ganas y sin prisas. Dicen que los abrazos buenos tienen que durar mínimo ocho segundos. El suyo es muchísimo más largo.

Amores

Hacía más de tres años que Elena y Jorge no se acostaban juntos. A Elena siempre le cuesta acertar con el verbo. Han follado un millón de veces, han hecho el amor aún más, pero lo de hoy, este encuentro con hambre y con paz, con ternura y con nostalgia, con deseo y seguridad, es algo nuevo, más profundo, más doloroso y, a la vez, mejor.

«Hemos estado tan cerca de perdernos», piensa Elena, y no lo dice. Sigue teniendo miedo a estropear esta vuelta; miedo, a la vez, a necesitarla demasiado. Jorge también está silencioso. Hablan, eso sí, con la piel. Elena le toca con las puntas de los dedos, sin prisa. Jorge mantiene su palma grande en la mejilla de Elena, como si la estuviera grabando. Ella cierra los ojos y pide que esto dure para siempre, pide merecerlo, pide conseguirlo. Su amiga Ana siempre dice que la felicidad es la paz, pero Elena es más ambiciosa y cree que es esta plenitud, este tenerlo todo y que todo sea bueno.

★ ★ ★

La mañana siguiente, mientras desayunan juntos, muy temprano, Elena espera a que hable Jorge, que proponga él las condiciones de este reencuentro. Le conoce y sabe que nunca se escaquea. Es pausado y valiente, y ahí va:

—Si podemos, me gustaría mantener las dos casas. Seguir cerca de Pablo, al menos de momento. ¿Te parece bien?

—Lo que necesites, amor.

—Elena… Estoy contento.

—Y yo, y yo…

—Esto es lo correcto. Estar contigo es lo natural y es lo correcto.

Elena consigue no llorar. Le despide con un beso y, cuando se va, escribe a sus amigas en el grupo de WhatsApp: «Esta tarde voy a la nueva ginecóloga. Es tradición cenar luego con vosotras. ¿Podéis?».

Aparte de esa llamada atropellada, aún no ha hablado despacio con Sofía y siente culpa y pudor por acaparar buenas noticias en un entorno que parece de profundísima tristeza. Sabe que no debería tener miedo: sus amigas van a alegrarse de su felicidad y ella va a poder acompañarlas en lo bueno y en lo malo. De eso va la amistad: de hacer y de estar; de llamar, quedar, escuchar, hablar, acompañar, compartir, hacer reír, dejar llorar…

⋆ ⋆ ⋆

Ana había llegado a casa cansada, con mucho ruido dentro. Una casa con olor, otra vez, a comida casera que alguien, y no ella, había preparado con amor. Lola estaba cariñosa; Teresa, callada. Nada raro hasta que llegó a su armario: fue a colgar el abrigo y se sobresaltó con tantos huecos.

—¿Mamá…?

—Hija, te he apartado la ropa que veía vieja y la que no te queda bien.

—¿Cómo?

—Es que lo guardas todo, y no lo cuidas, y la ropa hay que cuidarla. Aparte de que ya no tienes edad para ciertas cosas…

—Pero…

—No me mires así, que no he tirado nada. Lo he puesto en bolsas, donde la plancha, todo bien doblado para que decidas con calma cada prenda…

—¡Mamá…! No puedes…

Ana no completó la frase. De hecho, su tono de voz cargaba más sorpresa que reproche, más desconcierto que rabia ante… ¿un equivocadísimo intento de aportar? ¿Una nueva invasión? ¿Un exceso de celo?

—Hija, quiero ser útil. Solo quería ayudar…

Teresa se echó a llorar y Lola la abrazó. Madre e hija, Ana y Lola, se miraban por encima de la mirada perdida de la abuela, entre la complicidad y la compasión. Teresa se fue a la cama pronto y Lola le susurró a su madre: «Lo estás haciendo muy bien. Eres muy buena, mamá. Ya me gustaría a mí ser como tú…».

Ana no sentía que estuviera haciendo nada bien. Se sentía invadida, engañada, completamente estafada por la vida y por ese maldito karma que no existe. Si no frenaba a su madre para no hacerle más daño, ¿qué obtenía del universo? «Más invasión». Se sentía ridícula y picajosa, intolerante y suspicaz, mala cuidadora y mala hija. Si ella no sabía consolar, aliviar y animar a su madre, ¿quién le iba a devolver a Teresa las ganas de vivir, la curiosidad y la calle? ¿Quién le iba a garantizar una vida digna y suficiente? Nadie. Nada.

Ana empezó a vestirse para volver a escapar —a dar un paseo con bastones, un hábito que quería adquirir para desarrollar los músculos de los brazos y que a Lola le causaba un bochorno extremo— cuando le entró una llamada de WhatsApp. Como casi todo el mundo, Ana odia esas conexiones inseguras y ruidosas, pero era su hermano Gonzalo, desde México. «Hermana, ¿cómo estás?», preguntó asustado. Y Ana, más por costumbre que por convicción, contestó «Bien, todo bien».

—Dime la verdad. Ana. Que ya me ha dicho mamá…

—¿El qué? —«¿Qué te ha dicho? ¿Que le da la razón a Lola en las cosas más absurdas; que tira mi ropa, o, mejor dicho, la ropa que a ella no le gusta; que ha pasado de los crucigramas y la nada a la invasión…?».

—Que te quieres suicidar.

—¿¡Qué!?

Ana escuchó el suspiro de alivio de su hermano y, mientras ataba cabos y conectaba esta llamada con el encuentro de su madre y Elena, Gonzalo le dio más detalles: «Algo de las pastillas de papá, que estabas superada por los ataques de tu ex, que Álvaro quería ahora no sé qué y que tú habías reaccionado fatal… Lo decía convencida. Me acojonó».

—Gon, todo esto ni en broma. El suicidio…

—Ya, ya lo sé.

Los dos se quedaron callados pensando en aquel amigo común que perdieron hace mucho tiempo, demasiado pronto, demasiado solo. La impotencia de ellos, el dolor de él. La desesperación, la culpa y, sobre todo, la nada. Su amigo y la nada. Él no les había contado; ellos no habían sabido entender su silencio.

Gonzalo, mientras, adivinaba:

—Dime qué puedo hacer. Salvo volver, que allí no tengo curro ni forma de ganarme la vida, dime qué puedo hacer…

—No sé, Gon, la verdad. Todo esto es demasiado, pero ella… No tiene la culpa de estar tan sola, tan perdida y tan triste; ni de tener que vivir refugiada en mi casa…

—Tú tampoco tienes la culpa, Ana.

—…

—Hay que hacer algo para que no os hundáis las dos…

—Sí —contestó Ana, con poca convicción—. Hay que hacer algo.

Siempre le había hecho gracia ese «hay que hacer algo» tan impersonal, tan justiciero, tan indignado, tan frecuente, tan inútil. Lo decimos todos, lo decimos mucho. Lo decimos siempre para que ese «algo» lo haga otro. Pero Ana no culpaba a su hermano; al revés, le agradecía la sinceridad, el apoyo y el estar; a miles de kilómetros de distancia, el seguir estando.

* * *

Despacito y sin ruido, dejó los bastones, se quitó los zapatos y llamó al cuarto de su madre. Teresa, en la butaca y sin crucigramas, lloraba en silencio. Ana se agachó, le cogió la mano, la besó. Y Teresa seguía llorando.

—No tengo ilusiones, hija. Ninguna ilusión. Solo me quedáis vosotros y soy una carga. Yo no quiero seguir... No puedo seguir...

Agarradas de la mano y en silencio, así permanecieron madre e hija, recorriendo cada una los fondos de sus propias tristezas e intentando entenderse, a sí mismas y a la otra. Ana no ha querido nunca tanto a nadie (ni mucho menos durante tanto tiempo) como su madre a su padre (casi seis décadas de amor...). Tampoco ha tenido nunca ochenta años y un horizonte habitado solo por la decadencia y la muerte. Su madre nunca ha sido madre soltera, nunca ha estado sola en esos larguísimos años de crianza y estrés, nunca ha tenido un trabajo no garantizado en una empresa privada. No pueden entenderse del todo y, desde luego, ninguna de las dos puede asegurar a la otra que todo irá bien, que lo mejor está por llegar... Son dos mujeres que no creen en las promesas vanas. Confían sin mucho entusiasmo en que sí, claro, el tiempo todo lo diluye, todo lo aclara, todo lo suaviza. Saben que algún día, no para siempre, pero sí por un rato, volverán las carcajadas, el sol brillante y el viento limpio; que se sentirán vivas, que sentirán interés y energía.

¿Y mientras tanto?

Mientras tanto reman cabizbajas. Viven una vida sin brillo. Ana tiene a sus amigas, tiene a su hija, tiene la obligación de volver a llenarse. Tiene una vida por delante. Teresa... Teresa está en ese tiempo de descuento en que los suyos —sus contemporáneos, sus amigos— arrastran sus mochilas y sus pérdidas, avanzando poco a poco hacia la desesperanza y el final.

Ana no sabe qué decirle a su madre, qué decirle que consuele, que aporte, que sirva. Baja la cabeza, le acaricia la mano y no le dice nada.

★ ★ ★

Esa misma noche, Sofía, en la cocina de sus padres, espera paciente a que su padre se retire a su butaca y sus libros, pero Pedro se resiste, como si supiera, como si temiera, lo que Sofía quiere preguntar.

Sofía está ordenando mermeladas y especias. Saca todos los tarros del armario, los vuelve a colocar. Lo ha hecho ya tres veces —los ha ordenado por colores, por densidad y hasta por fecha de caducidad— mientras Marga, con la mirada baja, arrastra su dedo índice sobre la mesa, de izquierda a derecha, de derecha a izquierda, y Pedro, con una energía un poco sobreactuada, rellena un crucigrama preguntando palabras que conoce de sobra. Sofía sonríe pensando en Teresa, la madre de su amiga Ana. ¿Son los crucigramas el refugio de los miedos de los padres o son solo el vicio desesperado de los acompañantes de un enfermo terminal?

Sofía y su madre se cruzan una mirada y entonces puede la lealtad, porque la lealtad también es sinceridad. Y Sofía ya no espera.

—Estuve con tu neurólogo, mamá.

Pedro da un salto. No quería perdérselo, tampoco quiere escucharlo. Marga asiente, nada está ya en sus manos. Es liberador; es aterrador.

Sofía espera un segundo, a ver si alguien la interrumpe, la frena, la rescata...

Hay una edad terrible, una edad inevitable en la que los hijos tienen que convertirse en los tutores de los padres, los que los guían y los acompañan por una vejez sin horizonte. Sofía es hija única; no hay rescate posible: le toca a ella, todo a ella, solo a ella. Así que sigue.

—Parece que hay tres fases... Estás ya en la segunda. O va más rápido de lo que pensábamos o se ha diagnosticado más tarde...

Sofía se da cuenta de que habla de la enfermedad y no de la enferma. La enferma es concreta y duele; la enfermedad es diagnóstico y crece.

Pedro ha tendido la mano hacia Marga. Sofía les pilla esa mirada que ha visto tantas veces: la mirada de amor, de compañerismo, de vida compartida. Marga le suelta, le tiene que soltar, para decir tres palabras definitivas y las dice en voz baja:

—En marcha, pues.

Pedro quiere gritar para impedirlo, pero no tiene voz. Pedro no quiere llorar y llora. Sofía coge una mano a su padre mientras abraza a su madre por detrás, las cabezas pegadas y muy juntas, sin atreverse a cruzar las miradas. Lloran, lloran ellas también, mucho rato, y se agarran fuerte, haciéndose daño, temblando de dolor y de pena, temblando de amor y de miedo.

Listas

Sofía apunta en el móvil. Igual que su madre, está obsesionada con las notas, pero ella las hace digitales. Hacer listas, detallar tareas... Solo son formas de fingir control.

—Médico.

Necesitan un profesional para saber qué y cuántas pastillas. No hay un preparado con prospecto que se venda en supermercados. Sofía no quiere arriesgarse a buscar en Internet. Para evitar información falsa, para que no queden rastros.

Su padre asiste callado, incapaz de actuar y, sin embargo, decidido a estar y acompañar. Sofía sigue escribiendo: «Documento». Hay que dejar una carta, una nota de suicidio. Una explicación para la policía y el forense.

Lo tercero y último que escribe Sofía es una pregunta:

—¿Dónde?

Dónde quiere morir su madre, dónde quieren ella y su padre despedirla y, con toda probabilidad, mantener un recuerdo imborrable y, quizá, insoportable. Vuelve al principio, a la primera palabra, y lo pregunta con toda la crudeza:

—Necesitamos un médico que nos ayude. ¿Tenéis algún amigo médico?

Nada. Sofía los mira y baja la cabeza al móvil, sin reproche, con eficacia.

—Me ocupo de buscar.

Después de eso, hoy no queda nada que hacer. Sí mucho que hablar, pero… ¿cómo? El silencio de sus padres es tan atronador que Sofía —otra vez, y ya son demasiadas— los besa y los deja. Con cuidado y con respeto: quiere dar espacio y tiempo para que cada uno digiera su propia angustia, se trabaje sus propios miedos.

⋆ ⋆ ⋆

Al salir a la calle, a la noche fría, se queda unos minutos de pie, quieta, respirando. Piensa en la vida, en toda esa enormidad que se nos entrega al nacer y que queremos dirigir, disfrutar y aprovechar… Ese regalo envenenado, ese lastre maravilloso. Esa contradicción tremenda porque queremos ser y hacer ganando todas las apuestas. Queremos surfear sin caernos nunca de la tabla, queremos tomar todas las decisiones a pesar de que la vida son mareas, calmas y tormentas que obedecen sus propios ritmos, indomables, maravillosos, horrendos…

«Esto no era, esto no es». Sofía protesta contra el universo o contra un dios, el que sea, mientras le ruedan por la cara unos lagrimones grandes como canicas. Las lágrimas de alguien que sigue necesitando un abrazo y una madre, esa madre que siempre le decía: «Tranquila, ya estoy aquí, todo va a ir bien». Y Sofía se enfada, aprieta los puños, furiosa: «¿Por qué? ¿Por qué la vida empieza así, con una madre omnipresente, con el engaño de que siempre estará y siempre nos sacará del apuro? ¿Por qué esa promesa falsa si las madres se acaban yendo? No me gusta esta vida. ¿A quién reclamo? ¿Quién me va a prometer ahora que todo irá bien?».

Y entonces, justo entonces, mientras llora de pie, con los puños cerrados y la desesperación abierta, alguien se le echa encima y la abraza. Alguien a quien huele y no ve, que le dice «Abogada, joder, cómo estamos...».

—Elena... —dice Sofía esperanzada y escéptica, sin atreverse a creerlo.

—Si la abogada no va a la clienta, la clienta va a la abogada. Que no sé quién es Mahoma y quién la montaña en este lío ni por qué he dicho algo tan complicado y tan estúpido...

Se siguen abrazando y, enseguida, otra fuerza, otro impulso.

—¡¡¡Anaaa!!!

—¿Cómo sabíais que...?

—Nos avisó tu madre.

Esas madres que sí, que igual sí que están siempre. Por encima de la vida y, algunas, a pesar de la muerte. Sofía llora más y sus amigas se la llevan casi en volandas, cogidas las tres del brazo, hasta que encuentran un bar abierto. Elena va regañándolas: «Os mandé un mensaje para cenar, borriquitas, y todavía estoy esperando que me contestéis...».

—No protestes, que al final hemos quedado.

—No protesto, pero me ignoráis *big time*...

—Elena, no hables como una consultora.

—Soy una consultora.

—Pues baja del personaje, que no estás trabajando.

Elena y Ana se chinchan de pega. Fingen una pelea para darle a Sofía tiempo de recuperación. Después del mensaje de Marga, Elena llamó a Ana, se puso al día y… Aquí están, pero Sofía no consigue distraerse. Necesita racionalizar la situación, entender las cosas que le pasan justo —y perdón por el juego fácil de palabras— para que no le pasen por encima.

—¿A quién avisó mi madre? ¿Cuándo? ¿Por qué tiene vuestros móviles?

—Ey… —Es Elena la que frena—. Para, abogada, para. ¿Te acuerdas de que el año pasado os fuimos a ver a la playa?

Sofía respira.

—¿Te acuerdas de que hicimos un grupo de WhatsApp con tus padres…?

—Vale, vale… Perdón.

Es casi medianoche y han pedido infusiones en un bar de copas. El camarero solo ha podido traerles agua con gas porque la máquina de café tiene horario. «¡A lo loco!», grita Elena brindando, y Ana, aún ganando tiempo, le pregunta:

—¿Qué te ha dicho la ginecóloga nueva a la que ibas hoy? ¿Te deja quedarte el útero o te lo quita?

Elena se revuelve incómoda.

—¡No has ido!

—…

—Elena, tía…

—Me entró un pálpito. Pensé que me iba a descubrir algo más… Me dio miedo. Las dos cosas que más me importan, el trabajo, Jorge… Las he conseguido. Me siento al mando, no sé si me explico, pero el útero… El útero se me resiste…

—Espera, para… ¿Jorge?

—No te hagas la sorprendida, Anita, que seguro que Jorge ya te lo ha contado…

Ana niega. Elena le hace un gesto de paciencia y de silencio, de luego, aprovechando que Sofía no parece haberse enterado.

—Vamos a centrarnos. ¿Abogada…?

Las dos se vuelven a Sofía, que abre la boca; la cierra. Lo vuelve a intentar…

—Yo… —Sofía se incorpora a la conversación, titubeando—. Me dijo algo el neurólogo y… Estaba antes pensando algo parecido. La mierda que es cuando la vida se descontrola y te revuelca, y tú no puedes controlar más que la forma en que gestionas el atropello…

—Exacto.

—Joder, Sofía, tampoco le des la razón. Igual no tiene que ir hoy, pero sí necesita saber qué demonios pasa con su útero.

—No, si no se la doy. Solo digo que la entiendo. Y tú también la entiendes. ¿O a ti no te gustaría esconderte y que no te encuentren los problemas y las mierdas?

—Puf… —Ana se echa para atrás en el asiento y se abstiene. Le gustaría, claro.

Elena se anima y se distrae imaginando formas de control. Habla en teoría hasta que Sofía entra de lleno en la práctica.

—Chicas, necesito un médico discreto. Necesito un dato.

Susurrando, Sofía detalla lo que Ana ya sabía: «Mi madre prometió ocuparse, pero no puede. Necesito saber qué pastillas y cuántas. Y de dónde las saco».

—Tienes mi morfina, casi una caja entera.

—Pero no sabemos si esa es la mejor medicación, ni si es suficiente…

Elena está pensativa.

—Quizá…

—¿Uno de tus mil ginecólogos?

—Calla, idiota. Me refería a Enrique…

—¿Enrique el machista?

—Enrique el médico. Me está persiguiendo y…

—¿Cuánto te va a costar el favor?

—Va, Sofía, que no tengo veinte años. No me voy a acostar con él para que me dé un bote de pastillas, solo voy a hacer algo que no pensaba hacer: quedo con él, le dejo que me pida perdón por enésima vez e intento que te entienda y nos ayude.

—No te va a ayudar; participó en la elaboración de la ley.

—Justo por eso. Él sabe que Marga no puede esperar esa burocracia farragosa ni ir esquivando las objeciones de conciencia… Sabe que es casi legal.

—¿Lo harías, Helen?

—Abogada, por ti, cualquier cosa.

* * *

Resueltas las urgencias, Elena intenta cambiar el ánimo:

—Pues nada, quiero hacer un comunicado oficial y no lo voy a hacer en Instagram como los famosetes: Jorge y yo hemos vuelto.

—¡No! No lo hagas en Instagram, que, si se entera Enrique, no nos resuelve lo de las pastillas…

—Idiota.

—Eres como una *celebrity*…

—Si tú no sabes lo que es una *celebrity*…

—Ni tú.

—Soy consultora, pesada. Los consultores sabemos de todo.

—Me estáis mareando y no me lo puedo permitir: tengo que matar a mi madre. Centraos en algo que me importe.

—¿Has recuperado el sentido del humor, abogada?

—Noooo, pero sí la alergia al cacareo.

—¿Nos estás llamando gallinas?

—Mejor que *celebrities*…

—Que te calles, qué pesada.

—Vale, vale, pero… ¿Cómo está tu gallinero, Anita?

—Puf —bufa otra vez Ana—. La gallina madre cree que me quiero suicidar y por eso ha decidido reordenarme el armario. O más bien vaciarlo…

—¿Para facilitar el reparto de tu herencia? No entiendo…

—No, supongo que para aligerarme las cargas y, así, quitarme las ganas.

—¿Y el pollito Lola?

—No sé. Hoy todavía no se ha enfadado conmigo…

★ ★ ★

Risas, apoyo, confidencias, escucha, abrazos, compañía, presencia y esa seguridad de saber que no están solas. Recargadas de amistad, vuelven cada una a su casa. Elena y Sofía a unas casas vacías y tranquilas. Ana a una casa llena y a una adolescente llorosa que la espera, insomne, en el sofá.

—¿Qué te pasa, Lolilla? ¿Qué te pasa?

—Mamá —protesta Lola sollozando—. ¿Vienes borracha?

—No, hija. Vengo contenta.

Y Lola aúlla y le echa todo el peso encima para que la abrace.

—Me siento sola, mamá. Todo lo hago mal. No sé qué quiero hacer con mi vida, no sé nada…

—Tienes catorce años, mi vida. No hay nada que tengas que saber todavía.

—Que no es eso, mamá, que no me estás entendiendo y tú eres la única que me entiende…

—¿Y tu abuela?

—Ella no me entiende.

—No, que dónde está.

—En el cuarto. Durmiendo, supongo…

—Vale, vale…

—Mamá, que es que me siento solísima…

—Pero si estás llena de amigos…

—Que no, mamá, que no son tantos… Ni tan amigos. A la hora de la verdad solo te tengo a ti, y eres mi madre. No mola nada…

—Hombre, gracias.

—Mamá… Joé… Que sabes lo que quiero decir…

—Que sí, pero es que creo que no es verdad que estés sola. Estás cansada… Son las dos de la mañana.

—Qué pesada. Siempre dices lo mismo, que estoy cansada. Estoy sola, lo que estoy siempre es sola.

—¿Y esas tres loquitas que vienen a dormir a casa? ¿No son tus amigas?

—¡Pues claro!

—¿Entonces?

—Pero ellas no saben que estoy sola.

—Entonces igual es que no estás sola.

—Joé, mamá…

Ana decide concentrarse en escuchar. Lola habla y habla, a veces en círculo, a veces en línea recta. Una crisis larga y espesa de hormonas y adolescencia, una crisis dolorosa y tangible, una crisis oscura y densa. Una crisis vital a los catorce, tan incapacitante e insoportable como las nuestras.

—Déjame que piense, ¿vale? Déjame que piense todo lo que me has contado… Ahora tenemos que dormir.

Lola, exhausta, pide una última cosa:

—¿Puedo dormir contigo?

—Sí, pero en tu cuarto, que el mío es más pequeño.

—Eres la mujer más pringada que conozco, mamá… Eres tú la que paga el piso y vives como Cenicienta…

—Soy la superpringada, sí. Cuando busques modelos de mujer, acuérdate de no fijarte en mí.

★ ★ ★

Se tumba en el cuarto de Lola, haciéndole pequeñas caricias en la espalda con ese truco de madre que es como una señal atávica de amor y certeza («Aquí estoy, hija. Te toco porque estoy. No me voy; no te dejo...»), Lola se duerme y Ana da vueltas a esa inseguridad de la adolescencia que no se acaba nunca, que cambia y confunde, porque sientes que ya estás al borde, que ya llegas; que vas a ser adulta y a decidir, y a elegir, y a ser responsable de tu vida y tu destino, pero la vida, otra vez, se te echa encima, te bloquea y te cuestiona.

Ana piensa en todo lo que le ha contado su hija, en si puede ayudarla, en ese padre ausente que quizá necesite, en si el dolor de Lola es el mínimo normal o es mayor, en qué reafirmarle y cómo, en qué borrarle y de qué manera.

Su hija se quiere valiente e infalible, sin errores, sin malentendidos, sin retrocesos. Busca algo incontestable: risas y certezas, una felicidad clara, una seguridad alegre, un éxito absoluto («¿En qué?»; «No sé, mamá. En lo que se me ocurra»). «De eso no tengo», se lamenta Ana, y, mientras la sigue acariciando, intenta respirar su olor calentito, a posibilidad infinita, a vida pura, y dormirse ella también, sin pensar en nada más.

Citas

Elena no quiere perder el tiempo. Tiene apenas diez días antes de incorporarse a su nueva empresa. Había pensado irse de viaje, asomarse al mar, pero... Quiere estar con Jorge, quiere ayudar a Sofía, quiere quedarse. Quiere ser feliz, quiere ser útil. A las nueve de la mañana, en cuanto empieza el horario considerado laborable, llama a Enrique. Ni mensajes ni subterfugios, una llamada de las de toda la vida.

—¡Elena! ¡Qué alegría!

Elena nota su esperanza e intenta no alimentarla, contestando educada y sin hipocresía:

—Enrique, ¿cómo estás?

—Contento, feliz de hablar contigo...

—¿Podemos quedar? Es un poco urgente.

Dos horas después, en un bar cercano al Congreso, Enrique le coge las manos, sonríe e intenta explicarle cuánto la ha echado de menos. Elena le corta, brusca, y le explica. Él pasa rápido de la expectativa cariñosa a la más gélida profesionalidad.

—Justo para eso aprobamos la ley, Elena; para solucionar casos como el de la madre de tu amiga.

—Marga; la madre se llama Marga y la hija, mi amiga, se llama Sofía.

—Para solucionar lo de Marga. Tiene que seguir el procedimiento establecido. Si tiene problemas, si le ponen obstáculos, habrá que irlos resolviendo.

—Ya tiene problemas. Es lo que te estoy diciendo. Quiere bajarse ya, pero todavía no la van a dejar…

—Elena, no te pongas nerviosa. Ni siquiera lo ha intentado.

—Por supuesto que no. Si la dejan firmar ahora, que no lo sé, le van a decir que todavía…

—Que todavía tiene tiempo, sí. Le van a decir que tiene tiempo porque lo tiene.

—¿Qué tiempo? ¿Tiempo de desmemorias y angustia? ¿Tiempo lleno de miedo? ¿Qué tiempo tiene? Si ella quiere morir ya, ¿qué tiene que hacer? ¿Tirarse al metro? Sabes perfectamente que le van a decir que es pronto…

—Porque es pronto.

—¡Enrique! Deja el maldito discurso oficial. No te hablo como político, sino como médico, como amigo…

—No somos amigos, Elena. Tú solita me has dejado claro que no somos amigos.

—¡Joder, Enrique…!

Elena ha levantado la voz y, cuando los dos hombres de la mesa de al lado se giran con curiosidad, la baja y sigue:

—Solo quiero que me digas qué medicamento es el más eficaz para poder morir en paz. Y cómo conseguirlo.

—Mira…

Enrique le ha soltado las manos hace rato; cuando la esperanza se tornó frialdad y la letra de la ley mató su espíritu. Enrique está, seguramente, haciendo lo correcto y Elena no tiene fuerzas para coquetear, para fingir, para engañar. Tampoco cree que fuera a alterar el resultado. Enrique no es imbécil y Elena tiene poca paciencia, que tampoco ayuda. Desde la más terrible realidad, desde el dolor tangible de una amiga, Elena quiere respuestas y no leyes.

—Elena, tu amiga es abogada…

—Sofía. Sofía es abogada, que las leyes se hacen para las personas y las personas tienen nombre…

—Sofía es abogada —y Enrique también se impacienta—. Ella mejor que nadie… Sofía mejor que nadie sabe que yo no puedo contestarte. ¿Qué os creéis que soy? ¿Un imbécil o un irresponsable?

—No…

—Vale que la ley no es perfecta y en cada comunidad autónoma, en cada hospital, en cada consulta médica, la aplican lo mejor que pueden o lo mejor que les dejan. Pero ni yo ni mi partido podemos salvaros…

—¡Enrique, no me jodas!

—Escucha, Elena…

—¡No! Escúchame tú a mí… Tu partido ha tenido los huevos de sacar una ley de eutanasia, y yo os lo reconozco y os voto entre otras cosas por eso. Pero vosotros sabéis que cada vez es más difícil, que casos como el de Marga necesitan soluciones más rápidas, menos burocráticas y, sobre todo, más libres. Lo que te pido es que, como médico, como defensor de la muerte digna, me digas cómo ayudar a una mujer valiente que no quiere vivir con angustia una cuenta atrás espantosa, que quiere controlar su destino y despedirse con amor y paz. ¿Me puedes ayudar?

Por un momento, Enrique parece ceder, pero... Aparte de sus reparos profesionales y éticos, se siente utilizado; se siente, casi, humillado.

—¿Te puedo ayudar como qué, Elena? ¿Como novio o como «vamos a llamar a Enrique que como quiere que vuelva con él seguro que me ayuda»? Eso le has dicho a Sofía, ¿no? «Me está dando la lata, así que le llamo, le dejo que se ilusione e igual cede...». Mira, no puedo ayudarte profesionalmente y, la verdad, personalmente tampoco me apetece.

Elena no está especialmente orgullosa de haber recurrido a él. Tampoco se arrepiente. Enrique le clava los ojos con un resto de dignidad ofendida; ella le aguanta la mirada y, cuando comprueba que no le queda otra, que él está en su derecho a negarse y ella no va a suplicar de ninguna otra manera, se levanta y, sin plantearse siquiera una salida heroica, dice «Adiós, Enrique», y se va.

★ ★ ★

Ya en casa, con wifi, se conecta e investiga. Nadie se lo ha pedido, pero le sobra tiempo y se siente responsable del fiasco con Enrique. Elena tiene ese complejo de ejecutiva, esa necesidad de solucionar problemas; resolver, resolver, resolver...

Se pone en contacto con un par de asociaciones para la muerte digna. Ambas son muy claras con lo costoso del papeleo y lo elevado del precio: si es muerte asistida y es legal, no es tan rápido. De hecho, es lento y es caro. En Suiza, por ejemplo, cuesta hasta doce mil euros que te ayuden a morir si eres extranjero. Más la burocracia. Eso sí, puedes elegir: desde un sarcófago impreso en 3D que va soltando nitrógeno a unas píldoras cuya composición no se detalla. «Queremos democratizar la muerte. Morir no puede ser tan complicado ni tan caro», lee Elena a los creadores de *Sacro,* el sarcófago en forma de nave espacial. Le recuerda otra frase: «La mejor manera de asegurarte de que la sociedad presta atención a un tema es ganar dinero con él». ¿Es cierto o solo una *boutade?* No cree que para Sofía y Marga sea un problema el dinero, pero... El lío de registrarse, pasar las pruebas, ir a Suiza...

Elena se frustra y cierra el ordenador de golpe. No puede ser tan complicado, pero lo es: es más fácil aprender a matar que saber cómo morir.

* * *

«Pentobarbital, ¿no?».

Esas dos palabras de Jorge, por teléfono, devuelven a Elena al ordenador. No le pregunta cómo recuerda un nombre tan difícil y tan específico, dónde, cuándo y por qué lo oyó, lo leyó o lo buscó. Elena, simplemente, se pone manos a la obra, como si encontrar la solución para Marga fuera el encargo de un cliente, un proyecto urgente de su empresa.

Es solo por un zumbido en la cabeza, por una inquietud persistente, por el recuerdo de la mirada dolida de Enrique, por lo que decide echar un vistazo a la ley de regulación de la eutanasia que Sofía conoce y que a Marga no le sirve. «¿Por qué no le sirve?». Siente las preguntas de Enrique y las contesta furiosa. Porque Marga quiere morir ya y la ley marca unos plazos. «¿Es frivolidad ese ya? ¿Es un capricho? ¿De verdad no puede esperar a hacerlo legal?».

Elena se frustra: está intentando argumentar una postura que equilibre el orden y la libertad, la ley y la justicia, pero no puede. Tampoco le toca a ella. Le da miedo, además, asomarse a las amenazas de esos otros partidos que quieren decidir sobre nuestras vidas y sobre nuestras muertes. Ella solo quiere ayudar. Su historial se ha llenado de búsquedas turbadoras: formas de morir sin dolor, pastillas letales, muerte digna, pentobarbital. Su ordenador es el de una suicida, su corazón el de una amiga.

Harta de sus preguntas, confusa con sus respuestas, Elena se raya. Cierra el ordenador y se pone las zapatillas de deporte para salir a caminar rápido, para quemar la prisa y los nervios. «Con todo lo que tengo a favor, ¿por qué esta ansiedad?». «Útero, útero, útero...». La ginecóloga de siempre le había preguntado si sentía molestias y Elena contestó que no, porque no era dolor, aunque... No está segura de si es somático, pero en la zona del útero nota una hinchazón, una llamada de atención permanente. Siente que el útero le aprieta la vejiga. ¿Lo imagina?

* * *

La muerte avanza; la vida no para.

A Ana, recién llegada a la oficina, la llaman del colegio. Una llamada que se contesta siempre con miedo.

Recuerda el primer día, hace mil años: con el corazón en un puño, contestó el teléfono temiendo una brecha, un accidente o un descalabro, y le comunicaron, muy serios, con una gravedad casi ridícula, que Lola tenía piojos y que debía abandonar inmediatamente el recinto. Ahora es peor. Resulta que una adolescente, una no adulta, una niña con ganas de crecer, intentando asomarse a esa realidad tentadora de los mayores porque los considera libres y felices, sin reparar en sus miedos y en sus esclavitudes...

—¿Que ha hecho qué? —pregunta Ana a la tutora.

—Se ha escapado a primera hora, se ha metido en el bar de al lado, ha enseñado la foto de un carné que ha encontrado en Google y ha pedido una botella de Larios.

—¿Ginebra?

—Larios.

La conversación es absurda y a Ana le dan ganas de reírse ya como sabe que se reirá algún día: cuando la cuente como algo superado, cuando ya no le dé miedo que su hija, a los catorce años, a las diez de la mañana, necesite una botella de ginebra. O no: quizá necesitaba que llamaran a su madre...

Le exigen que se plante en el colegio con la misma celeridad que el día de los piojos. La sientan y, sin preámbulos, disparan. Bueno, dispara la tutora, la única persona del centro con la que Ana no conecta. Y, obviamente, es recíproco:

—¿Pasa algo en casa, Ana?

—¿Quieres decir que si Lola tiene motivos para ser alcohólica?

—No quiero decir eso. Quiero saber si pasa algo en casa.

—¿Y en qué casa no pasa nada?

La tutora se calla, se echa para atrás en la silla, espera.

Ana no quiere ceder. Necesita entender a su hija, entender si es ella o su pandilla, si es un reto o una estupidez…

—¿Le dieron la botella en el bar?

—Sí, por eso lo hemos sabido. La trajo al colegio…

—Joder, qué huevos…

—¿Perdona?

—Los del bar, qué huevos. Por mucho DNI falso en el móvil, no cuela, ¿no? Se le notan los catorce años desde el uniforme hasta las orejas; vamos, digo yo…

—Ana, no sé si…

—Si no la intento exculpar. Lo que digo es que para ser el bar más cercano a este colegio son un poquito…

—¿Un poquito qué…?

—Un poquito laxos…

—¿Laxos?

—Poco rigurosos…

—Soy la tutora, Ana, no la profesora de Lengua. Y, oye, aun así, fíjate, sé lo que quiere decir «laxos».

La bordería empieza a resultar exagerada, artificiosa y hasta un poco violenta. Ana se cansa. Su hija ha metido en el colegio una botella de ginebra y Ana entiende que eso exige que llamen a su madre. Lo que no entiende es esta tensión gratuita, este alargamiento innecesario, esta indignación impostada…

—¿Entonces…?

—¿Entonces qué?

—Me habéis pedido que venga. ¿Qué queréis que haga?

—Estamos preocupados, Ana.

—Ahórrate la preocupación y ocúpate de hablar con los de ese bar. Dime qué quieres que haga yo…

—Tienes que llevártela a casa y no sé si a un médico…

—¡Vaya! ¿A un médico? ¿A qué tipo de médico crees que debe ir mi hija?

—Lo que quiero decir es que…

—Una adolescente ha metido una botella de ginebra en el colegio. Eso es lo único que ha pasado. ¿Está expulsada? ¿O es que le has diagnosticado tú sola una enfermedad y por eso hay que llevarla al médico?

—Eh…

—Es una pregunta fácil.

—Expulsada mínimo dos días, sí.

—Mínimo… ¿Y el máximo cuál es? Pero, sobre todo, ¿de qué depende?

—El claustro…

—¿El claustro? ¿La conocen? ¿Han hablado con ella?

—…

—No, claro.

—…

—¿Tú crees que el claustro querrá también mandarla al médico…?

—Ana…

—¿A qué médico? ¿Al psiquiatra? ¿La medicamos, tú crees?

—Ana…

—Mira, me la llevo y nos vamos. Ya me llamáis, ¿vale? Cuando el claustro y tú tengáis algo que contarme, me llamáis.

⋆ ⋆ ⋆

Cuando Ana recoge a Lola en Secretaría, le pregunta por la botella:

—¿Dónde está?

—Se la quedó la tutora.

—¿Y cuánto te han cobrado en el bar?

—Cuarenta euros.

—Vaya jetas. Bueno… Vamos.

—Mamá, ¿estás enfadada?

—No lo sé.

—Oye, mamá…

—…

—Mamá, ¿la abuela se quiere suicidar?

Ana mira a su hija. No con amenaza, sino con curiosidad: ¿esa pregunta es un cambio de tema o es preocupación genuina? Parece un chiste recurrente, un vodevil en el que todo el mundo coquetea con el suicidio y la única persona que de verdad quiere morir, que de verdad lo necesita… Puf… No puede entrar ahí; el drama de Sofía y Marga no le toca a Lola.

En cualquier caso, intenta siempre no ser una madre sabelotodo; dar espacio y libertad. También es una madre que quiere entender y necesita respuestas.

—¿Te la ibas a beber en el colegio?

—¡No, mamá! Era un reto. Peña…

—¿Peña? Joder con Peña...

—No llames a su madre, mamá. Por favor...

—...

—¿Mamá...?

—La abuela no tiene ganas de vivir, pero no creo que se quiera suicidar.

—...

—Y, por cierto, me gustaba más la tutora que tenías el año pasado.

Esa es su relación. Se hacen todas las preguntas y, con calma, sobre todo con cuidado y a veces en desorden, van apareciendo todas las respuestas. En cualquier caso, Ana decide replantearse la caja de morfina, igual es mejor devolverla a un hospital e intentar que las conjugaciones de suicidio desaparezcan de su casa. Se siente responsable, pero ahora no puede hacer examen de conciencia porque Lola sigue preguntando:

—¿No es lo mismo...?

—¿El qué?

—Lo que has dicho. Que no tiene ganas de vivir, pero no se quiere suicidar.

—No, no lo es. Tus abuelos estuvieron juntos casi sesenta años, sesenta años queriéndose bien. Y tu abuela tiene ochenta palos, está sola, sin su pareja, y no ve que su vida vaya a mejorar...

—No está sola. Está con nosotras.

—Sí y no. Vive con nosotras, pero no está con nosotras. Nosotras estamos en nuestras vidas. Tú, parece, en los retos de Peña, en tus movidas, en tus mensajes...

—Joé, mamá, siempre tienes que sacar el móvil...

—Que no saco el móvil y no digo que sea malo que estés ahí; tienes catorce años y es lo que te toca, solo digo que es donde ve tu abuela que estás.

—¿Y a ti dónde te ve?

—¿A mí? En mis obligaciones y en mis preocupaciones.

—Ya... Puede ser...

—Lo que quiero decir es que ella ha perdido a su compañero y, a su edad, es muy difícil ilusionarse porque el presente es la enfermedad y la muerte de sus amigos, y el horizonte cercano su propia decadencia, su pérdida de autonomía...

—Mamá... Creo que no lo puedo entender...

—No, seguramente no puedes.

—...

—Aunque en el fondo es sencillo: para tener ganas de vivir hace falta un poquito de ilusión y un poquito de esperanza.

Han llegado al coche. Lola espera a que arranque y pregunta, preocupada:

—¿Tú tienes?

—¿El qué?

—¿Ilusión y esperanza?

Ana contesta de forma mecánica: «Claro, Lolilla, claro». Aprieta la pierna de su hija cerca de la rodilla, ese gesto que a Lola le gusta y, a la vez, le espanta. Lola sonríe y confiesa.

—La abuela ha encontrado tus pastillas. Me lo dijo anoche. Me dijo que las iba a guardar ella.

—Está bien —contesta Ana—. Está todo bien.

«Me habéis dejado sin puerta de atrás, cabronas. Qué pesadas sois las dos y qué torpe soy yo. Ya firmaré lo de la muerte digna. Mañana pido cita. Sin pastillas propias, pero… Bueno, ya. Basta».

Y le pide a Lola que ponga esa canción de Bad Bunny que comparten.

Reflexiones

Vamos a tener que poner el foco en Marga porque lo que ha hecho (lo que ha pedido) es demasiado y ella lo sabe. Exigirle a su hija esa responsabilidad… Tiene que haber otra manera. Marga está en casa, encerrada en sí misma. A Pedro, a su queridísimo y tristísimo Pedro, le contesta con silencios cariñosos: monosílabos, caricias y ninguna frase. Marga, con el cerebro cada vez más líquido, intenta cerrar compuertas y pensar.

Recuerda la muerte de su madre. Un ictus fulminante; de alguna manera, una bendición: rápido, fácil. Ella estaba en Senegal, volcada en la carrera diplomática de su marido, en la educación de su hija, en la pasión absoluta por ese país diferente y vital. ¿Y los padres de Pedro…? ¿Cómo murieron? No lo recuerda… Aparta la desmemoria y se centra. Toda la vida educando a Sofía en la libertad, casi cuarenta años cepillándole las alas y animándola a volar y ahora… ¿Ahora esto? ¿Era este su último legado? «Hija, mátame; haz por mí lo más duro».

—No. ¡No!

Lo dice en alto y Pedro se asusta, deja el libro que no estaba leyendo y pregunta.

—¿Qué pasa, mi vida?

Marga le sonríe y le aprieta la mano. Pedro entiende que es un «nada» y le devuelve el apretón sin pronunciar la pregunta evidente y retórica («¿seguro?»). Marga aprieta de vuelta, ahora con el pulgar, además, acariciando y Pedro, resignado, vuelve a su libro y a su amorosa vigilancia.

Marga cierra los ojos para darse un descanso. ¿Y entonces qué? ¿Entonces cómo? Apunta una tarea: «Tendré que escribirle una carta y explicárselo. Liberarla. Dejarla volar otra vez». Marga y Sofía habían discutido mil veces el significado del vuelo. Para su madre, Sofía, con sus idiomas y su educación cosmopolita, debería estar viviendo lejos. «¿Lejos de qué, mamá? ¿Lejos de tu infancia? Porque este país es tu infancia, pero no la mía… Yo ya he vivido lejos…». Para Sofía, libertad era también quedarse, elegir —después de tantos países, tantos cambios— que no había que huir, sino ser en un lugar, ser bien, ser lo que quisiera, ser coherente.

Marga temía ahora que Sofía acabara cargando con su padre como tantas otras mujeres antes y después, que se esclavizara en los cuidados. Pero intentaba aceptar las palabras calmadas de Sofía: «Mamá, si libremente elijo algo que no es lo que tú quieres para mí, lo tienes que respetar. Eso también es libertad». Y, otras veces, sus palabras irritadas: «Mamá, ¡basta! Solo quieres que sea libre para que elija lo que tú quieres». Marga recuerda y sonríe. Su hija, libre a su manera.

⋆ ⋆ ⋆

En cualquier caso, antes de escribir esa carta tiene que encontrar un camino. El suicidio fue, durante muchos años, un acto silenciado. Se intentaba evitar el efecto contagio. Aun así —lo ha buscado— cada año se suicidan setecientas mil personas en todo el mundo. Las cifras son abrumadoras: ¿cuántos podrían haber vivido? Le aterran los casos de quien no encontró ayuda o, peor, encontró solo rechazo. Siente que lo suyo es diferente: ella solo se anticipa a una condena y, aun así, sabe que muchos no la entenderían y querrían frenarla, obligarla a sufrir jurando (y creyendo, encima) que es por su bien.

Ella nunca ha querido morir, pero ahora no quiere vivir; vivir así, vivir vacía. Piensa en esos pocos conocidos de los que supo en voz baja, con miedo a preguntar y herir a sus deudos. Pastillas, un tren, una escopeta... Formas de desesperación que en su día no entendió porque nunca había sentido que su presente fuera insoportable, nunca se había sentido sin un futuro digno. Hoy aprecia el pasado: ha tenido una vida larga y buena, pero no hay nada más allá; no hay horizonte.

Marga no puede evitar pensar en los demás. «No quiero nada que incomode a otros. Nada desagradable, nada sangriento...». Recuerda la espantada conversación con una amiga de la embajada británica: su marido se había pegado un tiro en el salón y ella, enseguida, encontró la entereza para entender y perdonar: «Tengo que respetar esta decisión suya como respeté tantas otras. Si lo hizo así es porque no pudo hacerlo de otra manera».

«Cada uno tiene siempre el mejor comportamiento posible dentro de sus circunstancias». Esa frase de uno de sus profesores se le había quedado grabada a Marga en primero de carrera, cuando creía que iba a ser psicóloga, que iba a ejercer, que iba a ganarse la vida escuchando, curando, ayudando. Al principio le costó aceptarla, la interpretaba como una forma de justificar la pereza y la falta de exigencia y, sin embargo, era tan cierta...

«¿Estoy siendo yo perezosa, poco comprometida, indigna...? ¿Estoy teniendo el mejor comportamiento posible? ¿Podría hacerlo mejor?». Otra vez la duda, un pozo sin fondo que no puede permitirse. Marga quiere decidir y no tiene tiempo. Con un esfuerzo ímprobo, vuelve a apartarlo todo y valora opciones. No quiere hacer daño a los suyos y no quiere arrepentirse a mitad de camino. Tampoco quiere fallar. Se niega a vivir veinte años más dejando de ser mientras su cuerpo se aferra a una vida irracional e innecesaria.

Cierra los ojos con rabia y se le escapa una lágrima silenciosa. Al segundo, es también un pulgar, el de Pedro, el que la seca, suave, dulce, seguro. «Pedro...», piensa Marga. Y sonríe. «Pedro está, siempre...».

* * *

Elena ha tenido una pesadilla. La recuerda ahora, en plena calle, entendiendo por fin su mal humor de la mañana. Va camino del médico y le asalta la memoria: ha soñado con Jorge. Jorge andaba en líos de negocios con unos narcos de Sinaloa. (¿Por qué Sinaloa? Ni idea, es un lugar en el que jamás ha estado y del que no sabe nada). No recuerda los detalles, pero Jorge había robado algo a los narcos y encargó a Elena que fuera a hablar con ellos, que disimulara, que les hiciera creer que él era inocente mientras ganaba tiempo para que pudieran huir juntos. Elena recuerda la llegada al aeropuerto, buscando un vuelo a Europa y, cómo, a pesar de sus protestas, Jorge insistió en embarcar cuanto antes en una avioneta («Que no, Jorge, que con este trasto no llegamos a casa»; y él «Hay que despegar ya. ¡Sube!»). Se habían sentado en la última fila, al lado de una señora que acunaba a su bebé mientras hablaba sin parar, contándole a Elena detalles de su ciudad..., Sinaloa. Elena temblaba, Jorge parecía querer empujar el avión con las piernas para que avanzara más rápido. Era un vuelo con escala. ¿Dónde? En Sinaloa, claro. Se abrieron las puertas y, en la misma pista de aterrizaje, los narcos y otros vecinos desfilaban y bailaban disfrazados con unas terribles máscaras de demonios...

Elena se había despertado muerta de miedo. Ahora, aún aterrorizada, intenta interpretar el sueño. Miedo, sí, pero ¿a qué? ¿A Jorge? No, a Jorge no; a Jorge nunca. Menos mal que, después de la nueva ginecóloga, tiene psicoanalista, pero... ¿Dónde está Jorge? Hace dos días que no habla con él; tenía un viaje de trabajo. ¿Qué significan los narcos? ¿Qué representan? ¿A qué demonios tiene tanto miedo? No lo sabe y sigue caminando, con esa espesura mental que le provocan los malos sueños y que se le concentra en la frente y en los ojos en forma de dolor, de taladro, de pésimo humor.

Necesitaría volver a la cama y rebobinar, borrarlo todo, resetearse entera...

«¿Aterrizo en la violencia por ayudar a un loco? Porque era Jorge, pero en el sueño yo le decía que estaba loco, que no podía estafar a esos tipos, que nos iban a torturar, que nos iban a matar despacio…». Le da un escalofrío y se empieza a repetir los mantras de un viejo profesor de meditación: «Yo soy luz, yo soy paz, yo soy amor…».

—Yo soy pesadillas. Yo soy violencia. Yo soy narcos…

⋆ ⋆ ⋆

Ana se queda teletrabajando. Lola, expulsada del colegio, está en su cuarto, rodeada de pantallas, esos rectángulos luminosos que tanto recuerdan a *Poltergeist* aunque ningún adolescente de ahora haya visto la película. «Corre hacia la luz, Carol Anne…», animaban sus padres a la protagonista para que saliera de la pantalla y, cuarenta años después, estamos al revés, corriendo siempre hacia dentro de un televisor, un ordenador, un teléfono: el ser humano vive pegado a la luz azul, imantado, hipnotizado o, directamente, esclavizado.

Ana enciende el portátil («otra pantalla», se dice) y, antes de asomarse a su bandeja de entrada, estrena un documento y escribe: «El día que murió mi padre se me quedó dentro su integridad. En caso de duda, siempre me pregunto qué habría hecho él». Lo borra. «El día que murió mi padre, heredé sus palabras, ese diccionario tan suyo, de castellano antiguo. "Ignaro", decía cuando escuchaba a alguien soltar bobadas. "Ignaro", ignorante, que no tiene noticia de las cosas… "Morugo", persona taciturna y huraña… Y su sustantivo: "Moruguez"…».

Lo borra. Escribe otra vez su favorita, su ideal inalcanzable: «Integridad». La integridad es una cualidad extraordinaria y una tremenda exigencia.

Entra en el mail de la oficina y, justo, como si la oliera, vuelve Lola.

—Mamá, quiero que me entiendas…

Ana abre la boca para explicarle que tiene que trabajar, pero Lola nunca se detiene hasta que se le acaban las palabras.

—Estoy en una edad muy rara. Solo hay dos opciones. O soy adolescente o soy una pringada. Y yo prefiero ser adolescente. No me puedes castigar. Necesito salir y estar con estos…

«Estos» eran los no pringados.

Lola sigue y Ana recuerda parte de una conversación reciente entre su hija y Sofía. A Sofía sí le permitía interrumpir, preguntar, aclarar…

—Define «pringados».

—Pues los que son niños todavía. A ver, yo empecé a hablar de pollas en tercero de primaria… —afirmó Lola con orgullo.

—¿Qué edad es tercero de primaria, que me pierdo?

—Pues ocho años o así… Las pringadas de mi clase todavía no han empezado y ya tenemos catorce…

—¿No han empezado a qué? ¿A hablar de pollas?

—Exacto.

—¿Y por qué es importante hablar de pollas?

—Joé, *bro,* tú me entiendes…

⋆ ⋆ ⋆

«Tú me entiendes». Sofía tenía que entenderla, Ana tenía que entenderla. Y lo que entendían era apenas un atisbo y no auténtica comprensión: ser adolescente es vivir de puntillas, deseando alcanzar a los adultos y practicar sus vicios. Decir palabrotas, salir hasta tarde, beber alcohol, no responder ante nadie…

—Los adultos no somos como piensas. Crees que somos unos moteros salvajes y… Para nada. Somos tu madre y yo, poniendo el despertador a las seis de la mañana para adelantar algo de trabajo antes de que empiece el día y luego seguir trabajando hasta la noche.

—No sé qué adjetivo hay para las pringadas de cuarenta, pero sois su definición.

—Gracias, Lola.

—De nada. Deberíais hacer pellas de vez en cuando…

—Sí, claro.

—Me gustaría que fuerais moteras salvajes, en serio. Unas rebeldes…

—Ahá…

—Sofi, *be wild.*

Así, con un perfecto acento inglés, había animado a Sofía a desobedecer y ser de otra manera. «Desobedecer es obligatorio, *sis*». Y Sofía le había contestado muy seria: «Nada es obligatorio. Todo hay que cuestionárselo».

* * *

Lola seguía:

—… aunque me hayan expulsado, necesito que me dejes ir a una fiesta que hace Guillermo en el campo. Es el sábado. Me van a llevar los padres de Inés porque está a treinta kilómetros y luego nos puedes recoger tú…

Ana escucha la catarata de palabras.

Escucha «yo no bebo, mamá. Lo pruebo, pero no bebo. Los veo vomitar y me dan pena. Cuando se ponen así los ayudo, pero no bebo. Mamá, déjame…». Ana ignora ese «no bebo» tan contundente y tan dudoso y pregunta:

—¿Por qué en el campo? Viendo lo burros que sois, me cuesta mucho dejarte ir a un sitio en el que no te puedo recoger en cinco minutos.

¡Boum! Portazo.

«Algunas cosas no cambian», piensa Ana imaginando los portazos virtuales de los adolescentes robóticos dentro de unos años. O los portazos provocados y/o frenados con inteligencia artificial. Y, con esa imagen, se abre por fin camino entre los mensajes de su bandeja y encuentra una convocatoria a una reunión con el director de Recursos Humanos.

«Mala pinta…».

Sentencias

Sofía no se ha atrevido a viajar a Nantes. Le ha dado miedo estar a dos horas de avión de su madre, pero ni un solo día ha dejado de llamar a su cliente, un padre que anda nervioso e ilusionado, con esperanza y con miedo. También ha llamado cada día al abogado francés que le representa junto a ella. Y, por supuesto, ha asistido al juicio por videoconferencia.

A pesar de su tristeza, Sofía ha conseguido compartimentar su cerebro y concentrarse en este juicio, este cliente, esta necesidad de justicia para un hombre bueno. Lo ha hecho bien; lo han hecho muy bien. Y la jueza ha sido ecuánime: la custodia será todo lo compartida que se pueda teniendo en cuenta que el padre vive en España y la madre en Francia, que el niño tiene ya tres años y está escolarizado. La jueza no ha querido calificar la acusación falsa de la madre, tampoco ha querido negar la inocencia del padre.

A su cliente le han dejado ver al niño dos horas, la misma tarde del juicio. Después de tantísimos meses alejados, son dos horas que padre e hijo van a invertir en buscar juguetes nuevos, crear recuerdos y repasar, mientras meriendan, el amor en ese castellano que el niño ya no habla.

—¿Y ahora qué hago, Sofía? ¿Qué hago con mi vida para poder ser padre, para poder estar presente? —Eso le pregunta el padre por teléfono, feliz y asustado, incrédulo y exhausto, después de despedirse, ya solo por unas semanas, de ese niño que es su hijo y no lo sabe.

★ ★ ★

Sofía tiene un solo plan: pelear, seguir peleando. Por el derecho del padre a teletrabajar desde Francia dos semanas al mes para ejercer su custodia, por el derecho del niño a unas clases continuadas de español para comunicarse con su familia paterna. El plan de Sofía es aplicarse para que —con el amor y la ley de su parte— padre e hijo puedan construir una relación sólida, sana, buena. Una relación de amor y de cuidado.

Sofía tranquiliza a su cliente, cuelga el teléfono y piensa en los padres. En la figura del padre; así, en general, y, luego, en particular, en el suyo: el arquetipo de sabio bueno. Pero su padre ha sido también un padre ejerciente, implicado. Un padre que se la llevaba a reuniones, actos y visitas en todos los países en los que han vivido; un padre que le prestaba libros con criterio y libertad; un padre que la escuchaba sin interrumpir y sin juzgar; un padre que contestaba todas las preguntas con atención y honestidad. No había reparado en ello hasta ahora, pero… ¿no tiene su padre mucho en común con los padres de Ana y de Elena? No puede ser casualidad: tres hombres buenos, trabajadores, callados. A pesar de que son mujeres, ¿se parecen las tres a sus padres y no a sus madres? Sofía lo descarta: como dice Ana, se parecen a sí mismas.

Justo entonces llama Elena, caminando, rápida, llena de energía. Sofía sigue en la reflexión y le pregunta:

—¿Habías pensado alguna vez que nuestros padres se parecen?

Elena discrepa.

—¿El mío y el tuyo? ¿Mi padre camionero que no acabó el bachillerato y tu padre diplomático con tres carreras universitarias? Se parecen en que tienen unas hijas estupendas y en poco más...

—Piénsalo. Sí que se parecen por dentro. Son hombres decentes, íntegros...

—Sí, abogada, pero no tienen nada en común.

—¿El ajedrez?

—¿Tu padre juega?

—No.

—¿Entonces?

—No sé...

—Desde luego se parecen más que nuestras madres...

Es verdad que sus padres se parecen en la bondad, esa cualidad innata que Ana prefiere llamar integridad, aunque son virtudes distintas. Es verdad, también, que la generación de esos tres padres —la de la posguerra, la que hizo la Transición— creció con miedo y con una única fe compartida: fe total y absoluta en el esfuerzo. Trabajaban los hombres y solo algunas mujeres (como la madre de Ana) lo hacían también fuera de casa. Trabajaban para que sus hijos tuvieran lo que ellos no se habían atrevido a soñar: comida y educación. Eran padres de silencios firmes para no reabrir heridas; padres de mirada fija en el futuro; padres que transformaron un país en blanco y negro en una democracia alegre, vitalista, esperanzada. Padres que iban a vivir muchos años y que pasarían su jubilación desconcertados, en un mundo que se digitalizaba, se frivolizaba y se enfadaba sin tener en cuenta esas normas básicas de convivencia que habían consensuado hacía tantos años: respeto y comunidad. Padres que envejecieron y fueron expulsados de una sociedad que todo lo gestiona desde un *smartphone* y que venera la juventud como si pudiera garantizarse con dinero.

—Lo que quiero decir es que tu padre, el mío (y el de Ana, pobre…), son hombres y padres extraordinarios. Y hoy, aquí donde me ves, he conseguido que le devuelvan la custodia a otro padre bueno.

—¡Toma ya! Enhorabuena, abogada.

—Me ha costado dos años y pico de juicios.

—Siempre he pensado que un día te enamorarías de un cliente, de uno de tus padres extraordinarios…

—No, no… Quita…

—¿Por qué no?

—Primero, porque no ha pasado. Segundo, porque ya me conoces: para esto soy fría y disciplinada. No mezclo nunca el trabajo con…

—Hasta que mezcles.

—Hasta que no.

—¿Sabes…? Creo que Jorge también es un padre extraordinario…

—Normal. Los hombres buenos son buenos padres.

—¿Tú también eres *team* Jorge, abogada?

—Como tú.

—Oye, ¿y tu madre…?

—¿Qué?

—No te hagas la… Bah… ¿Cómo va?

—Mal.

—Te llamaba porque estuve con Enrique. No nos va a ayudar.

Elena le resume su conversación y sus búsquedas. Sofía la tranquiliza. Le parece lógico (y hasta sano) que un diputado, por muy médico que sea, por muy colgado que hubiera estado de Elena, no se meta en jardines poco legales.

—Gracias por intentarlo.

—Lo que sea por ayudarte.

—Vas a la ginecóloga ahora, ¿no?

—Sip…

—¿Sigues con el mal presentimiento?

—No sé… ¿Qué te voy a decir a ti, que eres tan lista y tan racional que no tienes ni presentimientos?

—No seas boba. Seguro que no es nada; seguro que es solo que Ana y yo te hemos rayado teniendo la enfermedad tan cerca.

—¡Uy, Ana…!

—¿Qué…?

—Me llamó su madre, convencida de que Ana se quiere suicidar.

—Lo que te faltaba: otra más metiéndote la muerte en la cabeza.

—No lo tendría ni que preguntar, pero… Ana no se quiere suicidar, ¿no?

—Para nada. Está triste, está sobrepasada, pero... No, para nada.

—De todos modos... ¿Tú no tienes la sensación de que, después de la pandemia, el suicidio está siempre demasiado cerca, demasiado presente? Es como si fuera una opción permanente...

—...

—No lo digo por tu madre. Lo de tu madre es eutanasia; es diferente...

—Sí, pero.... Los datos están ahí, Helen. Hay más suicidios.

—¿Y por qué?

—¿Porque tenemos más miedo ahora que nos sabemos vulnerables? ¿Porque tenemos más mensajes y menos amor? ¿Porque esperamos más de la vida...?

—Esperamos demasiado, supongo.

—No sé cuánto es demasiado...

—Mira, hablabas de nuestros padres... Ellos no sentían que tuvieran derecho a la felicidad. Creían en trabajar para comer y, con un poco de suerte, en ahorrar. Ahora vivimos como si la felicidad fuera un derecho y pudiéramos exigirlo en una ventanilla de reclamaciones...

—Puede ser...

—Más el discurso tramposo de «si trabajas duro, conseguirás todos tus sueños», cuando la mayoría de la gente no sabe cuál es su sueño y tampoco, por mucho que nos lo repitan y nos esforcemos, tenemos ninguna garantía de conseguirlo...

—Estás un poco cáustica, Helen.

—Tengo un mal día. Tuve una pesadilla; y tengo miedo.

—¿Puedo hacer algo?

—Ya lo estás haciendo. Me estás aguantando el chorreo…

—…

—¿Sabes…? A los doce años, mi profesora de Literatura me explicó que Larra se había suicidado por miedo a la muerte y no lo entendí. Ahora sí que lo entiendo. Igual que cuando te casas la posibilidad de divorcio está siempre presente…

—Vaya comparación…

—Es igual, es tener siempre localizada y abierta la puerta de salida…

—Es más sencillo que todo eso, Helen. La muerte es parte de la vida. Van juntas. Todos morimos… Algunos deciden que no pueden vivir, pero…

—Pero Ana no se va a suicidar. Y tú has ganado un juicio para un padre bueno.

—Eso es.

—He llegado a la consulta. ¿Hablamos luego, abogada?

★ ★ ★

Elena entra más tranquila. Con la energía de haber tenido el cuerpo en movimiento, con la paz de saberse arropada por Sofía. Los amigos, los afectos, son un colchón o, mejor dicho, una capa protectora y un superpoder: bien acompañado, bien querido, el ser humano es indestructible. Mortal, claro; indestructible, también. Así que Elena sonríe a la nueva doctora, le cuenta y va desplegando sobre la mesa mamografías, ecografías y otras pruebas de su historial ginecológico.

Olores

Elena acaba pasando en la consulta mucho más tiempo del que calculaba. La ginecóloga, esa segunda opinión que ella esperaba ligera, como diría Ana, ha resultado seria, densa y apremiante. Le manda unas pruebas de urgencia y Elena, arrepentida de haber ido, buscando la salida de emergencia de la que hablaba justo antes con Sofía, alega que llega tarde al psicoanalista, que no tiene tiempo. Pero esta ginecóloga escucha y, luego, cuando habla, no se anda por las ramas:

—Tienes una mancha que no me gusta y no vas a salir de aquí hasta que la pueda mirar bien.

—Pero si era solo un mioma… —protesta Elena.

Una hora más tarde y con una nueva cita para el día siguiente, la doctora le explica lo que hay fuera del útero: un bulto en la mama, un bulto peligroso. O sea, una biopsia de urgencia. Elena piensa en su nuevo trabajo: está a punto de estrenar un puestazo, joder, esto no toca; ahora no toca. Había pensado en ir a comprarse ropa joven y digital. Había previsto arrastrar a Jorge a una suite del mejor cinco estrellas de la ciudad. Quería invitar a Ana y a Sofía a su japo favorito… Tenía otros dos o tres planes más que le parecen irrenunciables, que son irrenunciables.

La doctora habla de radioterapia y Elena empieza a sentir el olor que le contó su amiga Carmen («Huelo a neumático quemado y no puedo dejar de olerme»). Carmen se ponía menta debajo de la nariz para escapar de su propio olor a carne calcinada. Carmen se había curado. Después de meses de agotamiento y dolor, se había curado; pero Elena no consigue salir del olor y la negación. «Ahora que lo tenía todo, ahora no puedo; lo siento, no me viene nada bien».

—Doctora, yo solo venía para saber si de verdad me tengo que extirpar el útero o se puede quitar solo el mioma... Me siento fenomenal, además. No me pasa nada...

Los médicos buenos saben escuchar, saben esperar y saben, también, hablar: decirlo todo, con claridad, sin mentiras, sin crueldad.

—Elena, el útero me va a salir completo en las pruebas nuevas. Tiene toda la pinta de que vas a tener que pasar por quirófano, así que, si hay que extirparlo, lo hacemos con cuidado y garantizando que no haya daños colaterales. Para que te quede claro: el útero es importante, pero este bulto es urgente.

—Fui a revisión hace dos semanas y el bulto no estaba; no puede estar ahora.

—Te aseguro que estaba. No sé por qué no lo vieron, pero estaba.

—Doctora... Es que empiezo un trabajo nuevo en diez días. Me ha costado la vida conseguirlo. No puedo entrar y empezar a faltar para ir al hospital, no puedo cogerme una baja nada más empezar... Lo entiendes, ¿no?

—Elena, creo que no lo entiendes tú. Es más que probable que esto sea un tumor maligno.

Y, entonces, Elena traga saliva y cambia el enfoque:

—¿Cómo de maligno? Porque no quiero creer que se va a curar, dejar que me hagáis mil perrerías y morirme de una metástasis dentro de tres años... Para eso, prefiero no hacer nada y seguir con mi vida normal.

—¿Y morirte dentro de un año?

—Morirme cuando toque.

—Es que no te toca morirte, ¿entiendes? Se trata justo de que no te mueras.

—Pero...

—Sé que es mucho lo que tienes que digerir. Quizá te tendría que haber acompañado alguien. ¿Tienes pareja?

—Sí, no... No sé.

La doctora no juzga. Tampoco repregunta.

—¿Querrías volver con tu madre la próxima vez?

—Nooo.

—¿Con una amiga?

—...

—Elena, no puedes dejar de venir mañana. Sería un suicidio.

Elena asiente, aunque no lo entiende. No entiende nada. Hace dos horas Sofía y ella hablaban y... Resulta que ahora es ella quien lleva la muerte dentro. Elena sale de la consulta sin energía, sin música, sin punk.

No tiene ganas de andar y coge un taxi a la consulta del psicoanalista. Había mentido a la ginecóloga con las prisas y llega a tiempo, justa, pero a tiempo.

No ha encendido el móvil, lo tiene todavía en modo avión porque... Porque si ha llamado Jorge, si la busca Ana... Porque llame quien llame, no quiere hablar y verse obligada a contar que tiene algo que no le viene bien tener, que no quiere tener, que no puede tener.

★ ★ ★

Ana también anda pensando en la psicología. Primero por la extraña llamada de Álvaro. «Os voy a contestar por mail; bueno, a tu abogada, pero te pondré en copia, y es verdad: quiero tener la custodia compartida, Ana, de buen rollo. Llego muy tarde, lo sé, pero me queda poco tiempo para conocer a Lola y estar con ella y para ella. Y quiero hacerlo. Voy a cumplir lo que pide tu abogada, los atrasos, el dinero... Pero, sobre todo, voy a cumplir con Lola».

Ana piensa en la psicología y en si se lo tendría que hacer mirar porque... Álvaro le ha sonado sincero. ¿Es esto el síndrome de Estocolmo? No, es más ingenuidad. «He creído a un mentiroso», se dice sin ánimo de rectificar. Y es que, a diferencia de esa generalización radical tan cansina (la gente no cambia, la gente no cambia, la gente no cambia...), Ana cree que la gente sí cambia. No es fácil, pero si alguien quiere cambiar, si lo quiere de verdad y se esfuerza, cambia.

Su voz interior más cínica y más descreída, intenta desanimarla: «Cambiará lo que le dure esta novia feminista, Anita...». Y Ana, entera, acepta: «Vale. Por la novia o por cualquier otra razón, lo que le dure la voluntad de ser padre, que lo sea».

Toda la vida había pensado que Lola no podía echar de menos a un padre que nunca había tenido, pero, ahora, muerto su abuelo, al que adoraba, con esa adolescencia impaciente y pegajosa y el duelo en casa, es sano que incorpore otra voz, otro amor, otro hombre, otra referencia. «Por no hablar, querida, de que no tienes ni idea: a ti te ha sobrado padre y no sabes cómo lleva Lola esa ausencia, no puedes entenderla. Su padre existe, pero no está y Lola tiene que comprender esa falta voluntaria sin culparse ni traumatizarse, que no es fácil. Mucho mejor que sí esté. Que lo pruebe, que se sumen…».

* * *

Ana no se engaña. Álvaro y ella se enamoraron, como tanta gente, proyectando en el otro las cualidades que buscaban y soñaban. Te parece el amor de tu vida y lo ves bueno, respetuoso, independiente, culto, divertido, suave, interesante, deseable. Y él te ve a ti… Ana no sabe bien cómo la veía Álvaro, pero sí cree que estuvo enamorado. Durante varios años vivieron de su química: literalmente colocados por ese amor que les parecía único y eterno. Se habían conocido cuando Ana lo entrevistó por su segundo documental. Luego, sin dejar su trabajo, le ayudó con los siguientes. Leían, viajaban, escribían, rodaban… Todo lo hacían juntos, más pegados que unidos. Hasta que…

Hasta que Álvaro le insistió en tener hijos; a Ana, que nunca los había querido tener. Ana intentó ganar tiempo, argumentar su rechazo y, al final, no pudo o no supo negarse. A las pocas semanas de embarazo, el último documental de Álvaro (justo uno sobre la educación de las niñas iraníes) ganó un premio, le encargaron una producción internacional, empezó a dar conferencias y… ¿Se le subió la fama a la cabeza, se le disparó el ego, se deslumbró con su legión de admiradoras…? A lo mejor solo se le hizo bola tener lo que había deseado.

Ana nunca supo la causa, o la suma de causas, pero una noche —después de varias semanas extrañas, de ausencias, broncas y silencios— una de las pocas noches en que él no viajaba o no salía, entró muy serio en casa y, de pie, con un pitillo en la mano, le echó el humo en la cara y le dijo que le daba pereza ser padre.

—Estás a tiempo, ¿no? Además, tú nunca has querido del todo esto de ser madre…

«Esto de ser madre», había dicho. Como si nada.

⋆ ⋆ ⋆

Ana no contestó, protegida por lo que su amigo Juan llamaba «la mejor droga del mundo», esa oxitocina que defiende al bebé frente a todo, incluso frente a sus padres. Esa misma noche, Ana pidió el teléfono de Sofía, la abogada joven que había separado a un amigo, y lo guardó en el móvil.

Álvaro y ella no estaban casados, pero los problemas eran los mismos: una hipoteca y, sobre todo, un bebé, un bebé que no había nacido. Tardó en contactar con Sofía, quiso esperar por si habían sido unos días malos, una noche tonta. Pero no: Álvaro no quería estar en esa casa, en esa pareja, en ese proyecto de familia. Y, la verdad, Ana tampoco.

Catorce años después, Álvaro quería conocer a su hija. Quizá por las razones equivocadas, quizá por un capricho de su novia, pero... «Todo amor suma, ¿no?», intentaba pensar Ana. «No, todo no. Solo suma el amor bueno», se contestaba. «Sí, pero lo importante es preguntarle a Lola qué quiere...». Ana estaba hablando sola antes de poder consultar con Sofía, pero Sofía era su abogada. Su amiga también, pero en este caso, sobre todo, su abogada. Con quien tenía que hablar era con Lola.

De momento, archiva ese mensaje de Álvaro hasta que llegue la versión oficial en forma de mail y/o burofax. De momento, lo calla mientras las dudas germinan y, a su pesar, crece la esperanza. «¿Será bueno para Lola...?».

* * *

Sofía también siente algo parecido a la esperanza. Acaba de recibir un mensaje de su padre. Raro, porque es alérgico al móvil y, desde luego, a comunicarse por WhatsApp, pero el tono es positivo. «Nos vamos este finde a la playa. Tú descansa. Te llamo desde allí». Acostumbrada a que su madre sea la portavoz, Sofía agradece el contacto directo con Pedro y, aunque no espera respuesta, contesta: «¿Seguro que estáis bien? Si necesitas que os acompañe, me dices». Sabe que no les va a hacer falta, que su padre y su madre son, sobre todo, pareja, completos en dos.

Le produce ternura y admiración que lo sean: grandes compañeros, pareja todavía, pareja con ganas y con amor, con necesidad de estar solos, de escapar juntos a otros mundos, de ser felices en su mundo compartido…

Quizá, piensa Sofía, puedan con todo. Quizá todo pueda con ellos.

Pero no lo quiere pensar, así que cambia de chat y escribe a sus amigas: «¿Cómo están esos úteros?»; y se va a clase de danza.

Caminos

Elena entra en la consulta del psicoanalista y se da cuenta de que se ha quedado muda.

—¿Qué tal, Elena? —saluda él como siempre.

Elena suele contestar un simple bien, acordándose del chiste argentino («¿Bien o te lo cuento?») y, luego, enseguida, se lo cuenta. Pero hoy responde en silencio, levantando las cejas y bajando la mirada, y camina cabizbaja hasta la sala donde hacen la terapia y hablan: él en una butaca, con las piernas cruzadas y la imagen de una pipa que no fuma pero que merecería fumar; ella en la esquina del sofá, en diagonal y con la espalda sostenida por tres cojines duros. Elena aprendió a colocarse así para no parecer (y sentirse) derrumbada cuando, tras la marcha de Jorge, le faltaron los cimientos.

En plena eclosión de la conversación sobre la salud mental, con políticos (pocos) y ciudadanos (muchos) demandando más y mejores recursos para acelerar, garantizar e intensificar la atención psicológica y psiquiátrica en la seguridad social, Elena había leído hace poco una entrevista a un deportista conocido: «En África no necesitan psicólogos, bastante tienen con comer». O algo así.

Elena sabe, ha sabido siempre, que poder pagarse el psicoanalista es un lujo y sabe también, por supuesto, que sus problemas son del primer mundo, pero... ¿No hacen falta psicólogos en África? En África y en cualquier parte, hace falta comida, salud, amor y una red de cooperación y ayuda. En África y en cualquier parte, hace falta esperanza.

Como siempre, en cuanto se sientan, el psicoanalista agarra su cuaderno y vuelve a preguntar:

—¿Qué tal, Elena? ¿Cómo estás?

—Dije lo del cambio en el trabajo, me he acostado con Jorge y creo que hemos vuelto, he estado investigando pastillas para morir para la madre de mi amiga Sofía y... Hoy me han detectado un tumor y parece bastante grave.

Elena lo dice todo seguido, tan rápido que se escucha como si lo hubiera recitado sin espacios entre las palabras. El psicoanalista la mira con preocupación:

—Elena... ¿Podemos ir más despacio?

—Si estuviera con ganas de humor negro te diría que no, porque no me queda tiempo... —Eso contesta Elena con poca voz—. Aparte de que no quiero hacerme la víctima.

—...

—Perdona, es que ha parecido que me hacía la víctima.

Elena pone en marcha torpes maniobras de distracción, se esconde como los calamares al soltar tinta: «Tuve una amiga que juraba que el cáncer le daba carta blanca para hacer o decir cualquier cosa y, a veces, por divertirse o por joder, se comportaba como una cabrona. En plan: tengo cáncer, jódete...».

No funciona y se le llenan los ojos de lágrimas:

—Hace menos de media hora que me han diagnosticado un tumor maligno y no lo había dicho en alto. Hasta ahora era como si no hubiera ocurrido porque no se lo había contado a nadie. Decírtelo hace que sea verdad...

Llora muchísimo rato y, poco a poco, el psicoanalista consigue extraerle las palabras exactas de la doctora, entenderlas y devolvérselas de otra manera:

—Tienes un tumor, estás en buenas manos y hay tratamiento, ¿no?

—¿Quieres que me lo tome como algo positivo y una oportunidad para crecer? Para que luego pueda decir eso de... «gracias a la enfermedad he aprendido a valorar lo bueno de la vida porque hasta ahora era una cretina, una desagradecida y una frívola...». Me da vergüenza ajena...

—Elena, yo no quiero nada. Bueno sí: quiero que estés bien. Si te sirve el sarcasmo, vale, pero... ¿Te sirve?

Elena no contesta porque odia las preguntas retóricas. No, claro que no: el sarcasmo no le sirve para nada.

—Es que ahora me viene fatal, joder.

—No creo que a nadie le venga bien un cáncer...

—Ya, pero... No puedo cargar a Jorge con esto, quiero hacerle feliz y que no se vuelva a ir. Quiero empezar mi nuevo trabajo y triunfar, no estrenarme vomitando y con peluca...

—Podrías verlo al revés, ¿no? Podrías pensar que esto te pilla al lado de una pareja a la que conoces y te quiere, que no estás sola. Podrías pensar que ese trabajo nuevo te da una razón más para curarte…

Elena no está escuchando. Ensimismada, sigue valorando esa opción que se le ha ocurrido en la consulta de la ginecóloga y, cuando el psicoanalista termina, la expresa en alto a ver si suena bien, porque igual tiene sentido…

—Había pensado en no tratarme.

—…

—¿Te acuerdas de Paula, mi amiga? Cinco años. Cáncer de mama, radio, quimio, remisión. Al año, cáncer de huesos y, así, hasta que murió demacrada, exhausta, hecha un trapo. Con su familia y sus amigos agotados de cuidarla, de verla morir tan despacio y tan largo, sin poder hacer nada… Había pensado que podía hacerlo al revés: dejo que el cáncer avance, pido solo pastillas para el dolor y, mientras, sigo con Jorge, le cuido, le quiero; hago un trabajo extraordinario; paso tiempo con mis amigas… Y que el cáncer crezca silencioso hasta que un día… Pum. Me mata y desaparezco.

Su psicoanalista intenta no juzgar; además, agradece tener una paciente inteligente. Solo tiene que darle tiempo y esperarla al otro lado:

—¿Te parece un buen plan?

—Pues…, parafraseándote a ti, no hay buenos planes con cáncer, ¿no?

—Elena, déjame entender una cosa. Tu doctora no te ha dicho que sea un cáncer terminal, ¿no?

—No.

—¿Entonces?

—¿Entonces qué?

—Entonces, ¿por qué quieres vivir como si lo fuera?

—Porque… ¡Porque no quiero esto, joder!

Se le vuelven a escapar las lágrimas y el psicoanalista vuelve a la espera.

—No quiero hacerme la fuerte y vivir como si no pasara nada. No quiero entrar en esa «batalla contra la larga enfermedad» como dicen los periodistas cursis. No quiero tener que poner buena cara y seguir con mi vida mientras el cáncer avanza. No quiero ser fuerte; no quiero pelear. No quiero medicinas que me hagan sentir hecha mierda. No quiero que se me caiga el pelo. No quiero quedarme sin cejas. No quiero vomitar ni que la boca me sepa a metal. No quiero revisiones constantes No quiero ir cada semana al hospital. Ponerme la bata, sentirme impotente, dejarme llevar de un lado a otro… Quiero que todo sea fácil… Quiero que mi vida sea fácil…

—¿Y si no es fácil?

—Si no es fácil, me rindo.

Elena levanta las manos, como si de verdad se rindiera.

—Mira mis amigas. Ana no levanta cabeza desde que ha muerto su padre. Sofía tiene que ocuparse de una madre con alzhéimer. Las admiro, ¿sabes? Pero en realidad me dan pena. Yo no quiero eso.

—¿Tú crees que ellas lo quieren?

—Ellas lo aguantan. Yo no puedo. No puedo…

—¿Por qué estás tan segura de que no puedes?

Elena ignora esa pregunta y se contesta otra cosa, casi hablando sola:

—Es una mierda todo…

—¿El qué es una mierda?

—Que la vida sea cuesta arriba.

—¿Y crees que rendirse es fácil?

Elena imagina el cáncer devorándola, debilitándola, hundiéndola… Se imagina incapaz de levantarse de la cama e incapaz de morir.

—No, seguramente no es fácil.

—Háblame de Jorge, por favor…

A Elena le sienta bien el cambio de tema.

Su psicoanalista la había acompañado durante la ruptura y lo que parecía una separación definitiva. También durante esos meses de segunda adolescencia, las salidas, las copas, el sexo abundante e indiscriminado. Había sido testigo, luego, de su ilusión con Enrique. El corto viaje del «parece hecho de encargo» al «para esto, mejor sola». Además, su psicoanalista era la única persona que sabía cuál era el principal sentimiento que despertaba en ella el hecho de que Jorge tuviera un hijo: miedo, un pánico absoluto a perderlo, a que ella ya no le cupiera, a que no le quedara suficiente amor para ella.

—Lo hice bien, lo he hecho despacio… —cuenta ahora Elena.

—…

—Sin presiones. Creo que está como yo, ilusionado y tranquilo…

—…

—No puedo echarle esto encima. No puedo. ¿Cómo era eso que decían los franceses? *Laissez faire, laissez passer…*

—Creo que no se referían al cáncer.

—No, ya.

—Si tú aplicas ahora el *laissez faire* lo único que vas a conseguir es morirte.

—Una muerte fácil y bonita.

—¿Eso quién te lo ha dicho, Elena?

—¿Cómo?

—¿Quién te ha prometido que sería fácil y bonita?

Elena vuelve a llorar. Es verdad: no es fácil vivir, no es fácil morir. De hecho, es difícil, puede ser muy largo y, desde luego, suele ser feo.

El psicoanalista deja el cuaderno, se baja las gafas, la mira.

—Igual no es lo más ortodoxo, pero déjame aportarte otro punto de vista. Estás en un momento pletórico. A punto de empezar un trabajo que te pone, porque no es que te guste, es que te pone. Acabas de reencontrarte con un hombre al que siempre defines como tu mejor compañero... No sé, Elena, a mí me parece que tienes más y mejores razones que nunca para coger este toro por los cuernos y tratarte el tumor...

—¿Y si me gana?

—No es un partido ni una batalla. No te gana. Eres una mujer joven y los médicos son muy sinceros: si fuera un cáncer terminal, te lo habrían dicho.

—Igual no lo saben.

—Te lo han descubierto hoy. Saben poco, pero saben lo suficiente como para no decirte lo que no es.

—¿Y entonces qué hago? ¿Se lo cuento a mi madre para que no me deje en paz, a Jorge para hacerle sentir culpable, a mis amigas para sobrecargarlas más...?

—Elena, yo no estoy hablando de a quién se lo tienes que contar. En mi trabajo, y lo sabes, solo me importa tu relación contigo misma. Lo que quiero que hagas, y me mojo, es seguir paso a paso lo que te ha dicho la doctora, ir al hospital, completar las pruebas y seguir el tratamiento que te marquen.

—¿Sin decírselo a nadie?

—Yo no he dicho eso. Seguramente, te vendrá bien no ir sola al médico. Ir con alguien que pueda escuchar y tomar notas, alguien que recuerde lo que, a lo mejor, a ti se te pasa porque no es fácil escuchar y retener detalles complejos que nos afectan tan directamente…

—No puedo decírselo a mi madre. No puedo aguantar su tristeza; me ahogaría…

—No se lo digas.

—¿Y en la empresa? Llego al profeta este tan chulito y le digo: «Oye, que tengo un tumor y voy a faltar muchísimo». Y, por cierto, renuévame el seguro privado de mi exempresa para que no haya periodo de carencia y me cubran toda esta mierda…

—¿Qué harías tú si alguien te dijera eso?

—…

—¿Qué harías?

—¿Con quién?

—Con alguien talentoso al que acabas de fichar y que descubre que está enfermo…

—Pues… —Elena reflexiona e intenta ser sincera—. Animarle a cuidarse y a curarse; decirle que, si le viene bien seguir trabajando para despejar la cabeza, ¡adelante! Y que, si no, le esperamos.

—¿Por qué crees entonces que tu nuevo jefe no te diría eso?

—Es que…

Elena piensa en esa viñeta de Mafalda tan famosa: «¡Paren el mundo que me bajo!». En su amigo Alonso, que siempre decía: «Hay que irse de las fiestas cuando te lo estás pasando bien».

—Ojalá el mundo se hubiera acabado ayer —se le escapa.

—¿Y el mundo de los demás? ¿Querrías que se acabara para todos?

—…

—Elena, yo no soy oncólogo, pero leo los diarios. De memoria, te diría que el índice de supervivencia del cáncer de mama está entre un ochenta y un noventa por ciento, por ahí más o menos. Y, sobre todo, te diría algo que sabes: hay que trabajar sobre la realidad y no sobre la ansiedad. Te faltan todavía muchos datos. Ahora mismo, lo único que sabes seguro es que tienes que seguir haciéndote pruebas…

—Y que no tiene buena pinta.

—Y que tiene pinta de que va a ser engorroso.

—Y que voy a tener que contarlo…

—Y que, durante ese proceso engorroso y también al acabarlo, tienes alrededor a gente a la que quieres y proyectos que te interesan.

—Vamos, que ni tan mal…

—No sé, Elena. Dímelo tú. ¿Qué tienes?

—Jorge y un trabajo que me flipa.

—Jorge y un trabajo que te flipa.

—Pero el miedo es normal, ¿no?

El psicoanalista le dice: «El miedo no solo es normal, es natural».

—Es como si a mis amigas y a mí nos hubiera mirado un tuerto…

—¿Conoces a alguna familia sin enfermos y sin muertos?

—No, claro que no.

—Pues eso.

Elena hace una pausa. Sonríe.

—¿Sabes qué? Ahora me alegro de no tener hijos.

—Creía que siempre te habías alegrado de no tener hijos.

—Sí, la verdad es que sí.

Elena ha recuperado la voz. Ese médico que no la deja mentirse a sí misma es un hallazgo. Aun así, al salir, no le apetece nada encender el teléfono, encontrar mensajes (de sus amigas, seguro; de su madre, probablemente; de Jorge, ojalá, aunque…). No le apetece reconectar con un presente que la ha puesto en el foco ni pensar en esa enorme piedra en forma de tumor. «¿Cuánto tiempo puedo estar desconectada?». Elena tiene la sensación de que, sin teléfono, el cáncer está en pausa, pero sabe que es una ficción: nota el bulto que antes ignoraba, lo nota creciendo, gritando «¡Aquí estoy!».

Con el móvil en modo avión, ya de noche, pone a Iggy Pop y camina.

Ventanas

Desde aquellos largos meses de teletrabajo forzoso, siempre con el ordenador encendido, casi siempre en una reunión por Zoom, Teams o Meet, según el sistema operativo del convocante, Ana ha perdido la capacidad de concentración y se ha lanzado a un *multitasking* engañoso. Le hacen gracia esas escenas de series y películas en las que los protagonistas fijan la mirada en las videoconferencias, como si de verdad atendiesen solo a su interlocutor. Ana no puede. Siempre que está en una reunión, mantiene mil pestañas abiertas y, por supuesto, contesta mensajes del chat corporativo, de WhatsApp y de mail porque trabajar es un juego de raqueta: hay que sacar todos los mensajes de tu bandeja y mandarlos a la pista del contrario.

Ana echa de menos su atención y, casi, su cerebro. Siente que ahora es menos inteligente y, seguramente, menos resolutiva. Todo lo lee en diagonal, todo lo escucha como ruido de fondo, sin registrarlo bien, sin enterarse del todo.

Por eso y porque además está en casa —consciente de Lola en su habitación, expulsada del colegio; consciente de su madre en el otro cuarto, expulsada de su vida en pareja— no está nada centrada. Haciendo un esfuerzo, vuelve a conectarse a la reunión y ve muchísimas ventanas, casi como un calendario de adviento: el director de Recursos Humanos y otras veintitantas caritas asustadas de empleados de distintos departamentos.

—Son las 11:05. Cinco minutos de cortesía y... No, está bien: estáis todos ya.

Ana no elucubra, no piensa; no hay un conocimiento consciente pero sí un escalofrío, un viento helado que sale de la pantalla y que no le gusta nada.

* * *

El director de Recursos Humanos tiene claros los mensajes y los explica sin emoción: «Son malos tiempos. Conocéis las cifras de ingresos y no esperamos mejoras. Tenemos que tomar medidas drásticas y se ha estimado que los puestos de todos los convocados a esta reunión tendrán que ser amortizados en un plazo de seis semanas. Es un preaviso generoso y, además, durante esas seis semanas la empresa ha contratado y os ofrece, sin coste, los servicios de una consultora de reubicación profesional que podrá ayudaros a iniciar una nueva etapa. La indemnización será, obviamente, la legal. Os deseo suerte».

Y, con eso, se desconecta.

Ana repite la penúltima frase.

«La indemnización será, obviamente, la legal». ¿«Obviamente»? Claro: es obvio que son tan cutres que no van a pagar más que la obligación legal; es obvio, también, que no pueden permitirse el lío judicial y reputacional de pagar menos.

Aún en shock, entra en la convocatoria de reunión y copia, por si acaso, los nombres de todos los convocados en un archivo: veintidós personas, ninguna muy cercana. Conoce a uno de Administración y a otros dos del área comercial. A los demás, solo de vista. Alguien ha escrito en el chat: «Cerrad la videollamada. Nos pueden escuchar», pero ella no es capaz de salir y volver a su vida, sin trabajo.

Ve cómo se van cerrando las ventanas, mientras marca el teléfono de Sofía para pedirle el nombre de un laboralista. Antes de conectar, recibe un mail de recursos humanos con un archivo adjunto y personalizado: «Estimada Ana…», «causas objetivas…», «agradecemos estos años de…».

Corta la llamada a Sofía para leerlo despacio y, antes, abandona por fin la videoconferencia. Repasa el documento un par de veces y piensa. «Tengo cincuenta años, soy periodista y el único futuro que me veo cerca de los medios es como protagonista de un reportaje sobre mayores desempleados, el paro de larga duración y las generaciones perdidas. Todo bien, Ana. Todo bien. O sea, todo fatal. Hostia puta…», pero Ana no llora, ni se censura el lenguaje: vuelve a llamar a Sofía y, como siempre, lo primero, le pregunta con interés sincero:

—Cuéntame cómo estás.

* * *

Sofía está contenta, satisfecha por el resultado de su juicio, aliviada de tener a sus padres en la playa, decidida a descansar y disfrutar este fin de semana, un fin de semana sin urgencias. «Aún no sé nada del abogado de Álvaro...», explica.

—No te preocupes, ya contestará. Oye, ¿de buenos laboralistas cómo vamos?

Ana le resume y Sofía no puede evitar que se le escape un «¡Joder, Ana! Este año no te perdonas ni un drama».

—Ya ves...

—Eso de la consultora de..., ¿cómo has dicho?

—Espera, lo he apuntado... Te lo leo: «consultora de reubicación profesional».

—Eso. ¿Cómo funciona? ¿Sirve de algo?

—A mi hermano le pusieron un servicio así. Dice que solo le aconsejaron revisar la redacción de su perfil de LinkedIn y, luego, que publicara todo el rato.

—¿Que publicara qué?

—Les daba igual. Decían que tenía que ser más activo en «la red profesional por excelencia», que compartiera contenidos relevantes sobre su sector...

—¿Lo hizo? ¿Le sirvió?

—¡Qué va! No hizo ni caso... Se dedicó a llamar a colegas, a gente con la que había trabajado, a los que sabían que era bueno. En cuanto murió mi padre, aceptó la propuesta de un exjefe y se fue a México.

—No te vayas a México tú, ¿eh?

—Tranquila, allí no tengo exjefes.

—¿Estás bien? Quiero decir, sé que no, pero no suenas mal.

—Hombre, así, bajito y sin que se entere nadie, estoy hasta los huevos. No me vendría mal una buena noticia, pero no estoy mal, no te preocupes.

—¿Qué vas a hacer?

—Llamo a tu colega en cuanto me pases el contacto y lo vemos. Partido a partido, como dice el Cholo.

—Ya…

—…

—Ana…

—Dime.

—Cualquier cosa que necesites, me llamas. ¿Quieres que quedemos con Elena?

—No, no. O sea, lo que quieras, lo que necesites tú. Pero por mí no te preocupes. Voy a intentar hacer un Escarlata y pensarlo el lunes.

—¿Un Escarlata…?

—Escarlata O'Hara, la prota de *Lo que el viento se llevó*. Cuando tenía un drama insoportable, decía «ya lo pensaré mañana» y se iba a la cama.

—¿De qué año es *Lo que el viento se llevó?*

—Ni idea. ¿Del 40…?

— Pues recicla referencias, que así no te contratan…

—Es un clásico… No fastidies…

—Tú, por si acaso, recicla… Oye, ¿está Lola contigo este finde?

—Claro. A pesar del burofax, Álvaro lleva ya cuatro meses sin intentar verla.

—Si necesitas asilo político, te invito a casa.

—Tú también necesitas descansar, abogada.

—No me llames así, que pareces Elena.

—Ojalá fuera Elena… Sin hijos, con trabajo…

* * *

Ana ha estado caminando durante toda la conversación, lo hace siempre mientras habla, concentrándose en dar pasos largos y seguros, con la espalda recta. Por puro hábito, comprueba la aplicación del móvil: una charla de 2.253 pasos. No sabe cuántas vueltas son al cuarto. Muchas. Y las que le quedan. Si sale de esa habitación, se encontrará con Lola y con su madre, y no quiere que sepan ni que noten nada. Demasiado nerviosa para volver a sentarse, entra en la web del banco y comprueba su saldo. Suma las seis semanas de salario que tiene garantizado recibir y calcula... Le queda también la indemnización, que tardará en cobrar y que tiene una política fiscal más generosa y más complicada; menos la comisión del abogado laboralista si es que, al final, lo necesita...

—Joder... —se le escapa.

Mira el reloj. Es la una y media de la tarde de un viernes. Hasta aquí, hasta el lunes. «Ya lo pensaré mañana», a su madre le encantaba citar esa frase de Escarlata O'Hara, aunque la practicaba poco y siempre se apresuraba a angustiarse. Ana no: se coloca el disfraz de tía fuerte y sale de la habitación con la cabeza alta:

—¡Chicas! ¿Comemos fuera? ¿Boquerones o tortilla?

⋆ ⋆ ⋆

Lola se angustia intentando decidir qué sudadera ponerse para salir. A Ana le parecen todas intercambiables, pero, por lo visto, los matices de color, marca y dibujo son sutiles indicadores de cuál es la que más conviene para comer un viernes con su madre y con su abuela:

—Tampoco es que te vayas a encontrar a nadie, Lola, que todos tus amigos están a esta hora en el cole, ¿no? Salvo que también les hayan expulsado…

Lola le saca un dedo a su madre y Ana aprovecha el sonido del teléfono para desentenderse de esta decisión agónica. Se alegra de ver que es Jorge.

—George, ¿cómo andas?

—Bien, bien. Oye ¿sabes algo de Elena?

—Hoy no. ¿Por…?

—Desde ayer por la tarde tiene el móvil apagado…

Ana tiene un mal presentimiento.

—Tengo sus llaves. ¿Es tan grave como para que vayamos a su casa?

—Te recojo en diez minutos.

Lola no protesta por el cambio de planes. Acompaña a su madre hasta la puerta, la abraza y le dice bajito «Te quiero, mami. Luego me cuentas».

Paces

Jorge y Ana se dan también un abrazo largo y, a la vez, apresurado. Ana adora a Jorge, ese amigo divertido y bueno que siempre tiene la sonrisa dispuesta.

—Anita...

No quieren anticiparse ni hacer profecías que puedan autocumplirse, así que Jorge intenta aligerar el ambiente.

—¿Te acuerdas que el último día que nos vimos nos encontramos un colega...?

—Vagamente...

—Un tío alto...

—Mmmm...

—Ayer hablé con él. Me preguntó si le podía pasar tu teléfono, me dijo que le habías parecido una mujer interesante...

—¿«Interesante»? ¿Cómo cuando éramos jóvenes y hablábamos de las chicas simpáticas para no confesar que no eran guapas?

—Oye, que «interesante» no es un mal adjetivo. ¿Se lo doy?

—¿No será abogado laboralista?

—No. Es directivo en una empresa.

—Bueno, dáselo. A ver si le parece apetecible la realidad de una mujer interesante…

—Y a ver si te parece apetecible él a ti, ¿no?

—Ahá… Ya sabes que me da pereza, pero gustar siempre sube la autoestima. No sé si la autoestima o la dopamina. Me pierdo…

Aprovechando el atasco, Ana le cuenta a Jorge sus novedades. Siente que Jorge, con su misma edad pero siendo tío, tiene más perspectiva.

—Tengo ganas de abandonar.

—¿Abandonar y hacer qué? Hasta donde yo sé, tienes que seguir trabajando y ganándote la vida, ¿no?

—Estoy harta del hostigamiento, de que sea tan difícil garantizarte un sueldo.

—¿Hostigamiento? Exageras…

—Sí, no… Yo qué sé… Igual debería irme a un pueblo, criar gallinas y escribir novelas…

—¿Cuántos escritores conoces que vivan de la literatura?

—¿Tres…? ¿Cuatro?

—Escribe una novela, dos, las que quieras. Pero no te rindas, no se lo pongas tan fácil al sistema. Todavía tienes mucho talento que aportar.

—¿Y eso cómo se demuestra?

Llegan a casa de Elena con la conversación a medias, pero Jorge es un hombre cuidadoso y la cierra antes de bajarse del coche: «No estás sola. Somos tribu, Ana». Llaman al portero automático cogidos del brazo. Elena abre sin preguntar quién es y los recibe en pijama, con una cara de sorpresa que intenta convertir en fuerza:

—¿Traéis vosotros lo de Amazon?

Jorge y Ana no contestan, pero no pueden evitar fijarse en el desorden del salón: el suelo lleno de palomitas, todos los cojines desperdigados por el suelo y tres vasos a medio beber humedeciendo la mesa de centro. Jorge pregunta, intentando otra vez aliviar el miedo y la preocupación:

—¿Qué habías pedido a Amazon? ¿Un robot aspiradora?

Ana observa a su amiga. Las ojeras, el pijama y esos ojos escurridizos. Elena le devuelve la mirada con obstinación y fiereza, dispuesta a defender su secreto:

—¿Has visto? Parezco la prota de una de esas series americanas que detesto...

—¿Una mujer desesperada?

—Solo que obviamente no estoy desesperada —dice sin convicción.

Y, con un enorme esfuerzo, Elena cambia de táctica: sonríe y se lanza a abrazar a Ana, a besar a Jorge.

—¡Qué bien que hayáis venido! Si lo sé, me quedo sin batería más veces.

Ni Ana ni Jorge se dejan engañar, pero tampoco quieren ponerla en evidencia.

—¿Te duchas y nos vamos los tres a comer algo?

Elena no puede negarse y Jorge y Ana la esperan recogiendo. Jorge pasa la aspiradora mientras Ana dobla la manta, sacude los almohadones del sofá y se lleva los vasos al fregadero. Allí, en la mesa de la cocina, encuentra un sobre con el nombre de Elena y un subtítulo inquietante. «Informe mamográfico. Oncología».

De puntillas, va a buscar a Jorge y lo lleva de la mano. Observan juntos el sobre, sin tocarlo. Y, después de un rato en silencio, con un gesto de complicidad, terminan la operación de limpieza y se sientan en el sofá hasta que sale Elena, con el pelo húmedo y la sonrisa abierta:

—¿Dónde comemos entonces? Estoy muerta de hambre, la verdad.

* * *

Elena no es idiota. No quiere mentir y sabe que negar la evidencia no cuela, pero, cuando se lo propone, es la mayor experta mundial en esa administración de la verdad que aprendió de Ana, así que, sin recordar el sobre, se defiende:

—Siento haberos asustado. Ayer salí del psicoanalista un poco sobrepasada. Por eso no volví a conectar el teléfono. Qué bien saber que estáis ahí, pendientes…

Ana y Jorge, sin poder consensuarlo, coinciden en esperar. Esperar a estar sentados, a tener delante una cerveza y algo de picar. Despliegan una conversación banal y, cuando están listos, Jorge mira a Ana, pidiéndole que sea ella la que se lance. Ana dispara:

—Helen, ¿fuiste ayer a la nueva ginecóloga?

—Eh…

—Vi el sobre en la cocina.

Elena pasa la mirada de uno al otro, se muerde el labio…

—Quería saber qué hacer antes de contároslo…

—¿La doctora es buena?

Elena asiente.

—Entonces ya sabes qué hacer. Lo que ella te diga.

Elena aprieta los dientes y no contesta. No les confiesa sus ganas de dejarse ir, la tentación de vivir como si nada, de morir sin resistencia. De todos modos, ahora ya no puede. Ahora ellos saben. *Reassess,* a Elena, tan acostumbrada a trabajar en inglés, se le viene ese verbo a la cabeza. Reevaluar sería la traducción aproximada. Necesita volver a analizar los datos para ver si llega a conclusiones diferentes. Además, ahora que la han descubierto, el silenciar la enfermedad, no es una opción.

Le quedan nueve días de plazo para decidir, hasta que empiece el trabajo nuevo. «¿Seguro? ¿Por qué?». Elena no se deja convencer tan fácilmente, ni siquiera por ella misma: ¿por qué no puede llamar a quien va a ser su jefe y decirle: «Ha pasado esto. Mi cabeza estará en el trabajo, mi cuerpo, a ratos, donde diga mi oncólogo. Si a ti no te importa, empiezo a currar mientras me trato. Y, si no, ¿me esperas…»? Puede, claro que puede.

Elena mira a Ana y a Jorge, reevaluando, y en ese *reassesssment* se da cuenta de que la vida es esto: amor, amigos, afectos. Que quiere seguir tomándose cervezas con estos dos y algunos más, que aún tiene ganas de conocer Japón con calma y que todavía tiene pendiente hacer el camino de Santiago en la versión más laica y desconectada posible.

Elena se frena. No es el momento de revisarlo todo. Jorge y Ana siguen ahí, queriéndola… Les sonríe de vuelta y dice:

—Igual tendríamos que haber llamado a la abogada.

—¿Vas a hacer ya el testamento?

—No, bobo. Para que se uniera al drama.

—Hablé con ella esta mañana —apunta Ana—. Sonaba tranquila.

—¿La llamo y que se apunte al café?

—Claro, ¿por qué no?

—Os quiero mucho. ¿Sabéis que os quiero mucho?

—Helen, no te pega nada el dramatismo.

—Sí, tía, no te pongas intensita, que da mucha pereza…

—La ventaja de tener cáncer es que te lo toleran casi todo, así que os jodéis…

—O sea, ¿vas a perder el pelo y también la frivolidad?

—Cuidadín, George, que Sofía, Ana y yo estamos gafadas, ni un día sin desgracia. A ver si va a ser contagioso y el drama se merienda tu sentido del humor…

—Bah… Bienvenidas a la mediana edad. A mí se me cae el pelo, que eso sí que es un dramón pero, por lo demás, hemos venido a jugar…

—Una cosa… —Elena titubea—, ya que estamos, esta tarde tengo que volver al hospital. ¿Alguno de los dos me puede acompañar?

Valores

«Ser padre no se acaba nunca». Eso lo decía siempre el padre de Ana, bufando, medio en broma cuando sus nietos corrían por los pasillos y medio en serio cuando se peleaban.

Ser padre, ser madre, encontrarte un día con un ser humano pequeñito, vulnerable, que solo se calma cuando oye tu voz o los latidos de tu corazón, los sonidos que escuchaba en ese útero que era el lugar más seguro del mundo… Al principio, es una sensación adictiva y muy engañosa: la capacidad de calmar a un bebé solo por estrecharlo contra tu pecho, solo con que note tu olor y tu voz, se confunde con un superpoder. Que aprenda a hablar porque tú le hablas; que aprenda a andar porque tú le sujetas. Pero no es un superpoder, sino una trampa con fecha de caducidad: el bebé crecerá y tendrá ideas propias, alegrías sin tu presencia y mil disgustos que no te querrá contar.

Y, aun así, como padre, como madre, es muy difícil renunciar a esa supervisión, a ese «por si acaso, aquí me tienes». Pedro se lo está planteando: porque… ¿y si él también abandona? ¿Y si deja sola a Sofía? ¿Puede acabar de ser padre ahora que va a dejar de ser marido...? Ganas no le faltan.

Mientras conduce con su mujer, piensa en el futuro, en ese plazo incierto y largo, un futuro sin Marga, un futuro de ausencia, mutilación y duelo. Un futuro siempre en falta. Recuerda ese libro de Julian Barnes que ha estado releyendo esta semana. Un libro sobre el amor y sobre el dolor:

> Juntas a dos personas que nunca habían estado juntas. A veces es como aquel primer intento de acoplar un globo de hidrógeno a otro de aire caliente: ¿prefieres estrellarte y arder o arder y estrellarte? Pero a veces funciona y se crea algo nuevo y el mundo cambia. Después, tarde o temprano, en algún momento, por una razón u otra, una de las dos desaparece. Y lo que desaparece es mayor que la suma de lo que había. Esto es quizá matemáticamente imposible, pero es emocionalmente posible.

Al cabo de unos kilómetros, Pedro ha decidido vivir, seguir viviendo. Por agradecimiento y por amor, claro. También por responsabilidad: con la sociedad, con su hija, con la vida. Porque no puede dejar de ser padre, no puede. Y por algo que le resulta aún más imprescindible: por honrar el amor a su mujer, por seguirlo viviendo aún en el duelo, por seguirla queriendo aún en la ausencia.

⋆ ⋆ ⋆

Teresa, la madre de Ana, está dando vueltas, también, a la maternidad, pero ella, que ya lo ha perdido todo y que no ha leído a Barnes, es solo aullido y dolor.

—¿Qué les debo a mis hijos?

Esa es la pregunta que le obsesiona. Y, luego, añade una muletilla: «Si es que les debo algo…». Cuando Ana se ha ido de repente, Teresa ha comido con Lola, con esa nieta a la que adora y que —no se engaña— la mira ahora con una mezcla de aburrimiento y lástima mientras atiende con mimo y pasión solo a su móvil: sus mil mensajes, sus mil movidas, sus mil quedadas. Lola quiere a Teresa, tienen un vínculo sólido y sienten una lealtad feroz, pero… Es ley de vida. De Lola tiran ahora sus amigos, sus planes, sus inmediateces. Informa a su abuela de que tiene prisa porque ha quedado a la salida del colegio, farfulla algo —poco convencida, poco convincente— sobre recoger apuntes y deberes, mete los platos en el lavavajillas con un estrépito que Teresa no oye y desaparece.

Teresa se queda sola otra vez, como casi siempre, en esa casa que no es suya y en una vida que tampoco reconoce; una vida que no quiere.

—¿Qué les debo a mis hijos entonces? ¿Qué les debo ahora?

Teresa quiere saber si se puede ir, si los puede dejar, si la perdonarían el abandono. Quiere saber, también, si puede vivir con su dolor, seguir siendo una carga y un lastre. Quiere saber qué es mejor para ellos, para Gonzalo y para Ana. Quiere saber, en realidad, qué es mejor para ella, para estar tranquila y en paz. Son esas las preguntas que la acechan mientras sujeta una revista de crucigramas y espera el zarpazo de la pena, un zarpazo que se despierta sin aviso. Por un recuerdo, una canción, una palabra. Hoy había sido «melifluo», en el maldito ocho horizontal. No es que su marido tuviera nada de melifluo («dulce, suave, delicado y tierno en el trato o en la manera de hablar»); al revés, pero era una palabra que solo ellos dos utilizaban (y poco) para lo que casi todo el mundo consideraba simplemente cursi. Melifluos eran los repipis pretenciosos, los cantamañanas con ínfulas... Todas las parejas desarrollan un diccionario propio y algunas aversiones compartidas: a ellos nunca les gustaron los melifluos, nunca.

★ ★ ★

A corto plazo quizá sea más fácil el enfoque de Malena, la madre de Elena. Jamás se pregunta qué les debe a sus hijos porque lo da por cumplido: les debía una familia estable y estudios universitarios. Malena, en cambio, sí se pregunta qué le deben sus hijos a ella y es tanto que siempre hay un saldo a su favor. Le deben tiempo, atención, respeto. Le deben nietos. Le deben visitas, llamadas, cenas familiares. Le deben pruebas de amor o, al menos, de devoción.

Malena no está tranquila. La teoría es rígida, clara, perfecta; pero la vivencia práctica de esa deuda crónica la incomoda. Además, su marido no opina como ella. «No nos deben nada, Male. Como mucho, ser íntegros y honrados, que ese sí es el ejemplo que les hemos dado. Nada más».

Malena gruñe y vuelve a llamar a su hija, que tiene el teléfono desconectado. Con su hijo es más cuidadosa. No acaba de llevarse bien con su nuera y no quiere arriesgarse a molestarla, pero su hija… Si está sola, ¿por qué no llama?

* * *

Marga se respondió a esa pregunta hace mucho tiempo. «¿Qué le debe a su hija?». Nada, ya se lo dio todo. Y, aun así, esto le cuesta. Le cuesta despedirse de Sofía, esa hija que aparenta una dureza que no tiene. Racional y cariñosa, eficaz y divertida, una mujer admirable, la verdad. Le cuesta, también, dejar a Pedro, su compañero, su cómplice, su amante, su amigo. Le cuesta saber que no escuchará nunca más una orquesta sinfónica; que ya no le sorprenderá, de repente, en un paseo, el olor del romero; que no se adormecerá bajo el sol del invierno. Y, a la vez, en ese viaje en coche, con Pedro al volante y en el altavoz su lista de los años setenta, siente, sobre todo, un enorme agradecimiento: a la vida, a su pareja y, por qué no, también a sí misma. Por todo lo que ha tenido, lo que ha conseguido, lo que ha generado. Por su empuje y su capacidad de amar.

A Marga, que siempre ha disfrazado de cinismo su timidez y cierta inseguridad, le molesta el abuso de la palabra «gratitud» en los últimos años. La mete en el saco del *mindfulness,* el autocuidado y otros conceptos que, a pesar de la buena intención, nacen ya manoseados y huecos. Cree —diga lo que diga el diccionario— que el agradecimiento es más honesto, más auténtico y más profundo que la gratitud, y que es eso, agradecimiento y satisfacción, una plenitud serena, lo que está sintiendo ahora. Una paz intensa, mayor que esa inquietud y ese miedo que sí, claro, también están y reclaman atención.

—Gracias, Pedro. Gracias, amor.

Y Pedro le acaricia la rodilla sin soltar el volante.

* * *

«Igual no es tampoco agradecimiento, sino aprecio. Valorar y apreciar todo lo he vivido, todo lo que he querido, todo lo que he tenido. Sí, me quedo con apreciar». Después de tantos minutos buscando la palabra justa, sonríe al «aprecio», se relaja y se deja disfrutar del paisaje, la música y el viaje.

* * *

Pedro llama a Sofía tranquilo. Es domingo, hace sol a los dos lados del teléfono. Sofía escucha el mar al fondo y casi respira el paisaje de la llamada de su padre. No ha anticipado lo que va a escuchar y —pese a una fugaz tentación de enfado por no haber sabido, por no haber participado— enseguida gana el respeto.

—Marga, tu madre... Salió a nadar esta mañana y no ha vuelto.

Sofía entiende.

Entiende de una manera profunda.

Entiende y espera.

—Sofía...

—...

—Se ha activado la búsqueda. Igual es mejor que vengas.

—¿Estás bien, papá?

—Sí, sí.

—...

—Sofía, lo siento.

Y en esas dos palabras, en ese «lo siento», Sofía recibe todo el amor, la desolación y la paz de un último acuerdo de pareja, de una pareja que ha pactado hasta el final.

Seis meses después…

Rabias

El tiempo pasa; pese a todo, en los peores y en los mejores momentos, el tiempo sigue pasando. Pasan días, semanas, meses y el dolor se queda más dentro, como si el tiempo limara solo la tristeza superficial y, a la vez, hiciera más profunda la ausencia.

Al principio, la tentación es irresistible: uno quiere sentirlo todo, sentir el dolor entero, asomarse a ese abismo y quedarse allí, imantado, quieto, honrando el agujero. Es la hipnosis del duelo: el dolor como forma de respeto. Y lo es porque el dolor es proporcional al amor; duele porque quisiste, porque todavía quieres. Y, aun así, el tiempo pasa, el tiempo sigue pasando.

Un día, otro y, sin darnos cuenta, el escozor se amortigua, el llanto se seca y empezamos a sentir una pena más sorda y una ausencia permanente; empezamos a ser ya, para siempre, incompletos.

* * *

A Elena siempre le ha gustado tocar el dolor. De hecho, en el verano de sus trece años, enamoriscada de un chaval alemán que había conocido en la playa y al que no iba a volver a ver, se hizo un corte en la rodilla el último día de las vacaciones: quería recordar su amor, quería mantener la ausencia presente. En cuanto el corte cicatrizaba, volvía a abrir la herida para que sangrara y le dejara señal. Ahora, en cambio, no necesita reabrir nada porque tiene dos cicatrices indelebles: un pecho mutilado, un útero ausente.

Es el primer día de septiembre y acaba de cortarse el pelo para marcar el inicio de curso. Es uno de esos cortes radicales que obligan a maquillarse bien porque todo lo que se ve es cara, pero le gusta: así se tiene que esforzar, así tiene que sonreír. Y, en realidad, tampoco le cuesta porque Elena está contenta.

—Cuando me dijiste cambio de *look* pensé que te ibas a dejar las canas —comenta Jorge.

—¿Por qué iba a hacer eso?

—No sé, dejarse las canas es como el nuevo punk feminista, ¿no? Como una especie de compromiso... —Jorge sonríe; es obvio que bromea. Ningún movimiento justo debe renunciar al sentido del humor. De hecho, Elena cree que a Jorge no le falta razón.

—Ya me gustaría a mí ser tan valiente y tan comprometida, pero...

—¿Lo valiente no es ser vosotras mismas y cada una a vuestra manera?

—También.

—Pues eso.

Elena y Jorge habían pasado juntos la última semana de agosto. En la montaña, con algo de frío, ahorrándose el traje de baño con prótesis y, sobre todo, huyendo del sol. Elena no tenía (ni quería) más días de vacaciones después de tanta ausencia forzosa por causas médicas. El cáncer la obliga a buscar la sombra y anda siempre destemplada, pero fueron unos días buenos, tranquilos, suaves; recuperándose de los años separados; recuperándose del miedo.

Es muy difícil ser enfermo y no es más fácil ser acompañante. No derrumbarse, no perder el ánimo ni la sonrisa a pesar del cansancio, de la incertidumbre, de los lacerantes efectos secundarios... Elena se había resistido a dejarse ayudar. No quería que Jorge la sostuviera vulnerable, caída, mareada, febril... No podía sola y no quería acompañada. La candidata obvia a cuidadora era su madre, pero Elena la había descartado en apenas unas horas, en cuanto Malena emprendió ella sola una competición de dolor que siempre ganaba y siempre perdía: «Ay, hija; ay, hija...».

—Madre, el cáncer es mío.

Eso le había tenido que decir Elena y no había bastado. Su madre quería sufrir, quería ser una madre abnegada, quería un premio a la entrega. Elena estaba espantada: ella quería una madre independiente, una madre respetuosa, una madre que le dejara espacio. Se plantó y organizó el acompañamiento y los cuidados con turnos de su padre, Jorge y Ana (alguna vez, a escondidas de Malena, también de Teresa). Lo gestionaban desde un grupo de WhatsApp que la misma Elena creó y bautizó como «Mierdas».

Su madre reaccionó con una incomprensión muda que Elena había elegido no oír. Ya recuperada, siguen suspendidas las visitas semanales a la casa de sus padres, aunque sí llama casi cada noche; llamadas rápidas, de control, de escuchar los tonos de voz y leer los silencios. Elena cree haber hecho las paces con el hecho de que, sí, quiere a su madre, pero no le cae bien. Tampoco se engaña: un día su madre no estará y esa conversación pendiente, ese encuentro perdido y ya imposible, le hará un daño irreparable.

Mientras, mantiene siempre abierta una partida de ajedrez con su padre; juegan sin prisa, y es que así es como Elena hace ahora casi todo: con calma.

—Me siento rara. Me han vaciado de hormonas y me han llenado de paciencia...

—Hombre, tanto como paciencia, Helen... Llamas paciencia a una pizquita de temple...

Tiene razón Ana: Elena parece mejor anclada a la tierra, con los pasos más seguros y sí, quizá, más lentos. Pero Elena es impaciencia, energía, exigencia. Elena es motor y Ana, en cambio, es duda.

Solo había tenido clara una cosa. O, mejor dicho, un lugar: Escocia.

* * *

Pero estábamos con Elena.

Había descubierto el hashtag *#cancersurvivor.* En Twitter, Instagram, Facebook y hasta LinkedIn, enfermos y familiares utilizan la etiqueta para compartir historias de motivación y ánimo que otros reciben con el emoticono del brazo musculado (inspirado, no sabe si irónicamente, en el cartel de *Rosie the Riveter,* la remachadora que representó la fuerza de las mujeres en la Segunda Guerra Mundial). Elena había estado curioseando algunas publicaciones, pocas, porque enseguida decidió —con una fiereza radical— que ella no iba a definirse por su cáncer. No era algo racional. Entendía el espíritu y la necesidad de compartir desde la herida, leía posts exhibicionistas y otros que le parecían auténticos, pero... vivir poniendo la enfermedad en primer plano le resultaba algo extraña y peligrosamente cercano al victimismo. Elena no se sentía ahí, no quería sentirse ahí. Tenía cáncer y tenía trabajo, tenía cáncer y tenía amigos, tenía cáncer y tenía una reunión... Se negaba a entregarle al cáncer el control de su vida.

Elena se fue al otro extremo: el cáncer era una obligación más, como depilarse el labio cada dos o tres semanas y hacer la declaración de la renta una vez al año. «Mañana a esa hora no puedo; tengo radioterapia», decía sin eufemismos en el trabajo. «¿Me acompañas a la revisión con la oncóloga?», pedía con claridad. Pero no, en ningún lugar, ni siquiera en el despacho de su psicoanalista, le daba a la enfermedad más espacio que el estrictamente necesario: operaciones, sesiones de radio, controles... Eran parte de su rutina, citas obligadas en su calendario, horas invertidas en hacer lo que los médicos ordenaban.

Tampoco pretendía hacer apología de su actitud. Creía en la toma de decisiones y en la ejecución, y ya. Creía, a pesar de años de psicoanálisis, que si ella no hablaba de algo podía olvidarlo o, al menos, no cederle espacio.

Algunos días, es verdad, no podía con su alma. Le dolía todo el cuerpo, daba vueltas en la cama, sudando la enfermedad y el veneno de su cura, y soñaba con acabar. Esos días mandaba un mensaje («Estoy cansada. Desconecto») y se encerraba en casa con un cuenco de crema de calabaza caliente. Esos días habían sido demasiados, pero Elena siempre acababa levantándose. Y no lo consideraba mérito suyo sino de dos factores ajenos: haberlo pillado a tiempo, tener un buen equipo médico.

Elena, aunque gestionara el cáncer escribiéndolo en su agenda con todas las letras, sabía que su actitud solo escondía el miedo.

* * *

Y el miedo nunca le había gustado. El miedo paraliza. En lo que de verdad cree Elena es en la rabia; en el derecho a estar enfadada. «La rabia de las mujeres es la que cambia el mundo», se repetía. De hecho, solo su psicoanalista sabía que, de alguna manera, el empujón definitivo para tratarse, para intentar curarse, había sido el despido de su amiga Ana.

—Espera, ¿qué?

—Eso del despido por videoconferencia, sin dar la cara, es una cobardía atroz... —había empezado Jorge.

—Sí, fatal, pero, sobre todo, ¿qué lógica de mierda tiene ese despido? Ana tiene veinticinco años de experiencia, ha trabajado en prensa, radio, televisión y todos los medios digitales habidos y por haber, en grandes empresas y en *start ups,* ha seguido aprendiendo y lo mismo te edita vídeos que se marca un pódcast...

—Te voy a nombrar representante, Helen. O hazte *headhunter* y me recolocas.

—Que no, joder. Que lo estoy intentando entender como consultora y no lo entiendo: despedirte es una pésima decisión desde el punto de vista empresarial.

—Supongo que son los años y el sueldo. No sé. No creo que sea personal. El de Recursos Humanos no me conoce demasiado.

—Pues debería... Con tu experiencia y tu capacidad, haces el trabajo de seis.

—Eso él no lo sabe.

—Su trabajo es saberlo.

—Y, además, tenía que haberlo hecho en persona y de forma individual. Tenía que haber dado la cara... —Otra vez Jorge.

⋆ ⋆ ⋆

Días más tarde, en la sala de espera del hospital, mientras leía en diagonal *posts* y más *posts* de *#cancersurvivor,* Elena quiso gritar. «¿Y cómo se sobrevive al paro? ¿A que no te llamen una vez que calculan que tienes más de cincuenta? ¿A tener talento y que te nieguen un empleo, un puesto, un motor, una responsabilidad?». Se planteó impulsar el hashtag *#parosurvivor,* pero sabía que era una utopía: al paro no se sobrevive; el paro, en cuanto se alarga, mata. De hambre, de falta de autoestima, de miedo, de vergüenza, de depresión...

Elena conocía a su amiga Ana, la conocía de verdad. Sus valores, sus talentos. La conocía y, por eso, la admiraba. Quizá fue egoísta, como gran parte del altruismo, pero Elena dedicó todas sus sesiones de radioterapia a pensar en Ana, en cómo ayudarla, en cómo cambiar sus circunstancias. Si creía tanto en su talento (y creía muchísimo), ¿cómo podía demostrarlo?

A Ana le habría horrorizado sentir que era la «causa» de Elena, sentirse protagonista de una de sus misiones; pero nunca lo supo. Para empezar porque la causa de Elena se había ampliado y ya no era solo Ana, sino el mundo: «la puta revolución de las viejas», se había dicho Elena a sí misma recordando aquel brindis del invierno. Y, luego, había tachado la palabra «puta» por sexista y se había jaleado sola: «la urgente revolución de las viejas».

* * *

Lo decía así, pero sabía que Ana no era vieja.

Vieja era su madre, viejo era su padre. Dos pensionistas a los que el sistema iba expulsando a base de aplicaciones, pasaportes digitales y gestiones que solo se podían completar desde el móvil. Elena, su hermano y hasta Jorge resolvían todas las semanas un par de bloqueos vitales de Antonio y Malena, bloqueos provocados con displicencia y pereza por unas instituciones (públicas y privadas) empeñadas en digitalizar y simplificar todo y a todos con el mismo rasero, sin matices, sin formación, sin excepciones. Elena se apuntó la batalla por la brecha digital como tarea pendiente (para después del cáncer, para después de Ana) y, sin decir nada, se concentró en esa necesidad urgente: de trabajo, de sueldo, de reconocimiento, de aportación de valor de una gran mujer, una mujer de cincuenta.

* * *

No le contó a Ana su misión, pero sí le escribió —cuando Ana ya se fue, después del tratamiento— largos *mails* a Escocia pidiendo ayuda, ayuda de otro tipo, intentando evitar la confirmación que temía:

«Anita, querida, ayúdame, de menopáusica a menopáusica... Sin útero, mi tripa se ha convertido en un adolescente con vida propia. Engorda, crece, se emborracha, se desborda. No hay abdominales ni dieta que la mantengan a raya. Y, oye, no sé, con un buen sueldo, puedo ir renovando todo el armario, aceptar el incremento de dos tallas y hasta poner buena cara... Pero ¿qué hago con ese otro efecto de mierda? ¿Qué hago con mi vagina seca y mi amor fresco? Ya sé lo que me vas a decir, que bienvenida al lubricante, pero... ¿Y mi deseo? ¡Anita...! *Help!*».

Ana le preguntó si tenía un succionador y, sí, claro, pero... Ni aun así.

Durante las semanas de radioterapia y duda, mientras el tumor se iba quemando, Jorge y Elena se quisieron como amantes castos: solo mimos y aprensión. Cuando se fue el cáncer y llegó la menopausia, Elena quiso creer que volvía a ser ella... Y no: en su lugar había una mujer asexuada, sofocada y desabrida. Habían sido días rocosos, queriendo a Jorge, evitando a Jorge, temiendo a Jorge. Habían sido meses de no reconocerse en el espejo: con la cara delgada, la tripa gorda, el coño seco.

Elena había tenido que estimular muchísimo su cerebro, encender la rabia y el amor, ser la tía de cabeza sexy, la líder de humor irresistible.

El humor como principal afrodisíaco.

Jorge se reía siempre con ella. También con sus obsesiones.

⋆ ⋆ ⋆

—Ojalá el nuevo punk fueran las canas. Mi jefe…

—¿El profeta?

—Ese. Cree que el *neocon* es el nuevo punk.

—A ver, a ver…

—Que sí, dice que hoy lo alternativo y radical es ser un bocas y un analfabestia, como esos ultras que se creen gallitos por atreverse a gritar «maricón». El otro día me juró que si Iggy Pop tuviera ahora veinte años, sería uno de ellos…

—No, hombre, Iggy no. No me jodas… Invítale a cenar y le doy una clase de *punk*… El *punk* empezó en los sesenta para exigir igualdad…

—¡Eh! A mí no me des la clase, que no la necesito…

Jorge se retuerce.

Elena le asusta, Elena le divierte, Elena le pone.

Le pone porque a Elena le importa todo, porque a Elena nada le es indiferente.

Políticas

Teresa hubiera preferido un duelo más apacible. Un *stand-by* largo y silencioso, para recolocar la pena, el amor y la ausencia; para rediseñarse si tenía fuerzas, para abandonarse si no las tenía. Expulsada de su casa por una urgencia económica, metida con calzador en la vida de su hija, había pasado los primeros meses en shock, reaccionando apenas a algún estímulo aislado; intentando encajar o, más bien, no molestar en un hogar que la quería, pero en el que nunca dejaría de ser extraña.

La reflexión sobre la soledad y el duelo se le había ido convirtiendo en rebeldía contra el sistema. Las pocas veces que salía al mundo, cuando intentaba tramitar una cita, completar una gestión o pedir un impreso, encontraba un paternalismo feroz y un desprecio consistente.

«Abuela», le decían los mequetrefes del otro lado de la ventanilla, y luego le hablaban en ese plural mayestático que a Teresa la sacaba de sus casillas. A ella —que había sido una de las primeras catedráticas en su universidad y que jamás, ni a un hijo, ni a un nieto, le había dicho «guauguau» para referirse a un perro— se le erizaba la dignidad cuando los botarates insistían en dirigirse a ella como si fuera estúpida: «Abuela, ¿cómo estamos hoy?».

—Perdona, ¿a quién te refieres exactamente con esa primera persona del plural?

—¿Eh?

Teresa había ido envejeciendo con su compañero en una burbuja de amor, razón y comprensión. Enamorados durante sesenta años, ella y Miguel jamás habían necesitado de la indignación más que para manifestarse por las causas justas de la democracia cuando las sintieron en riesgo (por la paz, por la sanidad pública, por la igualdad…). Pero ahora, cuando salía a la calle, sola, ya impar para siempre, Teresa se daba cuenta de que la sociedad la trataba como si envejecer fuera un fallo moral, algo que ella no estaba sabiendo hacer bien.

Teresa veía cómo, en los medios de comunicación, se retrataba con admiración a los héroes de la vejez (héroes, ojo, morales): los mayores que completaban triatlones, volaban en ala delta y se doctoraban en Medicina a los noventa. También, a las actrices y modelos que los anunciantes de belleza celebraban desde un cacareado compromiso que a veces era solo postureo: «mira, ochenta años y posando, sin tripa, erguida y recta, con estos pantalones de una talla inhumana…». Esa hipocresía de algunas marcas: «la arruga es bella, sí, seguro, y, mientras ustedes no miran, por detrás, maquillamos, *photosoppeamos* y retiramos todos los rasgos ofensivos de la edad».

Solo si uno era lo bastante inteligente, esforzado y digno, si uno lo merecía y se lo curraba, el karma le devolvía una vejez elegante y activa, una vejez ejemplar.

¿Seguro? No, para nada.

* * *

Así estaba Teresa. Había tragado, rumiado y callado hasta que, un día, gritó:

—¡Y una mierda ejemplar! Cada uno llega a los ochenta como puede y yo llego arrugada y encogida, cambiando los tacones por zapatos elásticos que no me chafen los juanetes. Estoy en mi derecho a tener tripa y a no hacer deporte, porque lo único de lo que de verdad me siento orgullosa, con tantos años y tantos achaques, es de mantener la curiosidad... Salgo a la calle despacito, me entretengo un poco más en la farmacia, tardo en sacar la tarjeta de crédito del monedero... ¿Y qué? ¿Eso me hace peor? ¿Soy por eso menos digna de respeto?

Ana escuchó ese discurso entre la sorpresa y la admiración. Estaban yendo juntas al despacho de Sofía y, en el camino, Teresa había descubierto un nuevo parque de gimnasia para viejos. Ana apuraba sus últimos días con sueldo y agradecía que la energía de su madre hubiera remontado ante la noticia de su inminente desempleo. «Manda huevos, que me hayan tenido que despedir para esto, pero... Bienvenido. Lo urgente siempre aplaza y amortigua lo importante...», se decía Ana, aunque, la verdad, su falta de trabajo era urgente e importante, acuciante y grave.

Al principio, sintió que su madre hablaba de la vejez para distraerla o, quizá, como Elena, para contagiarle la rabia y el vigor de la resistencia:

—Hija, no sé si te das cuenta de que la edad es política. Si se asociaron los de Teruel Existe y los de la España Vacía, más aún tenemos que unirnos los viejos, que somos más y seguiremos aumentando, aunque vayamos muriendo… Porque aquí mucho cuquismo, pero nadie tiene hijos. Los viejos existimos y votamos.

—¿«Cuquismo», madre?

—Déjame hablar como quiera…

—Que sí, que sí, que me haces gracia. Pero los viejos que existís… ¿qué votáis, mamá? ¿Izquierda, derecha, extremo o mediopensionista?

—Obviamente, votamos mal, porque mira cómo estamos.

—…

—Abandonados, descartados y analógicos. Tratados con paternalismo y pereza. Aparcados y lejos, para que no se nos vea…

—Mamá, me estás soltando un mitin.

—Es que estoy ensayando…

* * *

La casa en el pueblo de Miguel, marido de Teresa, se había tratado siempre en la familia como un chiste, una anécdota del pasado rural que Miguel dejó atrás y que solo mencionaba para contar a sus nietos historias de ranas y tirachinas. Era una casa derruida a la que apenas habían ido dos veces en los últimos treinta años. Una, para revisar los destrozos de una tormenta; otra, para enseñar a los nietos ese pueblo castellano, un páramo más bien, del que había salido su abuelo de niño con la ilusión de construirse a sí mismo a base de becas y construir el país a base de esfuerzo. Solo que, ahora, según un registro semiabandonado y gracias a las obcecadas investigaciones de Sofía, esa casa incluía mucho más terreno del que a ellos les constaba en el recuerdo: decenas de hectáreas, un molino y un valor que jamás hubieran imaginado.

—Pero... ¿esto cómo ha pasado?

La explicación legal es compleja; la realidad, optimista.

—No eres millonaria, Teresa, pero he pedido una valoración y, si vendes la parcela completa, te aseguro que te puedes pagar una vivienda.

A Teresa le costaba reaccionar y, sobre todo, aceptar una buena noticia.

—No puedo vender. Esto es de mis hijos.

—Hasta donde yo sé, tus hijos, y aquí está Ana, quieren que tú tengas el usufructo de su herencia.

—Pero, Ana... Ana ahora lo necesita.

—Ana está aquí, mamá. Y lo que necesito es que tú estés bien y tranquila.

—¿Y el valor sentimental? —preguntó Teresa, sorprendiéndose a sí misma.

Y, entonces, Ana y Teresa, encontraron por fin su primera carcajada compartida desde la muerte de Miguel. Cuando se recuperaron, Ana la azuzó: «Mamá, si papá no quería ni pisarlo y Gonzalo y yo necesitamos desde pequeños un truco nemotécnico para recordar el nombre del pueblo... ¿De qué valor sentimental estamos hablando exactamente? ¿No tiene más valor que dejes de vivir en una habitación prestada mientras tus cosas acumulan polvo en un guardamuebles? Venga, no me seas marquesa. O, mejor dicho, no te pongas cuqui...».

* * *

Sofía sonreía. Teresa era casi una madre adoptiva para ella, quizá un poco más abuela. Sofía había conseguido desbrozar los registros de un municipio olvidado para encontrar esta pequeña recompensa y, ahora, en su despacho, sentada delante de esas dos mujeres a las que quería tanto, disfrutaba de la noticia y de haber logrado contribuir a que Teresa tuviera una vejez digna.

—Mi padre no quiere ni hablar del tema, pero, si quieres, te puedo contar el plan que tenía mi madre para él... A mí no me parece tan descabellado y creo que te llegaría el dinero.

Sofía le habló a Teresa del *coliving* que había descubierto Marga. Era una cooperativa que se pretendía intergeneracional, aunque, por el momento, todos los propietarios eran mayores de sesenta. Treinta viviendas funcionales, de uno o dos dormitorios. Además, un par de estudios para cuidadores y una enorme sala de actividades que también servía para que cenaran todos juntos.

—Tengo por aquí los folletos, si quieres echar un ojo. No es una residencia, que conste. Tendrías toda la independencia que necesites y la compañía que te apetezca.

—¿Vas a comisión?

—¡Mamá!

—Es broma, es broma…

Sofía miró a Ana con precaución, cuidando de no entrometerse. Había ejercido el derecho familiar suficientes años para que nada le sorprendiera: ya hemos asumido que las parejas esconden relaciones de todo tipo, algunas espeluznantes, pero todavía no sabemos, o no queremos reconocer, hasta qué punto las relaciones entre padres e hijos se pueden corromper por dinero. Sofía sabía que en Ana el dinero no era un factor, pero… ¿y la culpa?

Ana callaba y sonreía, quizá con cierto escepticismo, pero por fin tranquila. La tranquilidad de su madre era también su tranquilidad.

—Creo que hay una lista de espera, pero podemos mirar los estatutos, ver si mi padre te puede ceder su plaza.

—¿Y por qué no quiere él, Sofi?

Ana dio un respingo. Le pasaba cada vez que su madre, adicta a los apelativos cariñosos, le cortaba el nombre a su amiga.

—No lo sé. Igual es pronto… De alguna manera, mi madre nos ahorró su decadencia, pero también evitó que nos pudiéramos hacer a la idea y que nos proyectásemos a la siguiente pantalla.

Sofía hablaba serena, sin lágrimas.

—No pasa nada. Lo miro y, si me gusta, avisamos a tu padre de que voy de avanzadilla. Él es más joven que yo… Si veo que es un sitio para viejos *txotxolos,* que se quede en su casa y yo me busco otra alternativa.

—No creo, mamá. Por lo que dice esto, son apartamentos independientes con espíritu de comunidad. No te van a poner a hacer manualidades...

—Ya, hija, ya, pero yo me entiendo...

⋆ ⋆ ⋆

Luego fue todo muy rápido. Teresa quería tomar decisiones, liberar a Ana, tener ilusión. El espacio le gustó y planeó instalarse de forma provisional. «Solo lo pruebo, ¿eh? Solo lo pruebo...». Estaba contenta.

—Muy *hippy* en el mejor de los sentidos, pura utopía esto de la vida en comunidad, pero oye, yo fui muy *flower power* y, aunque la realidad me ha vuelto descreída, no pasa nada por volver a creer...

Gonzalo viajó para dar el visto bueno porque —por alguna razón que los dos hermanos no podían entender, pero que les hacía mucha gracia— Teresa, feminista feroz, necesitaba que su hijo varón validara sus elecciones.

—Mamá, ¿es porque es hombre o porque lo consideras más listo?

—Ay, hija...

—Dile la verdad, mamá. A estas alturas ya va siendo hora...

—¿Qué verdad?

—Pues que Ana siempre te ha parecido una borrica...

A punto de instalarse en un barrio renovado, con buenas comunicaciones y muy cerca de la universidad, fue Lola quien encendió una mecha antigua...

—Abu, ¿tú no decías que te habría gustado estudiar más?

—¿Cómo que más? Pero si tu abuela tiene un doctorado…

—Joé, mamá, que no la escuchas, que ella hizo Filosofía y Letras, pero le habría gustado hacer Ciencias Políticas. ¿A que sí, Abu?

Teresa asintió, soñadora.

—En políticas estaban los hombres más guapos y los más valientes…

—Sería antes…

—Ay, no sé…

—Abu, céntrate. Que no tienes nada mejor que hacer. ¿Por qué no estudias eso de políticas?

—Ay, Lolilla, yo no estoy ya para eso… Si me gustara coser, te haría vestidos.

Lola puso cara de asco y luego miró a su madre con esa complicidad que resistía a pesar de las tormentas adolescentes, y Ana recogió el testigo sin ni siquiera saber si aquello era buena idea, pero segura de que una meta ilusionante es un requisito esencial para vivir y, sobre todo, para vivir mejor:

—Mamá, el otro día me abrasaste con que la edad es política. Pues, chica, a tu edad, Ciencias Políticas.

—*Never stop starting* —sentenció su nieta bilingüe.

Y Teresa se tuvo que callar, secretamente encantada de ceder a esa conspiración. Unos días después, habiendo digerido ya su decisión de volver a la universidad, a estudiar una carrera que quizá la vida no le permitiera acabar, le pidió a su nieta Lola un último favor:

—Lolilla, acompáñame de compras, anda.

—Claro, Abu. ¿Qué quieres? ¿Una mochila cañera…? ¿Unas Nike? ¿Un iPad?

—No, hija. Quiero un bastón.

Lola se asustó.

—¿Te has caído? ¿Tienes miedo de caerte?

Y Teresa se rio a carcajadas.

—No, no. Es que he estado pensando y… Mira, tengo ochenta años, casi ochenta y uno. Se me notan, yo me los noto… He pensado que… El bastón me da seguridad y hace que los de los patinetes y las prisas se aparten un poco y tengan un pelín de cuidado, pero quiero un bastón glamuroso… Tú me entiendes…

—¡Pues claro! Tú siempre marcando tendencias, Abu.

Y lo encontraron. Teresa empezó a caminar con un bastón que era apoyo y autoridad, *glamour* y dignidad. Faltaban unos meses para que empezaran las clases, pero, con bastón y un horizonte, cada paso la rejuvenecía.

⋆ ⋆ ⋆

Gonzalo y Ana lo habían pensado y hablado mucho. Nunca sabrán con exactitud qué empujó a su madre a dejar de ser la viuda resignada y recuperar a la catedrática jubilada; qué la sacó de la pena y la devolvió a la vida. Sospechaban que el desempleo de Ana fue un detonante, pero seguro que no fue solo eso.

Algo la había herido en la calle, en el mercado, en la farmacia, en el banco, en el hospital. Algo la había indignado.

—Elena dice siempre que la rabia es energía.

—Pues tu amiga furiosa va a tener razón. Hay que seguir cabreando a mamá.

—Qué cachondo, Gon. Quédate y hazlo tú… No sabes lo que es tenerla en casa enfurecida.

—Mejor que tenerla triste…

Inocencias

Ana no cree en la belleza de los sueños incumplidos. Hace muchísimos años, al salir de ver *La edad de la inocencia,* discutió con su novio de entonces porque a él le había apasionado la historia de ese amor casi automutilado, de esa renuncia innecesaria. «O sea, que prefieres la melancolía a la felicidad», había concluido Ana, horrorizada. En la película de Scorsese (basada en una novela de Edith Wharton), Daniel Day Lewis renunciaba a la mujer de su vida por... Según Ana por cobardía, según su novio por amor, por amor a un amor imposible, por amor a un ideal inalcanzable. «Era difícil, no imposible». Ana se subía por las paredes. Quizá, piensa Ana, aquel novio la valore más ahora por haberla perdido... O no, porque el suyo fue poco más que un destello no idealizable. Además, le da igual: de eso hace casi treinta años y lo único que Ana mantiene es la convicción de avanzar, pisando todos los charcos y presentándose cada año al examen de las asignaturas pendientes. «¡Ay, Ana, qué bochorno de metáfora!», se regaña sin acritud.

Álvaro, el padre de Lola, le había ingresado en el banco un cheque con todo el dinero que le debía, casi catorce años de ajustes y deudas. Sin intereses, eso sí, que el cambio de Álvaro tenía un límite y la candidez de Ana no, pero, aun así, era una pasta. Mientras llegaba la indemnización por despido y apremiaba la urgencia de buscar otro trabajo, Ana pensaba en esa verdad que le ha repetido siempre su madre: «Tener tiempo solo sirve si se tiene también curiosidad y dinero». Dinero, siempre el maldito dinero.

* * *

—¿Y si tengo el dinero justo? ¿Y si es ahora o nunca? ¿Y si dejo de preguntarme «y si…»?

Por una coincidencia afortunada, el tratamiento de Elena terminó a la vez que el contrato de Ana, al tiempo que empezaba el último trimestre del curso de Lola, justo cuando Álvaro volvía de su gira con Carmen y en el mismo momento en que su madre se enamoraba del *coliving* y de la posibilidad de una vida propia. Sin pensar, sin querer pensar, Ana llamó a Álvaro para pedirle algo por primera vez en catorce años. O, más bien, para informarle, como él había hecho siempre con ella:

—Me voy a ir tres meses y creo que es la prueba perfecta para nuestro nuevo acuerdo. Cuando vuelva, si Lola quiere, hacemos la custodia compartida que has pedido, pero, de momento, este último trimestre es tuyo. Yo no voy a estar.

—¿Eh…?

Ana se lo repitió sin darle demasiada información. No por nada, sino porque no sabía dónde y cómo iba a pasar esos meses y, en realidad, a Álvaro no le incumbía. *Álvaro no reaccionaba…* Se le escaparon apenas unos balbuceos producto del shock, pero Ana se negó a la piedad y siguió avanzando:

—¿Cómo hacemos? ¿Cabe Lola en tu piso? ¿Te instalas tú en el mío que está más cerca de su colegio?

—¿Más cerca? Pero ¿a qué colegio va ahora?

—¿No te acuerdas que se cambió hace dos años?

—¡Ostras! ¿Le hacían *bullying?*

—¿Cómo?

—Es evidente que ninguna adolescente se cambia de colegio voluntariamente si no está sufriendo acoso…

—Pues tu hija es la excepción que confirma la regla. Se cambió porque se le quedaba pequeño, pero esto ya lo hemos hablado…

—¿Seguro?

—Segurísimo, Álvaro.

—¿Tu casa o mi casa…?

—Eh…

Ana se armó de paciencia. No es fácil convertirse en padre de repente. Al principio, Álvaro se comprometió a mudarse para que a Lola le fuera fácil. Le pagaría la mitad del alquiler a Ana y no alteraría mucho a su hija un contexto vital que ya había sido revolucionado por la llegada de su abuela. Enseguida, se arrepintió. «Me da miedo no saber vivir en otro entorno. Piensa que yo trabajo en casa… Mis pelis… Aquí las pienso… ¿Y si no soy capaz de crear en otro escenario?». «Que sí, que vale…». Así que Ana, decidida y pragmática, contrató un guardamuebles y —como si fuera una maldición genética y tuviera que seguir los pasos de su madre— empaquetó su vida para ahorrarse una renta que no se podía permitir. Intentaba no pensar dónde iba a vivir después, cómo, de qué…

—Una cosa sí te voy a pedir. Si vives con Carmen, me gustaría conocerla antes de irme.

—Ay, Anita… —El tono de Álvaro tenía una intención errada.

—Que no, que no son celos ni nada, pero si mi hija va a vivir tres meses con ella querría verle la cara fuera de sus vídeos. Solo pido tomarme un café con ella…

—No me la líes, Ana… Que ni siquiera he empezado a montar su documental…

—¿Qué tiene eso que ver…?

—De todos modos, Carmen es muy independiente.

—Mejor.

—Quiero decir que no vivimos juntos…

—…

—Pero…

—¿Pero…?

—Bueno, en realidad ella también te quiere conocer.

—Le confesaste que no soy una bruja que te impide ver a tu hija, ¿verdad? No voy a quedar con ella para que me eche una bronca por tus mentiras…

—Ana…

—¿Sí o no?

—Sí, sí.

—…

—Más o menos…

* * *

Dos días después, Ana visitó a Carmen en su piso del centro. A pesar de la fama, a pesar del éxito, a Ana le gustó: una mujer joven y sonriente, con la cabeza muy bien amueblada, que la recibió descalza y con un enorme despliegue de infusiones.

—No te creas que soy una hierbas, pero es que no bebo café; me da taquicardia.

—A mí también.

Y, desde esa mínima hipersensibilidad común, Carmen y Ana hablaron de la adolescencia, de los miedos, de las risas, del desempleo, de los abrazos, de las referencias, de las mujeres… No mencionaron a Álvaro ni la paternidad activa y, horas después, se despidieron con un abrazo sincero y una declaración de amistad:

—Gracias, de verdad. Me quedo muy tranquila sabiendo que, cuando a Lola le entre la ansiedad, tendrá cerca una tía como tú, con la adolescencia reciente y el corazón bien armado. Yo voy a estar a dos horas de avión y a un *facetime* de distancia, pero… A las dos nos va a venir bien coger aire y para ella es un lujo tenerte. Ojalá te caiga bien…

—Si quiero a su padre y me mola su madre, muy mal se nos tiene que dar, ¿no?

Ana estuvo a punto de decir en alto: «No te vayas, aunque dejes a Álvaro, no te vayas», pero le pudo la prudencia.

⋆ ⋆ ⋆

Y así, con una amiga más en la mochila, el portátil y una maleta pequeña; con su madre instalada en el *coliving*,

Elena curada (cansada, sí, pero curada) y Sofía en una transición de la que no quería hablar, Ana voló a Edimburgo y de allí cogió un autobús a Crail, un pequeño pueblo de la costa.

—Esta anda pensando en la típica peli británica… —se había reído Elena, fingiendo dirigirse a Sofía solo para que la escuchara Ana—. Cree que va a llegar allí con su carita triste, que va a ponerse a escribir una novela en un bar y que va a enamorarse de un rudo pescador con un horrendo chubasquero amarillo y un corazón gigante.

—Eres boba, Helen.

—Y tú, una romántica disfrazada de madre abnegada.

—Si te dijera que solo quiero que me dé el aire en la cara, oler a mar y oír todo el rato hablar en inglés con acento cerrado para sentirme más sola todavía…

—Si le dijeras eso, tendríamos que contárselo a tu novio aquel, el de *La edad de la inocencia*, para que vea que te has convertido a la melancolía.

—Sois idiotas las dos. Tengo antojo de vivir en Escocia y, sí, me llevo el ordenador, pero lo del pescador solo es cosa de Elena, que necesita emparejarnos… ¿No creerás que un par de veces al mes vamos a hacer cenitas de pareja Jorge, el pescador, tú y yo?

—Solo me imagino la peli basada en tu novela. ¿Cómo os suena *Los peces del amor*? ¿Es un título moñas o de *best-seller?* Las dos cosas, ¿no…?

—Eres gilipollas.

—Sí, y no necesito emparejaros; para nada. Os necesito felices y tranquilas.

—Yo estoy tranquila, que conste —apuntó Sofía.

—Bueno, pues vamos a conseguirle a esta un pescador y, sobre todo, un trabajo y entonces ya me vuelco en tu felicidad, abogada.

—O nos dejas que nos la busquemos solas, lo que tú veas que es más feminista y más respetuoso.

—Cabrona.

—¿Te podremos ir a ver, Ana?

—No lo sé. Dejadme llegar. Dejadme estar sola y os digo. Sofía, tú… ¿Vas a estar bien?

—Soy dura, ya lo sabes.

—Sí, claro. Como las almendras: dura por fuera, blanda por dentro.

—Estoy bien, de verdad. Y, antes de que me preguntes, mi padre también. Igual se apunta con tu madre a Ciencias Políticas…

—Mi madre, sin filtros, es una pésima influencia. Ten cuidado…

—Anita, que al pescador se le entienda un poco, que si no las cenas van a ser muy difíciles…

—¡Qué plasta eres! Me caías mejor cuando tenías útero.

—¡Qué bruta!

—Sí os quiero pedir una cosa…

Elena y Sofía se miraron y respondieron a la vez, sin hablar pero vocalizando despacio y exageradas las dos sílabas: «¡Lola!».

⋆ ⋆ ⋆

La verdad es que Ana lo vivía como una despedida trágica y una frontera trascendental: la madre que abandona a la hija y se va del país, sin trabajo, sin futuro, sin energía. La madre, por otro lado, que daba ejemplo y cumplía un sueño. Y, a la vez, también le quitaba importancia: tres meses con su padre (y, por suerte, con su estupenda novia) para conocerlo y quererlo, para ser conocida y querida; un tiempo alejadas para tomar la distancia necesaria y valorarse mejor, semanas de crecimiento y aprendizaje por separado después de todo lo que habían vivido y conseguido juntas…

Lola, sin embargo, lo puso todo fácil.

—Claro, mamá. Ya va siendo hora de que te cuides un poco. Está papá, que tú no te fías y yo menos, pero no me duele; está la abuela; está Sofía, que me cae bien, y está Elena, que me quiere, aunque a veces no nos aguantemos… Y, si no, siempre están los padres de Inés. Pero, vamos, que te lloraré por teléfono, no te creas que te libras. Tú me conoces mejor que yo, sabes lo que quiero y lo que no…

—No, hija, eso lo sabes tú.

—A veces… Otras veces se me olvida. Pero da igual, mamá. Son solo tres meses y procuraré rayarme solo lo normal y emborracharme lo justo…

—Estupendo…

—Lo que quiero decir es que no me voy a drogar, no voy a follar y no la voy a liar muy gorda. Para eso te espero.

—Gracias, amor.

—Gracias a ti, mami. De verdad.

Lola se lo agradecía de verdad.

* * *

Solo después de la emoción, cuando ya estaban en la logística, Lola hizo la pregunta obvia, la pregunta que nadie había hecho:

—Oye, mamá, ¿por qué Escocia?

—¿Por Harry Potter…?

—No cuela.

—…

—¿Mamá…?

—No sé, no lo sé explicar…

—Eso sí cuela. Me pasa todo el rato.

Espacios

Sofía tenía la sensación de fin de etapa.

Lo analizaba una y otra vez y, aunque parecía la explicación más obvia, no era solo por la muerte de su madre. Era el juicio de Nantes, era pasar el susto de Elena, era Ana recuperando tiempo para ella, era lograr esa pequeña recompensa para Teresa, era ver a su padre tranquilo... Después de casi quince años separando parejas en una ciudad inmensa, Sofía tenía ganas de una vida pequeña.

Los fines de semana se acercaba a la playa, a la última casa que había pisado Marga. Miraba el mar desde la terraza y, cuando se le llenaban los ojos de azul, bajaba y nadaba. Poco a poco, se fue dando cuenta de que quería algo así. ¿Quería...? Más bien, necesitaba.

Después de haber crecido en varios continentes, de haber comprobado que el mundo es infinito, el cuerpo le pedía un refugio pequeño y cerca del mar, un lugar seguro en el que estirar el brazo y tocar todas las paredes.

—Me iría muy lejos y, a la vez, muy cerca —le decía a su madre muerta, mientras paseaba por la orilla, con esa costumbre casi irrenunciable de justificarse ante ella, aunque ninguna de las dos creyera en otras vidas—. Ya sé que tú habrías querido que triunfara en un gran despacho internacional, pero…

Desde que había muerto, su madre era mucho más comprensiva: «Solo quiero lo que tú quieras», contestaba al ritmo de las olas.

Y Sofía seguía rumiando la posibilidad de vivir en ese pueblo que en verano se convertía en hormiguero y en invierno era una isla. Le daba miedo equivocarse en un sueño tan básico: la huida cercana, a la casa en la playa. Le daba vergüenza, además, tenerlo tan a mano.

⋆ ⋆ ⋆

Había empezado poco a poco, organizándose y probando a gestionar la semana de otra manera. El despacho físico de martes a jueves, la playa de viernes a lunes. Teletrabajaba, corría, nadaba. Algunos fines de semana se unía su padre, pero —tal vez aleccionados por la experiencia de Ana y Teresa— intentaban vivir el duelo por separado. Habituados ambos a refugiarse en el trabajo, en el estudio, en el esfuerzo, procuraban no enseñarse las heridas y no verse los sufrimientos.

Un par de veces, Sofía se había llevado a Lola, ya cerca del verano y del aburrimiento infinito. Habían sido fines de semana pegajosos, Lola instalada en la pereza y en el móvil, Sofía en la actividad y el movimiento.

—Vamos a nadar…

—No me gusta nadar.

—Luego tomamos un helado.

—Mejor me lo subes.

—Oye, tú, ¿qué demonios pasa en tu móvil que no encuentres en la calle? No puede ser más interesante que la vida.

—Sofi la intensa. Creía que eras más *cool*.

—Y yo creía que eras más lista…

—No, soy así.

—Una pena. Y no me llames Sofi.

Lola no contestó, pero al rato se cruzó en el ascensor con un grupo de holandeses que habían alquilado el apartamento de al lado para celebrar el fin de curso y se volvió hiperactiva: pasaba el día ruborizada, elástica, bajando y subiendo de la playa, practicando su inglés de Netflix y salpicándolo, con picardía y gracia, de palabras latinas… Así, convirtieron en costumbre los fines de semana juntas, renovando los turistas de visita, renovando la actividad.

—Para practicar idiomas, Sofs.

—Sí, claro.

—¿Te gusta Sofs?

—Puf…

—Es cosmopolita, joé.

* * *

Sofía conocía a la Lola de siempre, pero observándola por primera vez sin su madre, viéndola divertida, perezosa y, a veces, hasta madura, la entendía de otra manera y cavilaba… Su ginecóloga le había preguntado en la última revisión si había sopesado la idea de congelar algún óvulo. «Cumples cuarenta ya, ¿no?». Sofía había asentido y había negado. Sí, cumplía cuarenta; no, no quería congelar óvulos.

«¿Seguro?». Una vez que te hacen una pregunta así, por muy clara y contundente que sea la respuesta, la pregunta sigue reconcomiéndote por dentro. «No es mucho dinero y ganas tiempo por si acaso...».

Sofía nunca había querido ser madre. En eso sí que había firmado radicalmente el discurso libertario de Marga: tener hijos le parecía la máxima atadura, una cadena perpetua. Tampoco ayudaba el llevar tantos años intentando evitar que los hijos se convirtieran en moneda de cambio en una separación para que, luego, en los peores casos —alcanzado el acuerdo o el daño—, fueran desechados.

Conocía madres como Ana, esclavizadas por el trabajo y la custodia, madres que no conseguían acordarse de la mujer que eran antes de tener hijos ni tampoco de la mujer que querían ser. Y conocía, por supuesto, otras —más, seguramente— que consideraban la maternidad una experiencia extraordinaria, la única que daba sentido a la vida; madres activistas, siempre predicando que tener hijos era el acto de amor más profundo posible...

¿Lo era? A Sofía le parecía excesivo llamar acto de amor al hecho de traer al mundo a alguien que no lo ha pedido. Ella nunca ha creído en ese falso altruismo: dar para encontrar sentido, querer para que te quieran, cuidar para que te cuiden. Eso sí que le revolvía el estómago: «Si no tienes hijos, ¿quién te cuidará a ti?», le había preguntado una tía segunda en el funeral de Marga. «El Estado», había contestado Sofía, «que para eso pago impuestos».

Se sabía descreída, incluso cínica, pero... No. No quería tener hijos. Y las últimas dudas se las quitaban los filósofos modernos y los científicos agoreros que se las daban de optimistas: «el ser humano del futuro será híbrido, tendrá sensores en el cerebro y articulaciones mejoradas gracias a la biotecnología». Sofía los leía y pensaba: «¿y no podría el ser humano del futuro tener mejor corazón, más empatía y menos frivolidad?».

Se sentía vieja y su madre, muerta joven, la chinchaba, siempre en la playa, siempre con el mar al lado: «¿Es esto lo que mi muerte ha hecho contigo? En cualquier película del siglo pasado, yo habría muerto y tú habrías encontrado el amor, te habrías embarazado, te habrías redimido en un final feliz cursi y poco realista. Aunque... ¿Sabes qué? Me alegro de que no sea así. Igual es demasiado nihilista: te quise y te quiero, pero no tengas hijos, Sofía. No tengas lastres, pero, hazme el favor, tampoco te vuelvas una cínica».

—Además, mis hijos ya ni siquiera conocerían a su abuela...

Eso le contestaba Sofía a su madre porque, es verdad, ese detalle era el único que le daba pena: Marga habría sido una abuela macarra y divertida, una abuela irreverente y enérgica, una abuela punk.

—Con el maldito alzhéimer no habría sido nada de eso; no te rayes, Sofs...

—¿Sofs, mamá?

—Ay, a mí me hace gracia esa niña...

* * *

Así que no, Sofía miraba a Lola, adolescente perdida, niña divertida, mujer estupenda, y confirmaba que no quería tener hijos, ni ahora ni nunca, que no iba a congelar óvulos, que su vida era en presente y sin anclas.

Su vida era ver amanecer y decidir si, después de correr, volvía a casa o se buscaba otro lugar para desayunar y respirar. Y, luego, dilucidar si abría el ordenador en la terraza o en el salón.

Las alas cepilladas, el cuerpo entrenado, la mente dispuesta.

★ ★ ★

Y, así, ligera y triste, otra vez corriendo por la playa en una semana sin Lola ni su padre, se había hecho un esguince y había conocido a Uwe, un alemán de treinta y pocos. Era fisioterapeuta, tenía un perro y una furgoneta.

Perros

Elena no podía dormir: tenía miedo. Al principio, era solo miedo a la muerte. «Solo», se reía ella, «solo con un acento irónico, claro; solo de solamente... Un acento que ponemos los *boomers,* los que tenemos edad de palmar solamente». Se reía con cierta desesperación y sin que le hicieran ninguna gracia sus juegos de palabras. Como muchos agnósticos, pensaba: «Me muero y ya, no pasa nada. Mientras sea sin dolor...». No conseguía sufrir por los que se quedaban, porque, al fin y al cabo, no era su culpa: ella no había elegido el cáncer.

Agotada por la radioterapia y el miedo, se había autoimpuesto una disciplina de desconexión: el móvil en modo avión a las nueve de la noche y, a partir de esa hora, descompresión absoluta; incienso, un amago de lectura y silencio, sobre todo, silencio. No le servían las series porque eran ruido, tampoco las infusiones porque su yo sin útero, por alguna razón no explícita en los manuales médicos, se levantaba mil veces a hacer pis a poco que bebiera una gota de líquido por la tarde. «Peplas», se decía, recordando esa otra palabra del padre de Ana. «Peplas, molestias, incomodidades... Mierdas».

Mierdas y oscuridad.

Las primeras semanas rehusó pasar las noches con Jorge. No quería que la viera así, claro, pero había algo más: el oscurísimo e innegable terror que se apoderaba de ella, el miedo al vacío absoluto, no lo podía compartir. Prefería negarlo.

* * *

Y, mientras, después de años en la misma empresa, de alguna manera acostumbrada (que no resignada) a esa desidia que se da en las compañías desahuciadas, tenía que subirse por las mañanas al uniforme de ejecutiva, echar los hombros para atrás y llegar —con su olor a quemado y sus órganos ausentes— a una oficina ultramoderna y muy exigente. Llegar y resolver, proponer, ejecutar… A pesar de sus más de dos décadas de experiencia ejecutiva, Elena todavía no había conseguido manejar el arte del buen equilibrio: esa delgada línea entre ser muy buena (por profesionalidad, por orgullo, porque sí) y no brillar demasiado (para no parecer soberbia, para que no me odien, para que no me envidien).

Hace unos años, después de que Elena relatara la última anécdota (el último ataque) de un envidioso, su psicoanalista había abandonado su habitual comedimiento y le había espetado: «Mira, como soy hombre, me puedo poner freudiano y decirlo claro: a algunos todavía les pasa eso de sentir que no tienen polla delante de una mujer brillante». A Elena le habría gustado reírse, pero tanta claridad le había dado miedo.

Más miedo. Otra vez, miedo.

Por eso, ahora, en su nueva empresa, sin saber distinguir bien todavía quiénes eran freudianos y quiénes sensatos, Elena se despertaba siempre de madrugada, primero sudando, luego con taquicardia. Intentaba hacer yoga con cuidado (después de la operación, los abdominales tiraban de una manera, el pecho de otra, y todo dolía), desayunaba despacio, se duchaba, se maquillaba y, con Iggy Pop sonando furioso por dentro y una inofensiva cara de pop melódico por fuera, se iba a trabajar andando. Con miedo. Siempre con miedo. Pero ¿por qué en el trabajo? ¿Porque era mayor, porque era mujer, porque lo había peleado? ¿Porque estaba enferma todavía, porque se sentía débil, porque su cerebro iba más lento? ¿Por qué? No tenía sentido.

* * *

El miedo la paralizaba y la drenaba; la atormentaba y la debilitaba; le provocaba insomnio y un agotamiento crónico. Cansada y débil, perdía los filtros, la sonrisa, la precisión. Elena, exhausta, era una persona triste, pequeñita, que no se gustaba.

Jorge no entendía su miedo profesional y se asustaba con el miedo médico. Así que a él no se lo contaba. ¿Y a sus amigas? Habría podido compartirlo, sí, pero... Ana en Escocia, desde que Elena terminó el tratamiento y su empresa terminó con ella. Sofía, yendo y viniendo de la playa, dudando, parecía, entre su vida de antes y una huida hacia delante. «Una vida pequeña», decía. Y Elena escuchaba, poco convencida. ¿Las juzgaba? No, intentaba entenderlas. ¿Y si ellas habían acertado intuyendo otro camino? Quizá… si moderaba la ambición, ¿se reduciría inmediata y proporcionalmente el miedo?

—Pero ¿por qué te vas a negar tu ambición? —le preguntaba el psicoanalista.

—No lo sé…

—¿No es parte de ti? Por lo que te conozco, te gusta lo que haces y eres buena. ¿Por qué quieres renunciar? ¿No sería mejor aprender a gestionar ese miedo?

Y Elena decía que sí, que claro, pero era muy escéptica. No confiaba en sus posibilidades de vencer ese pánico nuevo, oscuro y crónico; ni confiaba en que un psicoanalista, acostumbrado a su butaca y a su biblioteca, supiera ayudarla a gestionar las inseguridades, envidias y mezquindades de sus compañeros. Si es que las había —que no estaba claro— fuera de la imaginación y la paranoia de Elena.

El psicoanalista lo veía de otra manera:

—No te creas, todo está en Shakespeare.

Su psicoanalista leía mucho y bien. Le había recomendado buscar y repasar su viejo tomo de *Ricardo III*.

—¿Quieres que les pegue un librazo?

—Quiero que te fijes en los buenos, que los hay. Quiero que gestiones a los inseguros, que suele haberlos. Quiero que te alejes de los malos, que son los menos.

—…

—De todos modos, Elena, de las cosas que me cuentas… En este trabajo, aparte de que tú estés más cansada, yo siento que te respetan…

Elena dudaba. Pero… Sí, era verdad. ¿Estaría inventando fantasmas? ¿La estaba idiotizando el miedo?

⋆ ⋆ ⋆

Así llevaban varias sesiones, y Elena seguía asustada por dentro y callada por fuera.

Además, oficialmente, ella era la fuerte. Se había dejado coronar así: la dura, la irónica, la triunfadora. Elena tenía una pareja a la que quería y admiraba, un trabajo en el que la querían y la respetaban. ¿Qué podía pasarle a Elena? ¿Qué podía derribarla? Pues justo eso, un miedo irracional e injustificado; ese agujero infinito en el que se despeñaba cada noche y del que fingía salir cada mañana. Un miedo intangible y viscoso con el que a veces inventaba excusas para dejar de pelear.

⋆ ⋆ ⋆

«Elena, tía, esta vez te estás rayando sola. ¿Dónde ves la envidia? Al profeta le caes bien, te pregunta, te lleva a las reuniones. ¿Dónde ves la amenaza?». Elena se cuestionaba todo el rato. «No la veo. La siento. La huelo». Y temblaba.

Empezó a tomar pastillas y a tampoco dormir con ellas.

Empezó a no sonreír y a no conectarse a Iggy Pop.

Empezó a no concentrarse.

Empezó a no resolver.

Empezó a fallar.
Empezó a caer.

* * *

Y, cuando uno cae, cuando uno está abajo, tirado en el suelo, todo se ve gigantesco; cualquier mota de polvo parece un monstruo imbatible.

Un día, Elena llegó a casa temblando. Cerró con llave y se apoyó contra la puerta, llorando como una niña, con la cara entre las manos y los codos en las rodillas. Era solo media tarde, pero había tenido que huir de la oficina corriendo, después de quedarse en blanco en una reunión. Un ejecutivo, un tipo sonriente al que conocía poco, le había hecho una pregunta sobre un documento, quería solo aclarar un detalle, y Elena, abstraída, sin comprender, sin haber escuchado, le había gritado: «¿Qué quieres tú ahora? ¡Déjame en paz!».

Se había producido un silencio largo, lleno de estupor y de alarma.

Una mirada del profeta, una mirada cariñosa, un gesto mínimo, y Elena había recuperado la compostura suficiente como para levantarse y, titubeante pero aparentemente serena, pedir disculpas y salir de la sala.

Había cogido sus cosas y, ya en la calle, había llamado a su psicoanalista.

Estaba en consulta, inalcanzable, y Elena miraba el móvil sin atreverse a llamar y asustar a nadie más, a poner el miedo en el ventilador, verbalizarlo, esparcirlo, contagiarlo, hacerlo real.

⋆ ⋆ ⋆

Llegó a su casa como pudo, se dejó caer y, allí, todavía sentada en el suelo, miró otra vez el móvil esperando un mensaje de su terapeuta y lo que encontró fue uno de su padre.

—Estoy cerca de tu casa. ¿Me invitas a probar el té ese que te gusta?

Elena le llamó corriendo, asustada.

Su padre, en la calle. Su padre, buscándola.

—¿Papá? ¿Pasa algo?

—No, hija, no. ¿Te pasa algo a ti?

—No… Eh…, ¿cómo es que andas por aquí?

—Estaba cerca, ya te lo he dicho.

Lo que no le explicó Antonio es que, impulsado por una intuición, había pasado por su oficina y le habían contado que Elena se había tenido que ir.

Tampoco le confesó que lleva semanas preocupado, sintiéndola mal en sus silenciosas partidas de ajedrez, en las confusas respuestas al teléfono… Elena es su hija pequeña, su hija inteligente y fuerte, su hija decidida y valiente, su hija extraordinaria. Es también su debilidad, su ojo derecho, su amor absoluto. Elena es lo que más quiere.

⋆ ⋆ ⋆

Antonio la hizo bajar, le pidió que caminaran hacia una cafetería bonita y, agarrándola del brazo, le empezó a hablar de aquellos eternos viajes en el camión, escuchando libros.

—Eran unas *cassettes* dificilísimas de encontrar. Las grababan para los ciegos y, cuando conseguíamos alguna, nos hacíamos copias piratas y las repartíamos entre los compañeros. Era una forma de aprender, ya sabes que yo no he estudiado, que no sé nada. No se me olvidará el libro que estaba escuchando la noche del accidente. *El rojo y el negro,* ¿lo conoces?

Elena asintió.

—Me quedé dormido, hija. Me quedé dormido y me desperté con el golpe. Había atravesado el otro carril, había cruzado el arcén y, por suerte, me había frenado un árbol. No podía moverme. Unos minutos después, llegó una familia francesa. Viajaban en el otro sentido; pararon el coche en el arcén y se bajaron a ayudarme... Si hubieran pasado un poco antes, si se hubieran cruzado conmigo, el camión los habría aplastado... Era un matrimonio con una hija de tu edad. La niña me miró y, sin asustarse, me limpió la sangre con un pañuelo, sonriendo y cantándome una especie de nana. Yo... Estuve meses sin dormir. No se lo conté a tu madre, no se lo conté a nadie. En aquella época no se hablaba de esto...

—Papá...

—He vuelto a soñar con esa niña, ¿sabes? Desde que te diagnosticaron... —Antonio hizo una pausa, tragó saliva y, como Elena le había pedido, pronunció la palabra completa, cargada, entera...—. Desde que te diagnosticaron el cáncer, he vuelto a soñar con ella.

—...

—Elena, he estado leyendo. Tú has estudiado, tienes un trabajo importante, sabes mucho más que yo... Seguramente no te digo nada nuevo… Creo que ahora lo llaman estrés postraumático.

—…

—Mira, yo… no podía conducir, no podía dormir… Pensaba que nunca podría volver a confiar en mí, que no se me iba a borrar, que siempre vería la cara de esa niña y tendría miedo de matarla… Era un dolor inaprensible… Que es una palabra que aprendí entonces y que se me ha quedado grabada…

—…

—Me estaba volviendo loco. Me estaba consumiendo… Hasta que un día se me ocurrió partir la angustia en trozos pequeños, ¿sabes? Me subía al camión y no pensaba en terminar el viaje o la entrega, sino en aguantar cinco minutos sin llorar, y luego otros cinco, y así. Luego pude resistir un día entero, y otro, y otro…

—…

—¿Te acuerdas de que ese verano quisiste venir conmigo? Yo no me atrevía a llevarte; me daba miedo volver a fallar y ponerte a ti en peligro, pero insististe muchísimo. Tenías ocho años y ya discutías con tu madre todo el rato. Me dijiste que me leerías libros, que me cantarías canciones, que vigilarías mientras yo dormía. Me dijiste que me querías cuidar…

—Y fui.

—Sí. Viniste y me cuidaste. Te aburriste mucho más de lo que pensabas, pero viniste y me cuidaste.

Elena le apretó la mano, con los ojos llenos de lágrimas.

—Hija, he hablado demasiado y ya sabes que no me gusta… Lo que te quiero decir es que has hecho una travesía durísima y es normal que sigas en shock, pero ya estás a salvo. Estamos a salvo... Divide la angustia, pártela en trozos pequeños. Hasta la hora del café, hasta la comida, hasta la partida de ajedrez...

—Papá...

Elena se echó a llorar en brazos de su padre, de ese padre que había encogido y que, antes —inmenso, rudo, colosal— había vivido muchísimos años detrás de un volante para que ella estudiara, para que ella creciera, para que ella, ahora, le abrazara. Quería pedirle algo imposible, quería susurrarle «papá, no te mueras nunca; papá, nunca nadie me va a querer como tú; papá, prométeme que estarás toda mi vida...», pero su padre solo podía cogerle la mano e intentar ayudarla a pasar al otro lado de esa noche oscura todas las veces que hiciera falta; hasta que ella estuviera tranquila, hasta que ella estuviera bien.

—He estado pensando en adoptar un perro, papá. A lo mejor si tengo que cuidar de alguien no tengo tiempo de tener tanto miedo.

Su padre la miró para ver si hablaba en serio y sonrió, con esa sonrisa suya, medio irónica, medio tierna.

—¿Y el trabajo? ¿Y los viajes?

—Ya... Era solo una idea.

—¿Y Jorge? ¿Le gustan los perros?

—Es por Jorge. Así le doy a su hijo una razón para quererme. Sería la madrastra guay con perro en casa.

—El hijo de Jorge te querrá en cuanto te conozca. No necesitas un perro.

—No lo sé. Ya no sé nada.

—Sí que sabes cosas. ¿A qué precio está el barril de petróleo esta semana?

Elena contestó sin dudarlo: una cifra exacta. Y su padre la miró orgulloso.

—¿Ves? Y ven a ver a tu madre este fin de semana, anda.

Rocas

Teresa estaba instalada en su nuevo piso. Los trámites para vender las tierras iban lentos, pero, mientras, Sofía le había negociado un alquiler con derecho a compra y le había adelantado el dinero. Con sus muebles, sus cosas y, sobre todo, su independencia, Teresa se sentía mucho mejor. No estaba alegre, hasta ahí no llegaba. Sin Miguel, no había alegría. ¿Contenta? Sí, contenta en pequeñito; en el sentido de satisfecha, liberada por no ser una carga para sus hijos.

Y, sin embargo, por primera vez en su vida —de casa de sus padres al matrimonio, de la viudez a casa de Ana— vivía sola y… ¡le daba muchísimo miedo! Hasta imaginaba ruidos en su sordera y no le consolaba que fuera una soledad atenuada: en su mismo edificio, alrededor de su piso habitaban otros treinta *coliveros* (así se llamaban entre ellos). «Me acostumbraré», se animaba. Al fin y al cabo, eran una pequeña tribu. No se conocían demasiado, pero siempre había alguien en la sala común o en el pasillo que saludaba con un «Teresa, ¿cómo estás?». Bastaba ese gesto tan mínimo, que alguien supiera su nombre y preguntara mirando a los ojos para recuperar la dignidad: «Teresa, ¿qué tal? ¿Cómo andas?».

Se dejaban mensajes en un tablón de anuncios, proponiendo planes, ofreciendo servicios... Teresa los leía todos con una atención desmesurada. Sentía el apremio de conocer a sus vecinos, quería pertenecer: necesitarlos y ser necesitada.

Sin pensarlo demasiado por si acaba arrepintiéndose, un día escribió en una cuartilla con su letra perfecta: «Club de lectura. Los jueves a las siete»; y la colgó en el tablón. Así empezaron: tres personas el primer jueves, seis el siguiente... Teresa había elegido inaugurar el club con Patricia Highsmith, novela negra para algunos, novela psicológica para otros. Entretenimiento y conocimiento. *Mar de fondo,* un título polisémico y abierto a interpretaciones...

* * *

Armada con su bastón y un carné de biblioteca, se había convertido en una *influencer.* O eso opinaba su nieta. En realidad, era algo más antiguo y más básico: Teresa había recuperado su energía y, con ella, su carisma. No era una *influencer,* sino una aglutinadora: a las pocas semanas, el club de lectura se había llenado de gente. Casi todos los *coliveros,* más amigos, compañeros... Apenas habían hablado de Patricia Highsmith y, de hecho, casi nadie leyó el segundo libro del club, uno de Philip Roth que Teresa solo había elegido para recuperar una de sus citas: «La vejez no es una lucha. La vejez es una masacre».

Lo anunció así, con ese titular, y se lio.

Aquel grupo de jóvenes mayores de sesenta se llenó de energía y reivindicación, de ganas de compartir y de exigir. Teresa, con los audífonos puestos y bien ajustados, reconoció el zumbido de la indignación justa y el camino de la utopía realista y empezó a barruntar otras cosas. Se atrevió a soñar. ¿Cuál debía ser el siguiente paso? ¿Un blog, una plataforma, un partido político…?

Los mayores, los séniors, los viejos, tenían mucho que decir, mucho que aportar, mucho que reclamar, mucho que recibir, mucho que votar. Y nadie estaba escuchando al otro lado porque… ¿Por qué? Quizá, sin más, porque los mayores no se habían organizado, porque no había hablado alto y claro.

A Teresa le pareció que ya iba siendo hora y se puso manos a la obra: empezó a reunirlos, a coordinarlos, a escucharlos. Investigó también si había, en algún lugar, otros grupos mínimamente organizados. Más allá de aquellos ancianos aislados: el que puso colorados a los bancos, la que consiguió enderezar su residencia…

A una velocidad impensable, casi de un día para otro, el club de lectura se convirtió en asamblea, en foro, en plataforma, en esperanza. Y Teresa, pragmática, enardecida e ilusionada, quiso dar un paso más: que fuera un vehículo y un medio. ¿El fin? La dignidad de los viejos, claro.

* * *

—Mamá, tal y como lo cuentas, suena al 15M y los famosos círculos… No te hacía yo por una yayoflauta —le había chinchado Ana por teléfono.

—No seas boba. Te lo dije y te lo repito: la edad es política. ¿O no te acuerdas de lo que pasó en las residencias en la primera ola del covid?

—Me acuerdo perfectamente, mamá. Y ya que te pones tan seria, me pongo seria yo también: me parece maravilloso que alguien con tu cabeza y tu integridad se meta en política y solo te pido una cosa: si lo haces, hazlo de verdad. No lo hagas a medias. No abandones…

—Gracias, hija.

—Pero… ¿vais a ser partido?

—No sé… Alguna forma hay que darle a esto…

—¿Y cómo os llamaríais?

—Los Viejos.

—¿El partido de los viejos?

—No, solo «Los Viejos». Los partidos son estructuras más viejas que nosotros. Quizá sea mejor ser plataforma.

—No entiendo bien la diferencia. ¿Lo de plataforma no es solo un eufemismo?

—No, no es lo mismo: la plataforma es horizontal.

—Pero alguien tiene que liderar, ¿no? Al final siempre tiene que haber alguien que tome las decisiones.

—Veremos…

—¿Y de nombre «Los Viejos»? ¿Seguro?

—De momento…

⋆ ⋆ ⋆

Los *coliveros* se habían ilusionado y Teresa no quería decepcionarlos. Sentía algo de vértigo. Como se parase a reflexionar, recaía en los crucigramas, así que procuraba no hacerlo... No demasiado.

Sofía la estaba ayudando a redactar unos posibles estatutos y estudiar los requisitos para inscribir el partido (perdón, la plataforma) en cada comunidad autónoma y, luego, ya si eso, a nivel estatal. Su padre, Pedro, era un testigo interesado y sonriente, y Teresa siempre le retaba:

—Venga, Pedro, que lo estás deseando. Necesitamos un señor elegante como tú, un diplomático que nos engrase y nos abra ciertas puertas...

—Dame tiempo, déjame cumplir setenta...

—Si, como dice mi hija, están prejubilando a los cincuenta, hace ya casi veinte años que eres viejo.

Pedro se reía y Sofía observaba a su padre desprenderse, poco a poco, capa a capa, de ese escepticismo de sabio solitario con el que había escuchado a su mujer hablar del *coliving*. En ese espacio nuevo había energía, había colaboración y había independencia. Pero, sobre todo, en ese espacio nuevo había ilusión.

* * *

También Lola estaba entregada a la causa después de buscar garantías con unas preguntas básicas:

—¿Cómo os posicionáis frente a la diversidad?

—A favor, claro.

—¿Matrimonio homosexual, defensa de todas las identidades, derecho al aborto...?

—Pero tú ¿por qué clase de trogloditas nos tomas a los viejos? La democracia la construimos nosotros, Lolilla...

—Abu, perdona, pero es que está la cosa… Me ha contado Carmen que cuando ella estaba en el instituto lo guay era defender a los débiles y pelear por todos… En mi cole hay ahora un grupo de chavales bastante chungos que gritan todos los días contra la dictadura de las bolleras y los maricones…

—¡Qué horror! ¡Pero si eso ya no se decía…!

—Carmen me ha prometido venir a dar una charla. Si la dejan, claro…

—¿Estás bien con papá, entonces?

—Estoy bien con Carmen.

—Te acuerdas de que en mi piso hay un cuarto de invitados, ¿no?

—¿En tu comuna?

—¿Quién te ha enseñado esa palabra?

—Lo vi en una serie sobre Woodstock. Eres una hippy y una moderna, Abu.

—Una utópica pragmática.

—No sé qué quiere decir eso, pero… ¡Olé tus ovarios, abuelita!

* * *

A Elena procuraba no molestarla. Teresa prefería dejarle espacio para que se lamiera las heridas sola, pero todas las semanas le mandaba un mensaje de audio.

«Elena, aquí estoy, montando la revolución sénior. Tengo ya trescientos afiliados. No sé si seremos suficientes para cambiar el sistema, pero, mira, ahí estamos, y creciendo. La semana que viene te toca revisión, que me lo apuntó Lola en el calendario del móvil. Si quieres, te acompaño encantada. Si no, prométeme que no vas sola. Que conste que me he ajustado los audífonos para poder escuchar y apuntar todo lo que diga la doctora... ¿Qué sabes de Ana? A mí no me cuenta casi nada, pero suena bien. Suena como a viento, suena a libertad... Ay, me ha salido romántico, ¿no? Bueno, guapa, te quiero, que no se te olvide. Un beso a Jorge».

* * *

Es verdad que Ana le contaba poco.

—Estoy bien, mamá. Cuéntame tú. ¿Cómo ves a Lola? ¿Te organizas bien? ¿Tienes un buen equipo en el partido? Perdón, la plataforma... Y avísame antes de dar entrevistas, que ya sabes cómo somos los periodistas...

—Ay, hija, no, si yo no quiero dar la cara. Que la tengo arrugadísima y cansada. Que la den otros. Lo que quiero es movilizar a los mayores, que sepan que tienen voz y tienen voto. Que tienen mucha vida por delante y todo el derecho a vivirla con dignidad. Quiero que nos hagan caso. No soy una vieja ingenua. No creo que lleguemos a tener representación parlamentaria ni aunque me recorra todo el país montando el numerito, pero quiero que nos escuchen, que nos tengan en cuenta... Quiero que los diputados miren un poquito hacia los lados y nos vean. Somos sus padres y sus abuelos, somos ellos dentro de nada.

—¡Olé, mamá! —Y Ana aplaude al teléfono.

—Y que nos hagáis caso vosotros, vuestra generación, que estáis a un paso. Si no exigís un cambio de prioridades, lo vuestro va a ser aún peor…

—Mamá, que estoy de tu lado. No me sueltes a mí el discurso completo.

—Vale, perdona… Oye, ¿te ha contado Gonzalo?

—¿El qué?

—Viene a una entrevista de trabajo. Me gustaría tanto que volviera, que estuvierais los dos otra vez cerca…

—Ay, mamá…

—Ya, ya sé, pero es la verdad y no tengo por qué callármela, ¿no?

—No, no tienes por qué. Te quiero, mamá.

—Y yo a ti, hija. ¿Cómo van tus cosas?

—¿Sabes que aquí la tierra es roca?

Teresa no entendía bien esas metáforas, pero que Ana se pusiera poética, aunque fuera en tono melancólico, le parecía un *upgrade* respecto a esa madre exhausta que había embarcado rumbo a Escocia. «Y, además, las rocas lo resisten todo».

Vientos

Nunca había sido su intención escribir, no conscientemente. Ana solo había querido darse ese capricho: unas cuantas semanas, casi tres meses en un pueblo de Escocia. Sola. Se había llevado el ordenador, claro: la conexión, las noticias, los mails, el WhatsApp… Pero no: no había pensado terminar allí una novela.

Un día, después de su paseo matutino, con el chubasquero y el gorro calado hasta las cejas, llegó a la casita que había alquilado (una casa diminuta, un antiguo cobertizo con una sola habitación multiusos) y abrió un documento en el que escribió una frase que no era la de siempre. No escribió «El día que murió mi padre» sino: «Escrito en Crail». Y la fecha. Luego volvió al inicio y escribió tres palabras más: «FEROCES», el título, y «Ana Beramendi», su nombre.

Al terminar, se asustó, bajó la tapa del portátil alejándose, como si quemara, y volvió a salir de la casa rumiando una cita de Hemingway —¿era de Hemingway?— que no recordaba bien: algo así como «Escribir no es complicado, solo hay que sentarse delante de la máquina de escribir y desangrarse». Se le mezclaba con un discurso de Michaela Coel, la autora de la serie *Podría destruirte,* al recoger un premio: «Escribe la historia que te dé miedo. La que te haga sentir insegura. La que no sea cómoda».

—¿Y por qué? ¿Por qué no escribir una novela fácil?

—Porque vives en el siglo XXI, el siglo en que se perdió la lectura. Casi nadie lee; al menos, no con atención. Ya que vas a escribir, escribe algo que valga la pena.

—¿Y si sufro, y me desangro, y estoy incómoda, y paso miedo, y aun así no lo lee nadie?

—¿Y qué más da si nadie lo lee? Escribe para ti. Escribe algo que (te) valga la pena.

—Odio esos truquitos de hablar con paréntesis enfáticos e ingeniosos… Es patético. Y, además, no sé qué escribir.

—Igual necesitas escribir para saberlo.

Ana hablaba mucho consigo misma.

Tenía diálogos repetitivos, insistentes, exigentes…

Llevaba apenas cinco días en Crail. Ya conocía bastante bien el pueblo y, la verdad, con sus ahorros escasos y su futuro incierto, tampoco podía pasarse el día haciendo turismo y comiendo en restaurantes. Ella quería alimentarse del paisaje, del viento, de la lluvia y de ese olor a posibilidades infinitas, a naturaleza eterna, a fertilidad total. ¿El resto del tiempo?

—Bueno, puedo probar a escribir un par de horas al día…

—Puedes, claro que puedes. Hazlo.

—Pero no se lo digo a nadie.

—Pues no se lo digas a nadie.

★ ★ ★

Si ya no cabe la expectativa de marcarse un J. K. Rowling y pasar de la miseria a la gloria en una saga, si ya no hay casi lectores, si no es por dinero… ¿Por qué y sobre qué quería escribir Ana? No lo sabía, solo lo sentía.

Y lo que sentía era que quería escribir sobre la energía y la esperanza. Quería escribir sobre la rabia que transforma, la integridad reparadora, la bondad exigente, la pelea justa, el amor que impulsa. Quería escribir afilada y suave, certera y metafórica, dolida y curativa, poética y clara. Quería escribir como había vivido de joven, como había amado, como había reído, como quería volver a vivir: plena. Quería escribir rocosa y enfebrecida, conectada y ausente, necesaria y estimulante.

★ ★ ★

Ese primer día, el día que empezó a escribir, a desangrarse y, a la vez, a cargarse de energía, la llamó Teresa por la noche.

—A ver cómo te suena, aunque…

—Aunque, como siempre, lo tienes decidido.

—¿Qué…? ¿Qué has dicho…?

—Me has oído, mamá. Siempre me llamas para consultar algo que vas a hacer en cualquier caso. A veces, hasta me llamas para consultar algo que ya has hecho.

—Oye, rica, no me regañes, que no eres mi madre.

—No. Y menos mal.

—A ver… Lo he estado pensando: el partido que no es partido…

—Los Viejos…

—No puede ser Los Viejos. Tiene que ser «Las Viejas».

—¿Genérico femenino? ¿Es un posicionamiento?

—No, no, es puro pragmatismo. Es que somos «Las Viejas». Estadísticamente, nosotras somos más. Nos morimos más tarde. Y, además, a las mujeres todo nos importa, todos nos importan… ¿Cómo lo ves?

—¿Las Viejas? —Ana lo repite despacio, valorándolo.

—Sí.

—No sé… No creo que despiertes muchas simpatías entre los hombres, pero… El problema principal es el adjetivo y no el género. Viejo, vieja, da igual, suena a gastado, a descarte…

—Pero justo va de eso: de que no nos descarten, de recordar que aquí seguimos y cada vez somos más.

—Sí, lo entiendo, pero… No sé, mamá. No soy experta en marketing. Sé que si te avergüenzas de la edad o escondes la vejez detrás de un eufemismo, no hay forma de convertir el edadismo en eje de un proyecto, pero creo que necesitas algo más. A la vez que el nombre, para completarlo, podríais pensar un lema… Algo que lleve al movimiento y a la transformación, algo que ilusione…

—¿Como «Por el cambio»?

—¿Qué?

—La campaña del PSOE de 1982…

—Pues si ya está usado, no te sirve… Digo algo apetecible, algo contagioso. Mírate: estás sin filtros y con ilusión. Eso es lo que quieres transmitir... Algo que agite y que remueva.

—Lo tengo que pensar...

—¿Las Nuevas Viejas?

—¿Cómo?

—Era una idea... Muy básica, perdona. Lo que creo es que de alguna manera tienes que reivindicar que ser viejo mola. Que os tienen que hacer caso, que votáis, que tenéis necesidades, que todos llegamos ahí, pero es que, además, ser viejo puede no estar mal. Se puede llegar a viejo siendo muy joven. ¿No hay un montón de estudios que dicen que a partir de los cincuenta la curva se invierte y llegan los años de más felicidad? Que uno anda más sereno, más seguro, menos asustado...

—No sé, Anita, dímelo tú que ya tienes cinc...

—Mamá, que no estoy hablando de mí. Lo que quiero decir es que le tienes que meter el motor a la vejez y transmitir ese impulso. Que seguís llevando un petardo en el culo. Que no sois lentos ni andáis espesos, que sois los que os podéis permitir la revolución porque tenéis tiempo y experiencia para que sea una revolución buena. Una revolución justa que, además, nos acabará recogiendo a todos...

—Ummm... ¿Quieres llamarlo «La Revolución de las Viejas»?

—Ese es el brindis que hacemos con Sofía y Elena, y es la idea, pero... No sé si funciona como nombre...

Teresa y Ana nunca habían hablado así, como compañeras, como colaboradoras. A Teresa le gustaba la inteligencia de su hija: que hiciera preguntas, que exigiera, que no se conformara. Le encantaba, además, que tomara en serio su proyecto.

—Hay nombradores profesionales... Lo sabes, ¿no? Expertos en *naming*... Si les preparáis un *brief,* un pequeño resumen de vuestros principios y vuestros objetivos, os pueden encontrar el nombre perfecto. Os comprobarán qué marcas están libres, qué riesgos, virtudes y defectos tiene cada una... Hay uno, Fernando Beltrán, que, además de nombrador, es poeta.

—¿Es viejo?

—Pues depende. No lo sé. *Silver,* seguro. Viejo... No sé.

—¿Cuál es la frontera para ti? ¿Cuándo somos viejos?

—Según los carnés de descuento, sesenta y cinco, ¿no? Pero ahora dicen que la edad es un estado de ánimo...

—Eso cuéntaselo a tu presbicia, hija.

—Mamá, te veo a tope, pero te tengo que dejar. Piénsalo, ¿vale?

—¿Estás bien?

—Sí, estoy feroz.

—¿Cómo?

—Nada, cosas mías.

* * *

Esa noche, Ana amplió el cuerpo de letra de la palabra «Feroces», lo centró, lo puso en negrita y, después de un rotundo salto de página, escribió la dedicatoria: «A las mujeres de mi vida», otro salto de página y...

Doce páginas después, feliz y aturdida, guardó el documento y se fue a dar un paseo con los ojos brillantes y la sonrisa completa.

«Así que era esto... Lo que dicen de encontrarte en "la zona" de conectarte, de disfrutar escribiendo. Era esto». Era y no era, como comprobó en los días siguientes: algunas mañanas se sentaba y se desesperaba, incapaz de sentir ninguna idea, de escribir ninguna línea, de perseguir ninguna pista. Algunas mañanas su escritura no estaba y solo encontraba dudas, inseguridad, derrota y desmemoria. «¿Qué quería hacer? ¿Qué era lo que estaba contando?». Esos días releía y sentía que algunos pasajes eran buenos.

«Buenos como si no fueran míos». Ni aun así remontaba. Había que esperar a otro momento; darse tiempo: un paseo, un té, una cerveza... Y, al mismo tiempo, había que no esperar: «que la inspiración te pille trabajando», que decía Picasso.

★ ★ ★

Solo cuando cerraba el ordenador, encendía el móvil. Uno de esos días, encontró un mensaje de Álvaro. Era una foto de una entrevista a Guillermo Arriaga, el autor mexicano, guionista, novelista, genio. Álvaro había resaltado una frase: «Yo voy a ser sobrio lo que tú solo te vas a atrever a ser borracho».

Antes de que Ana pudiera contestar con un interrogante, Álvaro se explicó en un audio. «He estado pensando... Más bien, vivir con Lola estos días me ha hecho pensar... Yo creía que me chutaba vida con tanto viaje, tanto rodaje, tanto estreno, tanto éxito. Esa adrenalina es como una droga, pero... es mentira. Soy un fracasado, soy un mierda. Hay días que no puedo ser padre, Ana, la verdad. Dejo que Lola se levante sola; me quedo en la cama mientras suena su despertador y la escucho prepararse el desayuno y salir de casa. No la veo en todo el día y, luego, tampoco me esfuerzo para que me hable en la cena. O ni siquiera estoy. Me busco una presentación, una fiesta... Me digo que es trabajo, que es mi obligación. Lola es una adolescente, claro, y, si no le pregunto y no insisto, no me cuenta nada. Si yo no quiero saber, puedo ignorarlo todo; es mucho más fácil... Otros días —empujado por Carmen, lo reconozco— le pregunto qué tal y... la escucho, Ana, y te escucho a ti. Escucho tu integridad y esa forma que tú tienes de pensar en los demás. Yo estaba borracho mientras tú, sobria, educabas. Has hecho un trabajo extraordinario. La he oído hablar con Carmen de inmigración, de vulnerabilidad, de justicia y... Yo no he estado todos estos años; yo no he sido. Esto no es mérito mío... Es tuyo y es suyo. Me impresiona la mujer que va a ser Lola, la mujer que ya es. Gracias y perdona... Perdóname...».

Ana quiso escuchar otra vez el mensaje, pero no pudo. Sintió que podía romperlo. O romperse. Tampoco supo contestar.

¿Hablaba Álvaro de esa misma adolescente dolida, monosilábica y, a veces, iracunda? Sí, claro. Hablaba de una niña educada en la verdad y la generosidad, en la justicia y el esfuerzo, en el amor y el humor. Hablaba de su hija. Ana sintió una enorme punzada de nostalgia y, a la vez, una enorme satisfacción: esta separación las reforzaba. De hecho, solo así se explicaba que Álvaro hubiera visto a la Lola auténtica y no a la adolescida... Le agradeció el gesto con un «GRACIAS» en mayúsculas y volvió al ordenador, reconocida y satisfecha, segura durante un rato, con una ferocidad alegre y contagiosa.

⋆ ⋆ ⋆

Solo quedaban diez días para su vuelta cuando Lola mandó las primeras señales de crisis. «Hace una semana que Carmen no duerme nunca en casa de papá. Espero que no sea tan idiota de perderla. ¿Cuándo vuelves, mami? Te echo de menos».

Erizos

La primera noche que durmió con Uwe, en su furgoneta, Sofía se dejó ir. Hablaban en inglés y, sin haberlo planeado, el cambio de idioma le permitió una personalidad diferente: más joven, menos triste. Además, iba a ser solo una aventura fugaz, ¿no? Esa furgoneta amplia y cómoda, como una versión lujosa de la nostalgia hippy; ese perro cariñoso y guapo, como un mil leches de anuncio; el porro inevitable, con una maría suave y poco jaquecosa…

Sofía sentía que era un paréntesis, un no lugar, un limbo bueno.

—¿Duermes siempre aquí? ¿No tienes casa? —preguntó, pragmática, por la mañana. Estaban en un *camping* moderno que, fuera de temporada, aún no tenía otros inquilinos

—Alquilo también una habitación delante de la playa. Pero esta es mi casa…

Le había hecho un té que Sofía rechazó. Despierta, ya fuera del sueño, tenía ganas de irse: quería hacer pis, ducharse, lavarse los dientes… Y hacerlo en su apartamento, el apartamento de su madre.

Tardó solo unos minutos a buen paso y, al entrar, sintió un pinchazo en el corazón. Había aprendido a reconocerlo. A veces era al coger la taza favorita de Marga, otras al taparse con su manta o encontrar en un libro una frase que ella había subrayado. Sofía no estaba segura de que fuera sano vivir entre sus muebles, sus objetos, su contexto. Pero tampoco era capaz de redecorar ni de mudarse y, de hecho, sentía una especie de confort masoquista: se arropaba en ella para recordarla mejor, se envolvía en sus cosas para sentirla más fuerte.

Solo que esta vez el pinchazo era distinto: le reclamaba una atención diferente, chillona, caprichosa, casi infantil. Era una sensación tan fuerte que tuvo que sentarse en el borde de la bañera y atenderla. «¿Por qué dueles? ¿Qué me quieres decir?», intentó preguntarse de la forma más racional posible, teniendo en cuenta que hablaba sola. Sentía que no era su cuerpo quien gritaba, ¿y entonces qué era?

Y, de repente, lo supo: había traicionado la tristeza, esa amputación eterna de la mujer que ya era huérfana. Esa noche no se había acordado de Marga nadando hasta ahogarse, de su cuerpo amoratado, de la carta que le dejó. Esa noche había fingido ser una mujer sin heridas, no un erizo que pincha a quien quiere acariciarlo.

* * *

En ese mismo momento, sintió la sonrisa de su madre. «Es guapo el alemán», le dijo. «Me gusta». Y Sofía le contestó lo mismo que le había contestado siempre: «Mamá, sabes que no hablo contigo de mis ligues».

—¿Ni siquiera ahora que estoy muerta?

A Sofía le hizo gracia y cedió: Marga tenía razón. «Es guapo, sí. Pensé que no te gustaría que fuera tan *hippy*...». «¿Y quién soy yo para juzgar? Además, un fisioterapeuta tendrá buenas manos...». «¡Mamá!».

Sofía se levantó de la bañera, perdonándose su noche de felicidad; abrió la ducha e intentó ablandarse. Quería preguntarle a su madre si la veía difícil de querer, demasiado endurecida, pero no quiso cargar a Marga con sus neuras. Se enjabonó despacio, se afeitó las piernas, se puso crema hidratante y, oliendo como Marga, abrió el cajón de las medicinas, el cajón en el que su madre le había dejado una carta breve y concisa, y la releyó como hacía casi todas las mañanas.

> Sofía, te di tanto la lata con la libertad y, al final, he descubierto que la vida es más fácil: es solo dar y recibir. Tienes tanto dentro... Déjate querer. Sigue dando, aprende a recibir. Te quiero, te seguiré queriendo.
>
> P. D.: Lo siento. Tenía que hacerlo.

* * *

Sofía se fue a correr sin pensar en nada más que en la recuperación de su pierna, pasó el día trabajando y, por la noche, sintiéndose ligera, buscó a Uwe en la playa. La encontró su perro, con una pelota en la boca y una alegría contagiosa. Después apareció el dueño, alto, delgado, más guapo de como lo recordaba…

Le gustó que, en vez de un beso, le diera un abrazo largo y fuerte. Sofía se lo soltó de golpe, sin pensar, intentando quitárselo de encima:

—Mi madre murió en el mar hace unas semanas…

Uwe le apretó la mano y recitó: «Aquí todo el mundo está de luto por alguien». Lo dijo en español con un acento diluido y matizado en mil viajes y, luego, ya en inglés, le explicó: «Lo escribió Sylvia Plath en Benidorm».

—Sylvia Plath, que se suicidó…

—Sylvia Plath, que eligió el momento de morir.

Sofía rumió esa construcción. «Eligió el momento de morir». Le pareció tan exacta, tan justa, que miró a Uwe con sorpresa y admiración, pero él no estaba presumiendo. Le había salido natural, de la misma forma en que sonrió después y dijo: «Tengo hambre. ¿Cenamos algo?».

—Sí, tengo pescado. Vamos…

Y, por primera vez, Sofía metió a un hombre y a un perro en el apartamento de sus padres, y se sintió en casa. Sin grandes expectativas y recordando esa frase de Elena: «Con Jorge todo era fácil. Si no es fácil, es que no funciona».

Fácil, salado, suave, sonriente.

A la mañana siguiente, mientras Uwe dormía, fue ella quien sacó al perro. Luego, Uwe le preparó el desayuno en la terraza y, como tenía previsto, dos días después Sofía volvió al despacho. Igual y distinta.

★ ★ ★

Le habría gustado contárselo a Ana, pero la llamó antes Elena. «Un alemán jovencito… Qué lista eres, abogada», pero no era eso, y Sofía lo supo cuando, por fin, pudo hablar con Ana de otra manera. No era Uwe, o sí, también, un poco. Era la conversación con su madre.

—Tú me vas a entender por tu padre… Es que… hablo con ella…

Ana no se sorprendió, lo entendía y, de hecho, hacía las preguntas correctas:

—¿Hablas tú o habla ella?

—Siempre empieza ella.

—Sí, mi padre hace lo mismo. Es como si yo no pudiera invocarle, pero, de repente, sin que yo sepa que lo necesito, él aparece.

—Yo antes era una mujer racional…

—Y lo sigues siendo.

—Que soy atea, Ana, que no creo en la otra vida.

—No va de eso. Va de esta vida. Va de lo que tu madre te dejó dentro, de todo lo que sembró y cultivó en ti, de su ejemplo…

—Pareces una obispa, tía.

—Que no. Escúchame: va de todo lo que sabes y tienes de ella sin darte cuenta.

—¿Quieres decir que parte de ella vive en mí?

—Pues no lo habría sabido explicar tan bien, pero sí… Los llevamos dentro.

—¿Y no es un poco…? No sé… ¿Invasivo? Siempre he mantenido a mis padres lejos de mi vida, de mis líos… ¿Es como si ahora mi madre pudiera verlo todo?

—¡No, mujer! Tu madre no es Dios, que además no existe. Es otra cosa. Lo que tienes es su esencia, no su vigilancia.

—Mmm…

—Que sí. Como si la intuyeras, ¿sabes? No como si ella interviniera al estilo de la madre castradora de Woody Allen, aquella que le regañaba desde el cielo con una cabeza gigante…

—Pero, si hablamos con los muertos, estamos locas, ¿no?

—No; estamos huérfanas de buenos padres.

Sofía se relajó y cambió de tema, un poco solo…

—¿Y Lola? ¿Tú crees que te lleva dentro?

Ana se rio.

—No sé, todavía no me he muerto, pero, según su padre, sí. Para bien, ¿eh?

* * *

Sofía también quería contarle a Ana otra cosa. Por fin se habían vendido los terrenos del pueblo y estaba formalizando la compra del piso de Teresa en el *coliving.* «Parece que se están profesionalizando. Tienen un proyecto para construir otros tres centros más grandes en la ciudad y luego otros tantos en la costa. Andan buscando una especie de gerente, alguien que pueda resolver y anticipar las necesidades de los propietarios, porque van a ir cambiando según cada centro, según la edad de los miembros, según la regulación de cada ayuntamiento… Es una mezcla entre gestor de oficina y asistente cultural… No pagan mucho, pero tampoco exigen dedicación completa y ofrecen una vivienda de las grandes. Sé que no es periodismo, pero... Es una empresa social, Ana».

Sofía esperaba resistencia, pero Ana, con más de doscientas páginas escritas, cargada de soledad y viento, de mar y fuerza, dijo:

—No suena mal. ¿Qué necesitas? ¿Un currículo?

—Un currículo y una carta, una especie declaración de intenciones.

—¿No me penaliza ser hija de una cooperativista y que, encima, mi madre esté montando la revolución de las viejas?

—No. ¿Por qué? Esta gente es distinta, es gente con valores. Sé que suena utópico y romántico, pero es gente que se cuestiona todos sus prejuicios. Los voy conociendo y... A mí cada vez me gustan más.

—Vale, lo pienso. ¿Sabes lo que me interesa? Me he dado cuenta de que, cuando se nos llena la boca con la diversidad, nos imaginamos un mundo siempre joven, multicolor, multigénero, multisexual; pero nos olvidamos de que la diversidad de generaciones también suma, la mezcla de experiencia y frescura enriquece...

—Ya estás escribiendo.

—¿Cómo?

—La carta de intenciones. Que ya la estás escribiendo...

Ternuras

Elena conoció a Pablo sin útero y sin un pecho, cansada, literalmente quemada. Alguna vez había hablado con la madre del niño por teléfono y ya no tenía celos... Tardó mucho, aun así, en permitirse quererlo. Se acordaba de Ana y Carmen X., de lo tranquila que estaba su amiga con la novia del padre acompañando a Lola. Solo que ella no era una novia provisional de Jorge, sino su mujer: su mujer de siempre, su compañera de toda la vida. Y Jorge tampoco era un mal padre.

En algún momento, un día tonto, se relajó.

Pablo, a punto de cumplir los cuatro años, era pura ternura.

Elena se enganchó a su luz, a sus juegos, a sus abrazos. Con cuidado, sin quitarle el sitio a nadie, empezó a hacerse un hueco propio en la vida del niño: el desayuno, los cuentos («Joder, si toda la vida he odiado leer en alto...»), los animales...

Para su padre quedaban el fútbol, los superhéroes, los saltos y la historia, pero Pablo era listo y justo: los besos, las cosquillas, la piel era para todos, para esa familia extendida que le había regalado la vida: dos hombres, dos mujeres, un mundo lleno de amor.

«Hace falta una tribu para educar a un niño», había leído Elena. Eso y lo que decía Ana de Carmen X., que todo amor sumaba, que vivan las madrastras.

* * *

Ana le había dejado leer el mail de Carmen:

> Dejo a tu ex como lo dejaste tú. Sin acritud y sin rencor, con pena y con firmeza. Ana, te pido seguir en la vida de Lola. Tu hija, a la que ahora sé que has criado sola porque no te quisieron acompañar, es una joya. Es valiente, lista y divertida. Me cae bien, me gusta, me aporta. Me gustaría seguir viéndola. ¿Me dejas que practiquemos la sororidad y la suma? Un abrazo, hermana.

—¿Y qué le has contestado?

—Que muy a favor de practicar la suma. Creo mucho en las madrastras buenas, Helen. Tú eres una de ellas.

—Pero si todavía no me has visto ejerciendo…

—¿Tú crees que Jorge no me lo cuenta?

—Me jode mucho que tengáis una vía de comunicación que no controlo.

—Peor para ti. Esa vía también suma.

—Anita, suenas zen, suenas bien…

—Estoy bien.

—Tengo unas ganas locas de verte.

—Ya no queda nada.

* * *

A Teresa, al principio, no le hizo mucha gracia que Ana —después de enviar su carta y su proyecto y hacer un par de entrevistas *on line*— fuera a dirigir su *coliving*. «Esto no es una residencia, hija. No vengas a ponernos normas», pero enseguida entendió las ventajas: con cerraduras separadas, con cocinas independientes, con horarios distintos, iba a vivir al lado de su hija y de su nieta.

Por otro lado, Teresa, desde que andaba con la idea de hacer y exigir política, no conseguía sacarse de la cabeza a las madres y las Abuelas de la Plaza de Mayo; esas mujeres que, con sol o lluvia, dictadura o democracia, marchaban exhibiendo su dolor y su necesidad de justicia: devolvednos a nuestros hijos, devolvednos a nuestros nietos. Dignas, serias, perseverantes…

—¿Qué significa perseverantes? —había preguntado Lola.

—Que siguen, que no se rinden. No hay que rendirse, Lolilla. Si es por algo justo, no te rindas nunca. Y pelea a tiempo, porque estas mujeres lo tuvieron que hacer ya desde el dolor y la rabia. Intenta construir antes, intenta construir desde la ilusión y la alegría…

—Elena dice que la rabia es muy poderosa…

—Sí, toda la razón, pero es más feliz la alegría… ¿Sabes que restituyeron la identidad de más de ciento treinta personas?

—¿Qué quiere decir «restituyeron»?

—La dictadura militar robó a muchísimos niños después de matar y torturar a sus padres. ¿Te suena?

—Algo, sí.

—Las Abuelas han encontrado ya a ciento treinta de esos niños robados.

—Qué ídolas.

—Y ahí siguen. Buscando, sin rendirse…

—…

—Las tengo metidas en la cabeza porque… Lolilla, ¿cómo verías otro nombre para el grupo?

—¿Cuál?

—«Abuelas…».

—Pero ¿no te molestaba que te llamaran abuela? Si el otro día le echaste una peta a un taxista que casi se pone a llorar…

—Me molesta, claro. Pero todo el mundo quiere a sus abuelas…

—Me estás haciendo el lío, Abu. Yo creo que tienes que seguir pensando.

* * *

Lola tenía ganas de juntar a su abuela y a Carmen. Dos mujeres peleonas, dos mujeres que la querían con fiereza. «Buah, tío… La lían…», pensaba cuando las imaginaba juntas, conspirando. Se había quedado en casa de su abuela unos días, cuando su padre quiso encerrarse a preproducir y, sospechaba Lola, a llorar.

—Me contó una trola muy elaborada, que era todo por la diferencia de edad, que le sacaba veinte años y que ella acabaría queriendo tener hijos y él no la podía bloquear. Pero la verdad es que Carmen le ha dejado. Mi padre es un poco divo y un poco rancio. Un heterobásico, vamos. Yo también lo dejaría. A ver..., que a mí me cae mejor ahora. El tío lo ha intentado: no me ha discutido nada y se ha quedado bastantes noches en casa, pero... Se la suda, no pregunta, no corrige... Es un egoísta, ¿sabes? Veíamos las pelis que él quería ver, jugábamos solo al juego de la Play que a él le gusta y vivíamos en función de sus humores. No sé, Abu...

Teresa ha aprendido algo de Ana en aquellos meses en su casa y, como ella, deja que Lola hable, que lo diga todo. Sin interrumpirla con opiniones, aunque las tiene. Solo cuando su nieta calla, pregunta:

—Entonces, cuando vuelva tu madre, ¿cuál es el plan?

—¿De custodia dices?

Y a Teresa le sube un escalofrío, aunque ya debería estar acostumbrada a la naturalidad con que su nieta habla de custodias, separaciones y juicios.

—Sí, de custodia.

—Papá pidió este año la compartida. Una semana con cada uno. Y estoy segura de que en eso influyó Carmen. Fijo que papá ya no quiere eso. Sin Carmen, no lo quiere. Y yo tampoco. Ya no soy un bebé fácil, sino una adolescente grandota y bastante granulienta.

—Y maravillosa...

—Que no, Abu, que tú no eres objetiva. Necesito a alguien que me quiera y que me aguante... Necesito una casa, ¿sabes? No un piso chulísimo, con pantalla plana ultramoderna y la última PlayStation, sino una casa: con comida en la nevera, unas mínimas normas y alguien a quien le importe de verdad…

—¿Entonces…?

—Pues con mamá. Obvio. Espero que ella haya descansado estos meses y yo intentaré recordar bien lo que he aprendido al tenerla lejos, pero con mamá.

—Y conmigo.

—Contigo solo a ratos, que tú no me pones límites…

—¡Encima!

—Es verdad, Abu: eres la abuela de la Nutella a todas horas…

—¡Pero si te gusta la Nutella!

—Que sí, Abu, pero es que te crees todas mis pataletas…

Aeropuertos

Fue su última noche en Crail, justo la última, cuando se despedía de su sendero favorito y se tomaba la pinta final, cuando Ana conoció a Ian. No fue un flechazo, sino un encuentro. Se miraron, se sonrieron, se hablaron… Y se interesaron.

Ian era un ejecutivo retirado. Había hecho dinero, se había casado dos veces, había tenido tres hijos y ahora, a los sesenta, se dedicaba al golf y a los libros. «Son dos aficiones que se pueden practicar solo o en compañía y en las que solo cabe mejorar», le había contado a Ana en un castellano decente.

—¿Y tú?

—Yo…, yo no me he casado, tengo una hija adolescente y no tengo trabajo, pero también son aficiones en las que solo puedo mejorar.

Se habían reído mucho e Ian se ofreció a llevarla al aeropuerto. «Aunque… En mi casa hay sitio de sobra. Podrías quedarte unos días más…».

—Tengo que volver. Me espera mi hija. Y, si todo va bien, un nuevo puesto de trabajo.

—Ven en unas semanas; ven de vez en cuando…

—Estás loco... No me conoces. Esto va a parecer el principio de una comedia romántica británica y son graciosas, pero nada creíbles...

—Escocesa, si no te importa... Las comedias escocesas son mucho mejores.

—Vale, escocesa, pero...

—Iré yo. No te preocupes. Si no vienes tú, iré yo.

Ana no le hizo caso. Esas cosas no pasaban, no a ella.

A la mañana siguiente, antes de guardar el ordenador en la mochila y a pesar de que el archivo de la novela estaba perfectamente sincronizado en la nube, se lo envió a todas sus cuentas de correo.

Cuando se asomó a la puerta, descubrió que Ian hablaba con el conductor de Uber y le convencía —con un generoso billete de varias libras— de que se retirase.

—Me apetece llevarte. Por favor...

⋆ ⋆ ⋆

Un vuelo y varias horas después, Ana aterrizó abrazada a su portátil y se encontró en el aeropuerto con las cuatro mujeres de su vida: Teresa, Lola, Sofía, Elena... Se le saltaron las lágrimas y no pudo parar.

—¡Mamuchi, mamuchi...! —la animaba Lola, preocupada.

Sofía, mirándola despacio, intuyó que Ana volvía feliz y entera, renovada y con ganas. Ana empezó a llorar al abrazar a su hija y, luego, se escondió en Elena: le acariciaba las cicatrices por encima de la ropa, se refugiaba en su cuello y... Levantaba, sonreía a las cuatro y seguía llorando. Lola la separó de Elena, le levantó la barbilla, la agarró de un brazo, le dio el otro a su abuela y la puso en marcha

Así, por fin, dejándose llevar y envidiando ese bastón de Teresa, tan glamuroso y tan seguro, avanzó hacia el parking repasándolas a todas una y otra vez.

—Deberíamos montar una comuna, todas juntas…

—Pero ¿no es eso lo que habéis montado ya? —preguntó Elena.

—Faltáis Sofi y tú —le contestó Lola.

—No me llames Sofi, pesada.

—Perdona, Sofs.

—Oye, ¿en qué coche habéis venido? ¿Cabemos?

—La abuela y yo en metro, mamá, que somos unas ecologistas y unas modernas.

—Y yo.

—Y yo.

—¿Y entonces por qué vamos hacia el parking?

Y, muertas de risa, dieron la vuelta.

* * *

Tiradas en el pequeño salón de Teresa, intentaron ponerse al día. Cinco mujeres, tres generaciones y media, mucha vida, mucho caos y mucha conversación. Ana preguntaba por Uwe y Sofía, ruborizada, contestaba un «Ahí sigue…» y, sin darse por enterada del «¡En su furgoneta!» que gritaba Elena, pasaba el turno a Teresa:

—Aquí la de las novedades es tu madre, Anita. Que ya está al borde del registro, pero le falta un nombre…

—¿No era Las Viejas?

—¿No era Las Abuelas?

—Ay, hijas... —protesta Teresa fingiéndose avergonzada—, no sabéis nada de marketing. Menos mal que está Elena...

Y empezó a resumir los últimos avances:

—Elena se ofreció a pagarme el *naming,* pero no he querido. Lo que he hecho es trabajar con ella un campo semántico más sexy...

—¡Abu, *what the fuck!* Que no te entiendo una palabra...

—¿Qué quiere decir eso de un «campo semántico más sexy», madre? Desarrolla...

—Pues que tenías razón, que lo de los viejos y las viejas no es atractivo. Ahora nos llaman *silver,* que ya sé yo que es un eufemismo, pero me sirve como punto de partida. Estuve hablando mucho con Pedro. El padre de Sofía es una enciclopedia. Fue él quien me recordó el caso de Los Verdes...

—Ajá...

—Ajá...

Lola y Ana, cómplices, contestaban con esa interjección de aburrimiento fingido ante las batallitas de la abuela, pero no contaban con Sofía y con Elena.

—Dejadla, que nos interesa a todas...

—Los Verdes, así, en plural, es mucho más inclusivo que Partido Ecologista, ¿a que sí? Es sexy, es apetecible, es joven...

—¿Entonces es Los Silver? —se apresuró a adivinar Lola, siempre competitiva.

—No es seguro todavía, pero es un camino. Un camino que funciona porque es unisex, europeísta y transversal…

—Joder con tu campo semántico, mamá. Ya no se te entienden los adjetivos.

—Ana, esto es una conversación seria. Si no te interesa, no preguntes…

—Que sí me interesa…

Y las cinco se pusieron a derivar sobre Los Silver. Ana, pensando en Ian, tan reciente, por soñar y entretenerse, les ponía complementos en inglés (o en escocés, ya no sabía). Y los iba soltando:

—Si lo quieres más europeo, te toca hacerlo en inglés, que Los Silver parece el nombre de una familia de superhéroes de dibujos animados. ¿Cómo os suena Silver Power…?

Sin que nadie contestara, Ana seguía improvisando:

—¿Y On Silver? Sumando el *on* de activarlos; que, de hecho, ya están activos…

—Vienes con el inglés muy fresco, ¿no, Anita?

—Venga, me callo. Habla tú, que eres la consultora profesional…

—No sé, primero tendrán que decidir si nacen en España o en Europa, ¿no? Si van a operar solo aquí, igual es más práctico Poder Silver que Silver Power…

—No es por defender a mi madre, pero Silver Power suena mejor.

—Porque a ti te ha educado Netflix, enana.

—¿Y Go Silver…? —propuso Sofía pensativa. Y, entonces sí se rieron las demás, a carcajadas.

—Pero ¿de qué os reís, sobordes?

—Que parece el grito del caballo de *Lucky Luke*…

—Yo no sé quién es ese, pero me suena a grito de animadora con pompón en una película de amores en el *high school*.

—De verdad que sois muy bobas…

—A ver, chicas, seriedad, que yo no pensaba resolverlo esta tarde y con Ana recién llegada. Además, Elena me va a presentar a Enrique.

Sofía y Ana gritaron a la vez:

—¿Qué?

—¿Para qué?

—Pues… —Elena cargó los puntos suspensivos de intriga antes de explicarse— me lo ha pedido él… Parece que Teresa es una fuga de votos en potencia o, al revés, un valor. El caso es que yo creo que le quieren hacer una oferta…

—¿Cómoooo…?

Teresa empezó a apretar el puño y a sacar músculo:

—¡Ja! ¿Cómo os quedáis? Soy «una fuga de votos en potencia…».

—Tu madre y yo hemos estado leyendo ensayos, Ana. Resulta que, en política, a las mujeres se les presume la calidez, y a los hombres, la fuerza. Ellos pueden sumar calidez sin perder fuerza, pero nosotras… Pensad en Hillary Clinton: como una mujer transmita fuerza, se le niega la calidez y se la acusa de antipática y rabiosa…

—Yo a mi madre no la he visto nunca rabiosa… Bueno, una vez, el día que… ¿Te acuerdas de la abuela feroz, mamá?

—Calla, Ana… No hace falta que…

—Tampoco sabemos si va a ser tu madre la cara del partido y, sobre todo, no sabemos cómo la van a retratar… Sospecho que mayor, cariñosa y… débil. Vamos, que van a querer convertirla en una floja, vaya.

—Pero… ¿todo esto qué tiene que ver? ¿Enrique es su fuerza? ¿Se va a dejar fichar mi madre por un partido tradicional? No entiendo…

—Que no, que no, que solo estamos tanteando al enemigo… Vamos, la idea es sonsacarle información.

A Ana se le estaba haciendo bola esta conversación tan estratégica, tan fragmentada y tan confusa, tan improvisada también, sobre algo tan serio… Necesitaba una explicación más detallada: qué, cómo, con quién, para qué, con qué ventajas y con qué riesgos. No le apetecía que su madre fuera utilizada… Menos mal que a Lola también le daba alergia el tema, aunque por razones bien distintas.

—¡Basta! ¡Me aburro! Abu, ¿tienes cerveza?

—Pero si solo tienes catorce años, enana…

—Cállate, Elena. Casi quince y mi madre me deja.

Ana lo confirmó:

—No me mires así, Helen. Mejor que beba conmigo…

—Claro que sí, que la niña entrene…

Elena relajó el gesto serio, dejó de fingirse escandalizada y preguntó, por fin, lo que Ana no quería contestar:

—¿Y el pescador? ¿Has conocido a algún escocés con chubasquero?

—O sin chubasquero —apuntó su madre, pícara.

Ana negaba, sentada en el suelo, muerta de risa y agarrada a la mano de Sofía. Las dos estaban recibiendo mensajes de sus padres. Miguel y Marga, desde el otro mundo o, más bien, desde dentro de sus hijas. Parecían contentos.

—Enséñanos tu piso, el apartamento de la directora…

—Pero si no lo he visto ni yo… No tengo llaves…

—Es como este, pero dos pisos más arriba. Tiene más luz. Me he tomado la licencia de decorártelo…

—¡Mamá…!

Teresa se partía:

—Estaba segura de que te lo ibas a tragar. ¿No me creerás capaz de ser tan invasiva?

—Hombre, mamá…

—Ya no, hija, ya no. Ahora tengo que estudiar…

* * *

Ana volvió a mirar a esas cuatro mujeres. Contentas, ilusionadas, vivas.

—¿Y tú, Helen? ¿Cómo vas con el niño?

—¿Con Pablo?

—Pobre Pablo… —se apiadó Lola.

—Calla, enana… Que con él sí que tengo espíritu maternal.

Culpas

Cuando se fueron sus amigas y Lola se encerró en el móvil, Ana y Teresa se acomodaron en ese sofá demasiado grande para un salón tan pequeño, un salón de comunidad sencilla y utópica:

—Tus muebles quedan raros aquí, ¿no?

—Sí, es que no caben... Esto del *coliving* es como una poda: hay que recortarse un poco...

—Ay, mamá, estás muy poética...

—La vejez entera es pura poda... Todo se encoge, todo se recorta. En cualquier caso, tengo que repensar todas mis cosas, pero quería esperar a que volvieras y a ver si a Gonzalo le sale ese trabajo... Antes de vender los muebles, o de donarlos, quiero saber qué vida vais a tener vosotros... Os veo a los dos tan provisionales, tan poco anclados...

—¿Qué tiene que ver eso con tus muebles, mamá?

—Es que me gustaría poder ayudaros, poder daros algo...

—¿Nos vas a salvar la vida con un sofá?

—Eres muy mandria, de verdad...

Ana se ríe. Hacía mucho que su madre no la llamaba «mandria», tanto que tendrá que buscarlo en el diccionario. Significaba algo así como inútil...

—Mamá, en serio: a mí lo que me ayuda es verte con energía y con ganas.

Teresa se quedó callada, reuniendo fuerzas para decir la verdad:

—Me siento culpable, ¿sabes?

—¿Culpable por qué?

—Por seguir. Porque ahora quiero vivir. Ya ves lo que es mi vida... Este piso pequeño...

—Y bonito, y moderno...

—... unos cuantos viejales que me hacen caso...

—Lola dice que también te hacen caso los jóvenes...

—Sí, uno de la facultad, que dice que soy muy ordenada y cojo bien los apuntes.

—¿No le has dicho que lo que no oyes te lo inventas?

—Lo que no le he dicho es que hasta septiembre solo voy de oyente, que todavía no estoy matriculada, que los exámenes me dan igual y solo apunto lo que me apetece...

—...

—Hija...

—Dime...

—¿Tú crees que querer vivir es traicionar a tu padre?

—¿Cómo...? ¡No, mamá! Con lo que él te quería, con lo que él te admiraba... Traicionarle sería negarle al mundo todo lo que llevas dentro. Yo no sé... Como he estado fuera, no tengo claro si esto del partido político, la plataforma, perdón, lo dices en serio o no, pero a mí me parece una idea buenísima. O sea, no me apetece verte sufrir en la rueda de los medios y las redes sociales, pero organizar a los viejos, a los *silver* o como quieras llamarlos, me parece una ideaza... De hecho, me parece una iniciativa necesaria.

—Ay, hija, qué intensita te pones...

—No, no, de intensa, nada. Que si solo quieres estudiar y hacer botellones con tus compañeros de facultad, también me parece bien, mamá.

—...

—Lo que te quiero decir es que no te niegues, que te des, que al mundo le hace falta más gente como tú... En serio... —Teresa le cogió la mano, sin mirarla—. ¿Te imaginas de presidenta del Gobierno? La primera mujer presidenta, la primera presidenta y encima a los ochenta y tantos...

—Rite, rite...

Ana sonreía, esa frase de su madre... Una frase que solo le había oído a ella y que siempre había entendido como una forma antigua de «Ríete, ríete» hasta que un día, por confirmar, lo consultó en el diccionario y solo aparecía como interjección de pastores. ¿Pastores? Ana prefería seguir entendiéndola como una provocación y un desafío: «Ríete, ríete... Ya verás».

—Te ayudo en lo que haga falta, ¿eh, madre?

—¿Silver Power?

—*Silver* o *gold*, lo que tú mandes.

* * *

Ana sabía que, además de la culpa, en la cabeza de su madre volaba otra preocupación: el trabajo, el futuro, el porvenir de sus hijos... Gonzalo le había contado a su hermana que estaba feliz en México y que la entrevista para la que volvía no le interesaba demasiado. «Me pagan el billete, me dejo ver, os doy un beso y me vuelvo». Pero Gonzalo ya tenía un trabajo: un puesto, una tarjeta de visita y un buen sueldo. Tenía, también, mujer e hijos empezando a instalarse, contentos.

De alguna manera, y aunque fuera lejos, Gonzalo tenía una vida completa y, en cambio, Teresa —y Ana se lo oía en cada suspiro— se dolía de esa hija que aceptaba ser una especie de «ama de llaves venida a más» en una «residencia también venida a mucho más». Así se lo había contado Teresa a Pedro, Pedro a Sofía y Sofía a Ana.

—Para que sepas lo que te espera...

—Nada, ninguna sorpresa.

—Tu madre cree que este trabajo se te queda pequeño.

—Si mi madre supiera en qué han consistido otros trabajos que he hecho... Además, este viene con casa incorporada...

—Sí, pero dice que vas a ser una especie de portera... Y que no tiene nada en contra, pero que es una profesión que acabó con el siglo XX.

—Joder con mi madre, mejor no me cuentes más...

Sofía y Ana se habían reído, pero, ahora, en el pequeño piso de su madre, dos plantas por debajo de su futura casa, a Ana no le hacía tanta gracia. Repitiéndose como un mantra «presente, presente, presente», se asomó al cuarto de invitados en el que Lola cuchicheaba en una videollamada, olió a su hija debajo de la oreja, se dejó apartar con un gruñido y se fue a deshacer la maleta.

Al sacar el ordenador, se acordó de la novela.

«Presente, presente, presente…».

A ella no le disgustaba cambiar el periodismo por un trabajo de gerente de *coliving.* Creía en el modelo y estaba harta de malvivir pendiente de unos anunciantes que ya no creían necesitar a los medios; de unos medios que, a veces se olvidaban del respeto a sus principios y a sus lectores y, también, por qué no decirlo, de unos lectores que huían de la información para entregarse a la frivolidad. Tenía ganas de probar algo nuevo y sí, le encantaría no vivir en el trabajo, pero…

—No te agobies, mamá. Voy a estar bien, ya verás…

No llegó a verbalizarlo en alto. Notaba la preocupación de su madre y pensó que, si lo decía, abriría una conversación que era más cómodo mantener en silencio.

—Duermo en el sofá, ¿no?

Y su madre se levantó despacio, ya consumida la energía que había demostrado con las visitas, ya sin bastón y sin fuerzas para esconder que habría querido poder legar a sus hijos un piso y muchísimo dinero, regalarles una vida sin preocupaciones ni estrecheces, garantizarles la libertad y el tiempo.

Se acercó a su hija y, al abrazarla, le susurró:

—Se nos ha quedado una vida pequeñita, ¿no?

—No, mamá, se nos ha quedado un corazón grande.

—Eso es solo palabrería.

—Es lo que nos enseñó papá.

—Tu padre era un ingenuo.

—Sí, y a mucha honra.

Mensajes

Elena le dio a Ana solo dos días para aclimatarse y le preparó una encerrona en forma de cena. Para eso había estado trabajando todos estos meses: revisando el sector internacional, detectando un nicho de mercado que encajara, buscando un productor, reclutando patrocinadores... Elena había preparado una presentación de Power Point con los datos de consumo de audio y la evolución del número de oyentes mayores de cincuenta, el recorrido de programas y series mínimamente parecidos al que ella tenía en la cabeza, la ausencia de competencia en castellano y... una propuesta imbatible.

En la primera diapositiva, solo cuatro dígitos y una barra inclinada: 50/50.

Para eso, Elena sí que tenía nombre y argumentos:

—50/50 porque las mujeres somos la mitad del mundo.

—50/50 porque hay que dar a conocer a las mujeres mayores de 50.

—50/50 porque vamos a entrevistar a cincuenta mujeres que merecen muchísimo la pena...

Así, con un estilo sobrio y contundente, empezaba la presentación, y el discurso lo pronunció todavía con más fuerza:

—Anita, vas a hacer un pódcast. Te he encontrado *sponsors* y las primeras cinco entrevistadas. Aquí, al otro lado de la mesa, tienes a Ricardo, tu productor.

* * *

Ana no había podido sentarse. Apenas le había dado tiempo a abrazar a Jorge, entregarle su chaqueta y detenerse en una foto de Pablo que presidía el vacíabolsillos de la entrada:

—Es verdad que tiene tus ojos, y mira que no me gustan los parecidos…

—¡Ana!

El grito de Elena, desde el salón, la había sobresaltado.

—¡Ven, no te entretengas! Ricardo, Ana; Ana, Ricardo…

—Encantada…

—Ricardo produce dos de los pódcasts del *top ten* de Spotify…

—Ah, qué bien, enhorabuena.

Ricardo, sonriente y con cara de buen tipo, callaba y Ana, desconcertada, era obligada a sentarse por las fuertes manos de Elena empujándole los hombros.

—Pues no pensaba decírtelo, pero el cáncer no te ha debilitado demasiado…

—Calla y escucha…

Jorge intentó insuflar un poco de calma, pero Elena estaba demasiado excitada y lo repitió otra vez igual, todo seguido:

—Anita, vas a hacer un pódcast. Te he encontrado *sponsors* y las primeras cinco entrevistadas. Aquí, al otro lado de la mesa, tienes a Ricardo, tu productor.

—¿Ah, sí...?

La reacción de Ana era más estupor que entusiasmo y Elena se impacientó:

—Claro que sí. Está todo preparado. No te va a llevar mucho tiempo y lo puedes compaginar de sobra con el *coliving*. El primer programa se emite en tres semanas y, a partir de ahí, es un estreno semanal. Episodios de veinte minutos. El patrocinador principal va a financiar también una campaña de publicidad exterior para que en las grandes ciudades todos los *silver* se enteren del estreno...

—Eh...

—Helen...

—Luego podemos hacer otras series, pero este, 50/50, o 50 de 50, como lo quieras llamar o dibujar, que el logo es lo importante... Me lío: este pódcast es obligatorio...

—¡Elena!

La voz de Jorge consiguió que Elena frenase un poco.

—Respira, Helen. Y pregúntale si le apetece y si se ve, que no le has preguntado y está sonando a imposición...

Elena le miró y obedeció, más por inercia que por convicción. Se sentó delante de Ana y, cogiéndole las manos e inclinándose hacia ella con los codos en la mesa, le preguntó despacito:

—Anita, querida, ¿te apetece guionizar y presentar un pódcast que dé voz a todas esas mujeres apasionantes que brillan pasados los cincuenta? Tengo el presupuesto de las primeras cincuenta, un año entero de entrevistas. Dentro de ese presu que, obviamente, cubren los patrocinadores, se incluye un sueldo más que digno para la conductora, una buena producción a cargo de Ricardo y dinero para promoción. ¿Te apetece, Ana? —Y, volviéndose hacia Jorge, añadió—: ¿Así está bien, cariño?

—Me sobra el sarcasmo, pero mejor…

—Sin el sarcasmo que le sobra al amor de mi vida, Anita, te recuerdo que eres una loca de la polisemia, y fíjate que nombre te he buscado, que si la mitad del mundo, que si las cincuenta de cincuenta… Dos significados imbatibles. Así que… ¿aceptas esta oferta que no puedes rechazar?

—¿Has decidido todo por mí, Elena? ¿Has diseñado mi futuro profesional sin consultarme?

Había cierta asepsia en la pregunta y se hizo un silencio incómodo. ¿Está enfadada Ana? Elena no se asustó.

—Sí, claro. Lo he decidido sin ti para que pudieras centrarte en tu oasis escocés.

Ana la observó despacio, mucho rato. Luego se volvió hacia Ricardo, que seguía callado y dando sorbos pequeños y muy espaciados a una copa de vino. Ana intentaba adivinar si estaba acostumbrado a este tipo de espectáculo. Ricardo le devolvió un gesto cómplice y Ana empezó a contestar, con algo muy parecido a una palabra que le hacía mucha gracia: parsimonia. Qué maravillosa era la parsimonia…

—Suena interesante, Elena. Déjame pensarlo…

Y, entonces, Elena levantó las manos con una exasperación tan exagerada y tan cómica que Jorge, Ricardo y Ana soltaron una carcajada.

—Eres una mandona insoportable, Helen. Eres imposible. Eres mi amiga, pero…

—Soy una ejecutiva cojonuda.

—Una mandona insoportable… —repitió Jorge.

—Y mil gracias. Tiene buena pinta. Anda, enséñame la lista y luego deja hablar a Ricardo y que me explique cómo va…

Estuvieron repasando las primeras mujeres a las que Ricardo y Elena ya habían contactado para las entrevistas. Había una *showrunner* india, una astronauta rusa, una ejecutiva de moda francesa, una escritora londinense, una científica española…

—¿Y tú, Helen? ¿A ti cuándo te entrevistamos?

—Yo aún tengo cuarenta y nueve.

—¿No llevas ya más de un año con cuarenta y un…?

—Una cosa… —Era Ricardo, con un matiz.

Se volvieron todos hacia él y Ricardo se lanzó, tímido.

—A mí el nombre no me convence. Hay otras plataformas por ahí que juegan con esa polisemia matemática y… A mí esa precisión me da un poco de miedo, que igual nos interesa una mujer de casi cincuenta, igual queremos entrevistar a más de cincuenta… No sé, me da miedo la rigidez de las cifras.

Elena le mira, al principio, desconcertada, enseguida dispuesta a escuchar.

—¿Jorge…?

—Puede ser que tenga razón...

—¿Ana?

—Sí, a mí la rigidez nunca me ha gustado.

—Joder, os consigo patrocinadores, os invito a cenar y me destrozáis el *naming,* capullos...

Elena está bromeando.

—Pero de aquí hay que salir con un nombre, que conste. ¿Anita...? Como voz y cabeza del pódcast, ¿sugerencias?

—Pues... —Ana duda. Tiene una idea, pero no está segura de... «Que sí, Ana, que sí. Confianza. Manda huevos que te tengas que atrever jugando en casa, entre amigos...». Y se lanza...—. Creo que funcionaría llamarlo «Sin filtros». Ricardo, tú no lo sabes, pero es lo que dice siempre mi madre, que está sin filtros, que a estas alturas ya no se corta. «Sin filtros» tiene sentido porque tiene la flexibilidad que buscamos y algo mucho más potente: la idea de que nuestro pódcast va a ser un espacio libre, sin censura...

Apenas ha terminado Ana la frase cuando Elena se ha tirado encima, a abrazarla mientras mira a Ricardo y le dice:

—Te dije que era una genia. ¿A que te lo dije? ¡Mi amiga es una genia!

Ricardo se parte y dice que sí, que Ana es una genia y que «Sin filtros» le gusta. Jorge sigue cavilando, siempre tranquilo. Hasta que, cuando Elena se levanta y se le acerca, confirma:

—Es buenísimo. «Sin filtros» es buenísimo. Vamos a abrir ya el champán, que estoy hay que celebrarlo.

★ ★ ★

Elena, aún entusiasmada, insistió:

—Es un proyecto *silver* y feminista. Lo tiene todo. Te pasa por aquel brindis, ¿te acuerdas? El de la revolución de las viejas...

—O sea que, según tú, ahora todo lo que haga tiene que ser *silver...*

—No, todo lo que hagas tiene que ser escuchado. Tienes cabeza, tienes talento, tienes visión y, ahora, además, tienes voz.

—Y patrocinadores —apuntó Ricardo.

—Joder, qué presión...

* * *

Cuando ya se le había pasado el calentón a Elena, Ana miró a Ricardo, calibró que era buena gente y se lanzó:

—Tengo que deciros una cosa...

—No me vengas ahora con el pescador escocés...

—Cállate, anda, Helen...

—Que no, que es sobre lo de tener voz... Al final os hice caso... He escrito una novela...

Elena se levantó de un salto y la apretó. Ana, casi ahogada, se reía.

—Para, para, que me matas, bruta...

—¿Una novela de qué tipo?

—No sé...

—¿*Thriller,* negra, romántica...?

—Eh... No... Nada de eso.

—¿Una novela buena?

Fue Ricardo, el desconocido, quien hizo las preguntas más certeras:

—¿A ti te gusta lo que has escrito? ¿Estás contenta?

Ana lo pensó y asintió. Primero, con la cabeza. Y, luego, ya, más convencida:

—Sí, sí que me gusta. Si tuviera que definirla… No sé qué género tiene… Es una novela con energía, una novela feroz…

—Joder, qué bien, Anita. Voy a ver si tengo más champán.

Y Jorge, sin más preguntas, con alegría auténtica, se fue a la nevera. Elena seguía mirando a su amiga, calculando otra vez en modo ejecutiva:

—¿Tienes editor, agente, algo?

—Ay, Elena, de verdad… ¿No tienes suficiente trabajo en tu empresa?

—¿Tienes o no tienes?

—Tranquila, que la literatura no me va a sacar de pobre…

—Claro, para eso está el pódcast. ¿Tienes o no tienes?

—Elena, déjala que respire.

—No, joder, que soy su agente…

—Entonces sí que tengo agente.

—¿Y editor? ¿Tienes editor?

—Lo he mandado a dos sellos editoriales, lo he pensado mucho: son los dos que más me encajan para un libro así…

Elena se relajó:

—Cómo se nota que eres mi amiga y te he enseñado algo. Bien hecho, gordi…

—¿Puedes darme un respiro ya…?

Y Elena empezó a sonreír, con una mirada maliciosa:

—O sea, que tienes dos trabajos, un libro y… ¿El pescador?

—Nada. Un escocés sin chubasquero que me manda mensajes bien escritos en un perfecto castellano.

—…

—Con lo irresistibles que son para mí los mensajes bien escritos…

—Para ti y para todos —apuntó Ricardo.

—Gracias, menos mal que en esta casa me entendéis… Pero me siento un poco adolescente…

—Seguro que no. A los adolescentes no les pidas mensajes bien escritos…

Ana, en realidad, no se sentía adolescente. Estaba ordenando su vida sin prisa y sin pausa: ya había visitado su nuevo piso, recuperado cosas del guardamuebles y subido otras a Wallapop, citado a todos los *coliveros* de ese primer edificio para escuchar sus necesidades, enviado el manuscrito a esas dos editoriales con una buena carta de presentación… No tenía tiempo ni espacio para una ilusión loca, pero sí: había recibido un par de mensajes de Ian, educados, cariñosos… Mensajes de *mail,* por cierto, no WhatsApp. Mensajes que eran cartas y no exabruptos; mensajes pensados, lentos, serenos… Hasta parsimoniosos… Mensajes *silver,* quizá.

Lo que ahora quería, después de esta cena loca, ilusionante y alegre a la que la había arrastrado Elena, era terminar de organizarse y reencontrarse con su hija.

Lola parecía más serena; mejor asentada en su adolescencia, su inquietud, sus amigos, sus hormonas. Tendrían tiempo… Estaba disfrutando de ese alivio y esa reflexión cuando Ricardo le hizo una pregunta que la dejó descolocada:

—Oye, ahora que lo pienso, tú eres la hija de la fundadora de Los Silver, ¿no?

—¿Cómo?

Elena y Jorge también se interrumpieron y miraron a Ricardo.

—¿Por qué os ponéis tan serios? ¿Es algo malo? La he escuchado esta mañana en la radio. La estaban entrevistando… Me he acordado porque ha dicho algo de un *coliving* que dirigía su hija. Tú eres esa hija, ¿no?

—¿Y qué más ha dicho? —Era Elena quien preguntaba ansiosa.

—Pues cosas bastante sensatas, la verdad. Que a los viejos los tratábamos como a idiotas, que les echábamos en cara su vejez como si pudieran evitarla; que los viejos eran las mismas personas valiosas que antes de envejecer y que seguían aportando a la sociedad; que no se los podía aparcar, que había que tenerlos en cuenta… Que cada vez el edadismo empezaba antes, que a los cincuenta ya era muy difícil mantener un trabajo, que la juventud sumaba, por supuesto, y la diversidad sumaba más…

Elena y Ana se miraron, con lágrimas de orgullo en los ojos, y fue Jorge quien aplaudió con ganas.

—Joder con vosotras. No se os puede dejar juntas a las viejas…

Ricardo siguió:

—A mí me ha ilusionado, la verdad. Que yo también soy cincuentón y, cuando la he escuchado hablar de un movimiento transversal, para todos y por todos, como Los Verdes en su día, me ha parecido una idea bestial. Está bien puesto el nombre, ¿no? Los Silver… Me gusta…

—Y yo que pensaba que mi madre me iba a consultar antes de lanzarse a hacer entrevistas…

—Lo ha hecho de maravilla. Inspiraba confianza, daban ganas de ponerse en sus manos. A este paso, la tendremos que entrevistar en el pódcast.

Al día siguiente, Ana llamó a Álvaro. No le apetecía nada, pero tenía que hacerlo. Por un lado, y sin pensar en los catorce años anteriores, para agradecerle estos meses de cobertura. Sin él no habría podido irse a Escocia, la verdad. Por otro, para preguntar, entender y saber. Quedaron a tomar un café y lo encontró demacrado, envejecido, maniático, irascible…

—Me levanto y te traigo yo la sacarina, Álvaro. Espera, por favor, no grites otra vez al camarero.

—Es que me exaspera que no escuchen…

—¿Estás bien, Álvaro?

—¡Pues claro que no! ¿No lo ves? Estoy de un humor de perros.

—Pero el camarero no tiene la culpa, ¿no?

—…

—Oye, si quieres quedamos otro día… Me gustaría hablar con tranquilidad…

—Que no, perdona. Perdóname… Estoy bien. Me pondré bien….

—¿Te puedo ayudar en algo?

—No… ¿Sí…? No sé…

—Lo que me digas.

—Yo... La verdad es que lo de Carmen me ha dejado tocado...

—¿El qué?

—Bah, Ana, seguro que Lola te ha contado que lo hemos dejado.

—Algo, sí...

—Te habrá dicho, más bien, que Carmen me ha dejado.

—Bueno...

—Es así: Carmen me ha dejado.

—Lo siento.

—No lo sientes, seguro que la entiendes. Pero, oye, ya me pagaré yo la terapia o los whiskies... ¿De qué querías hablar?

—Nada concreto. Bueno, sí. Que me contaras qué tal estos meses, cómo has estado con Lola, cómo ha estado Lola contigo y, no sé, qué planes tienes...

Ana no se lo esperaba, pero Álvaro se lanzó al sincericidio y la autocrítica.

—He estado de maravilla y he estado fatal. No se puede ser padre de repente y por decreto. No la conocía, no la conozco; no tenía ni puta idea de quién es mi hija... He sido un padre de mierda, un frívolo, un comodón... Toda su vida sin ocuparme de nada, sin preguntar... En cuanto veía tormenta o complicaciones, te la mandaba a casa. Ya te dije que su madurez me había impresionado, pero, la verdad, también me ha hecho daño: he podido descubrir a Lola cuando la oía ser ella misma con Carmen, pero conmigo ha sido... No tenso, pero raro... Difícil… No sé. No he conseguido conectar con ella, Ana. No he podido. No he tenido paciencia, no he dado con el truco… O he llegado tarde, yo qué sé… Ella no es idiota, sabe que no he estado.

—Tampoco es la edad más fácil… —quiso ayudarle Ana.

—No, pero es la edad en la que yo he elegido aparecer.

—Álvaro… Igual estás siendo demasiado duro contigo mismo, ¿no?

—¿Sí? ¿Tú crees…? —Es irónica su voz, pero no contra Ana—. Ahora piénsalo de verdad. ¿Crees que estoy siendo demasiado duro o crees que estos últimos catorce años he sido un cabrón egoísta?

—No sé si cabrón, pero…

—Pero egoísta sí, claro. Pues eso.

—Sí, egoísta mucho.

Álvaro espera. Quiere que Ana lo diga todo, pero Ana se contiene y solo puntualiza:

—Tremendamente egoísta, la verdad.

—Es imperdonable, lo sé. No tengo excusa.

Se hace el silencio.

Ana mira al suelo. La sinceridad de Álvaro la ha pillado por sorpresa. Pero ella necesita saber qué vida le espera ahora:

—¿Entonces…? ¿Lo de la custodia compartida…?

—Yo qué sé… No estoy a tiempo de ser un buen padre…

—Siempre estás a tiempo de dejar de no ser padre, ¿no?

—¿Te importa que no lo regulemos según la maldita carta que mandé?

—¿Cómo? No te entiendo…

—La verdad, creo que Lola ya es mayor para andar midiendo los días que pasa con uno y con otro. Además, ella prefiere estar contigo. Me lo dijo. Ha sido muy sincera y se lo agradezco. Yo ya no voy a desaparecer, te lo prometo, pero que venga a casa cuando quiera y no cuando un papel de mierda se lo imponga.

Ana intentó pensar si podía comprometerse sin consultar con Sofía, pero la sensatez no es exclusiva de los abogados y el sentido común es una gran virtud, una virtud imprescindible para la maternidad:

—Sí, claro. Como quieras, como ella quiera…

—Y si tú necesitas tiempo, como estos meses de Escocia, o para irte un fin de semana o salir de fiesta… Estoy. Ahora estoy.

Álvaro se bebió el café sin sacarina y sonrió con tristeza.

—He sido un auténtico cretino. Lo siento.

La conversación no dio para más. No iban ahora a confiarse, a compartir sus secretos y sus miedos.

A Ana le impresionó su contrición; la apreció, pero no olvidaba quién es Álvaro. Un hombre que no le gustaba y sigue sin gustarle, aunque, después de esto, le inspire algo de compasión y se alegre de no sentir ese odio terrible, esa crueldad que escuchó en una obra de teatro: «Yo te perdono porque estoy segura de que Dios se va a ocupar de castigarte». El castigo de Álvaro o, más bien, la consecuencia directa de su clamorosa omisión como padre, era una relación superficial con su hija: una relación sin abrazos, sin confidencias, sin complicidad, sin cosquillas, sin confianza, sin risas... Saber hacer reír a Lola fue, durante años, el mejor alimento de Ana; su mayor fuente de autoestima... Aún lo era. Pero a la relación de Álvaro con Lola le faltaban tantas cosas... ¿Amor? Sí, es posible. Sobre todo, cimientos y voluntad, la voluntad del adulto que transmite esa certeza imprescindible para un niño: «estoy aquí; estoy para ti».

⋆ ⋆ ⋆

—Espero que no le perdonases, que a veces eres tan buena que pareces tonta —comentó Sofía cuando Ana se acercó a verla esa misma tarde. Tenían que repasar muchos temas legales: la custodia, el contrato del *coliving,* el cierre de la testamentaría...

—No se lo he dicho, porque tampoco me ha preguntado, pero... Sí, casi. Si me hubiera pedido perdón, lo habría perdonado.

—Eres tonta...

—Lo perdono, pero no lo olvido.

—La memoria, como bien sabes, tiene poco valor legal.

—Bah, Sofía, que tú esta vez también le crees...

—Lo que yo crea tampoco tiene valor legal...

Ana empezó a hacerle cosquillas a su amiga, obligándola a reír y callar.

—Qué boba eres, Anita... Pero me gusta verte contenta.

—No sé si estoy contenta.

—Un poco sí, que se te nota.

—Siento que he pasado de pantalla. Aún no he llegado a la orilla, pero ya no me ahogo. ¿Y tú?

—¿Yo qué?

—Que si estás contenta.

—La alegría tampoco tiene valor legal.

—Vete a la porra. ¿Estás menos triste?

—Estoy más tranquila.

—¿El alemán?

—En su furgoneta.

—¿Y el despacho? ¿Qué vas a hacer?

—Seguir así, creo. Un poco aquí, un poco allí... Aquello me da paz. A veces también me da escalofríos, porque en la playa mi madre me habla mucho más, pero... Me da paz.

—Me alegro. Todo por la paz.

—En una cosa sí que estoy de acuerdo con Álvaro: has hecho un trabajo extraordinario con tu hija... Tú no lo ves porque contigo a solas, como ella misma reconoce, abusa y se pasa siempre siete pueblos, pero, en cuanto está con otros adultos, se la ve como es de verdad. Y es madura y estupenda...

A Ana se le llenaron los ojos de lágrimas, y Sofía, alérgica a las emociones, intentó desdramatizar:

—A ver, es una adolescente de manual, perezosa, ciclotímica, zangolotina... Pero va a ser una gran tipa. Ya es una gran tipa.

—Te tiene a ti de modelo...

—No, Ana, te tiene a ti y, si me apuras, a la quijotesca de su abuela...

—Doña Quijota.

—¿Cómo nombre de partido?

—Quita, quita, que ayer conocí a su primer fan... Y, por cierto, lo de Los Silver funciona.

* * *

Cuando resolvieron los documentos, Sofía le contó algo más, con esa austeridad suya, la de una mujer que no cuenta más que lo mínimo.

—De verdad que no estoy mal, Ana. Mi padre está bien, retraído pero funcional. A veces, me invita a cenar y comemos en silencio, callados los dos. Estamos cómodos así. Somos unos políglotas silenciosos... Que igual es un desperdicio, pero a nosotros nos sirve. Yo creo que se animará a lo del *coliving,* sin aventuras políticas como las de Teresa, pero con sus libros, su ordenador y sus estudios. Me ha confesado que no quiere que le pase como a mi madre y que una enfermedad lo incapacite de repente. Está pensando en resolver todo antes. Quiere hacerme una donación total. A mí me da igual, ya lo sabes, pero me gusta que confíe en mí y, sobre todo, que esté tranquilo.

—¿No lo ves coliderando Los Silver, entonces?

—No, para nada...

—¿Y no se siente solo? Está toda esa mística de los hombres que no saben estar solos, los viudos que enseguida encuentran reemplazo...

—No generalices, Ana, que no te pega...

—No generalizo, solo pregunto.

Sofía lo pensó.

—Yo creo que no. O sea, sí, por supuesto que se siente solo. Solísimo. Pero a quien echa de menos es a su mujer y no a otra mujer, no sé si me entiendes.

—Perfectamente. De hecho, mi miedo con mi madre todo este tiempo ha sido eso, que se muriese de pena...

—Pero tu madre ahora está pletórica. A tope con la revolución de las viejas...

—Sí... Salvo que sea una máscara que le pone a la tristeza.

—Confía un poco, Anita.

—Eso intento. Lo que no sé es si se ha pasado de frenada. Está dando mil entrevistas... Ya solo le falta fichar un *community manager* o una agencia de *influencers* para gestionar su cuenta de Instagram y posar en *Vogue,* como las ministras...

—Déjala, que nos está abriendo camino. Ya se detendrá cuando no pueda.

—Sí, supongo...

—A mi madre le hace gracia.

—¿El qué? ¿Lo de mi madre?

—Sí, dice que es una valiente.

—A mi padre también le hace gracia. Ahí, desde el otro lado, sonríe...

—Joder, Anita, tu madre con Los Silver y nosotras dos con *Los fantasmas*...

—El próximo pódcast que haga se llamará así y hablaremos con los muertos.

—Ni Elena te consigue un patrocinador para eso.

—Pues tendría audiencia.

—Sí, claro, en los dos mundos.

Compartieron el silencio un rato largo y, luego, Sofía le contó divertida que en la playa había conocido a un grupo enorme de extranjeros:

—Son unos treinta y viven en pandilla, sin hijos, sin obligaciones... Todos teletrabajan y son como adolescentes de cuarenta. ¿Te acuerdas de *Al salir de clase?*

—Me suena, pero...

—Claro, es que tú eres mayor...

—Gracias...

—Ya sabes que soy tu corresponsal en la generación *millennial*... El caso es que estos viven una versión Erasmus y más adulta de aquella serie, una especie de *Al salir del curro*... Todas las noches, en cuanto acaban de trabajar, salen todos juntos por la misma zona de bares. Cada noche se emborrachan, se drogan, se enrollan... Al día siguiente, se medican para la resaca, pasan el día trabajando y vuelven a empezar. Me dan ganas de ser como ellos, la verdad, pero...

—Pero naciste vieja.

—Y abstemia.

—Pues nada, te aceptamos en Los Silver.

* * *

Los padres de Elena estaban contentos. Era la primera vez en muchos años que Elena veía a su madre sin malas caras ni reproches. Y no se lo esperaba, la verdad, pero agradeció haberse equivocado. Le había dado mucho miedo presentarles a Pablo. «No son sus abuelos. ¿Qué son?».

—Da igual —le había dicho Jorge.

Jorge era huérfano desde hacía muchos años. Había sido idea suya, sabiéndose querido por los padres de Elena, ofrecerles a su hijo y a sus suegros la oportunidad de abrir una luz y un camino, una posibilidad de amor y de ilusión.

Elena no estaba convencida.

—¿Qué tenemos que perder? Para empezar, a tu padre lo adoras. Y, luego, si tu madre y Pablo no se caen bien, si no se gustan, no volvemos y listo.

Pablo había entrado contento, confiado, feliz.

«Malena, Antonio, Pablo…».

Se habían presentado con nombres propios y sin cargos. Al niño, claro, le cautivó el tren eléctrico que Antonio aparcaba en su despacho, un tren antiguo que cuidaba y engrasaba con mimo y que le dejó tocar sin trabas. ¿Y Malena? Malena había preparado una merienda digna de *Hansel y Gretel* —«todo sin azúcar, hija, no me regañes»— y había comprado una caja de Lego que ahora abría con el niño. «Es una clínica veterinaria. ¿Te gustan los animales, Pablo?», le preguntó con la misma seriedad que si hablara con un adulto.

A Elena le fascinó ver a su madre jugando. No lo recordaba, pero… Sí, seguro que había jugado con ella y con su hermano. Malena y Pablo, ajenos a todo, imitaban los sonidos de cada figura que sacaban de la caja y edificaban con paciencia una clínica veterinaria de dos pisos. Elena se apuntó, para contarle a Ana, que su madre, igual que Teresa, no decía «guaguaus». Los animales de la clínica eran perros, vacas, gallinas y hasta potros y palomas torcaces. Sin eufemismos ni ñoñerías.

Una hora después, Malena buscaba una bolsa grande para que pudieran llevarse la construcción ya montada, pero el niño la detuvo:

—No, Malena, la dejamos aquí y así jugamos cuando vuelva.

A Malena se le llenaron los ojos de lágrimas y, en la puerta, le dio a su hija un abrazo largo y sentido. «Gracias, Elena. Gracias».

Jorge no hizo ningún comentario, pero Elena sabía lo que pensaba, lo mismo que su padre siempre había intentando transmitirle, lo mismo que ella acababa de aprender: para que alguien pueda pasar, hay que abrirle hueco.

Y, entonces, Pablo se volvió y le saltó otra vez al cuello a Malena, otra vez a Antonio. A esos abuelos postizos que eran tan auténticos.

—Gracias por invitarnos. Volveremos pronto —les dijo muy serio.

Y cogiendo de la mano a Jorge y a Elena entró en el ascensor sonriendo.

Radios

Elena llamó a Ana:

—Corre, corre... Pon la radio.

El programa más escuchado de las mañanas había decidido confrontar a los dos partidos tradicionales con «este nuevo partido de los viejos». El locutor no había podido ni querido esconder la ironía y su total escepticismo frente a esta «ocurrencia» (así lo llamó, «ocurrencia») «de unos jubilados hippies». Contra Teresa, sus dos contertulios habituales, diputados con años de experiencia que no disimulaban tampoco una impaciencia salpicada de algo sospechosamente parecido a la condescendencia.

—Señora...

—Teresa.

—Teresa, no le niego que igual la tercera edad merece más atención, pero de ahí a un partido político... Este país sería ingobernable si cada grupo de interés montara su propio chiringuito.

—¿A qué llamas chiringuito?

El diputado no contestó y, cuando el silencio empezaba a ser incómodo, lo salvó su compañero y enemigo, el diputado empujado por la extrema derecha a ser y parecer cada vez más disparatado…

—Yo sí la voy a llamar señora, por respeto.

—Por respeto llámame Teresa, que es lo que prefiero.

—¿Por qué ha montado usted este lío, señora? ¿Se aburre?

—Mira, ignaro, que eres un ignaro, no he montado un lío, sino una plataforma para reclamar la atención a los mayores y el reconocimiento de nuestros derechos. Y no lo he hecho porque me aburriera, sino porque estaba enfadada… He googleado tu edad. Tienes sesenta. ¿Cuántos crees que te quedan para estar en este lado de la mesa? En el lado que recibe paternalismo, falsas promesas y desprecio…

El primer contertulio volvió, buscando una medalla:

—Teresa, nuestro partido siempre ha estado del lado de los vulnerables. En su día garantizamos la eliminación de la brecha digital…

—¿Ah, sí? ¿Y cómo? Hasta donde yo he podido comprobar solo habéis garantizado los titulares sobre la eliminación de la brecha digital, pero a mí me tiene que ayudar mi hija con el maldito pasaporte covid y soy catedrática de universidad. ¿A ti no te molesta? ¿No te da rabia ni vergüenza que nos hayáis empujado a la cuneta?

—Es que la rabia no me parece un sentimiento constructivo…

En plena entrevista, en directo, en la radio, Teresa había bufado. Un bufido claro y contundente.

—Pues bien que la aprovecháis los dos para activar votos y luego justificar vuestros pactos y vuestras componendas. Y, además, te equivocas. La rabia construye porque, cuando es justa, es hermana de la esperanza. Los viejos estamos muy enfadados...

—Pero ¿por qué?

—Porque no queremos que nos traten como me estás tratando tú ahora: con esa falsa educación que es pura condescendencia...

—Yo...

—Cuando tengas mi edad y tengas que pedir ayuda para desprogramar el robot que controla tu nevera, ¿te gustará que el mundo se haya olvidado de ti y te haya dejado atrás? Mira, yo ando despacio y oigo poco, pero no soy idiota y estoy harta de que solo penséis en mí cuando queréis mi voto.

—¿Es usted feminista, Teresa? —había interrumpido el conductor de la tertulia.

Teresa lo miró despacio, indiferente a los tiempos de la radio y a los ritmos del directo.

—¿Soy yo o me lo estás preguntando como si el feminismo fuera un defecto?

Entró la publicidad sin que el locutor hubiera sabido contestar y, ya fuera de antena, Teresa se despidió de todos y llamó a Ana.

—¿He estado bien?

—¿Te has sentido bien?

—No, la verdad que no. Entiendo la utilidad de la rabia, pero me da pudor enfadarme en público. Soy una antigua...

—Eres *silver*... Los *silver* son, somos, unos clásicos. Y lo clásico es siempre ultramoderno.

—Tenemos que ir buscando otros portavoces, hija... No me gusta nada esta exposición; me crea ansiedad...

—Pues no se nota.

—Pero me he pasado, ¿no? He estado demasiado agresiva...

—¿Te sientes bien tratada por la sociedad?

—¿Eh? No, no. Para nada.

—Pues eso.

—Hija, que tengo taquicardia...

⋆ ⋆ ⋆

Ese mismo día, Teresa empezó a dar un paso atrás.

El partido, «la plataforma», como le gustaba llamarlo a ella, había rebasado ya los seis mil socios. Teresa atendía cada día a más medios y comprobaba que no querían escucharla, sino trocearla y convertirla en abono para los clics, los titulares y esa maldita «conversación social» que nunca trataba lo importante porque era mucho más rentable e inútil lo accesorio.

Le había gustado una frase de Carmen X. que le había recitado Lola: «Tengo un cerebro y un útero, sí, y procuro usar las dos cosas». A Teresa le pasaba eso: su útero estaba enfadado y enérgico, su cerebro le pedía calma y reflexión. Por suerte, el equipo iba sumando buenos comunicadores, un amplio abanico de hombres y mujeres con las ideas claras y las injusticias en armas. Iba siendo hora de pasar a un segundo plano.

—Mamá, si quieres te entrevisto en el pódcast...

—¿A mí?

—A ti, claro. Como una despedida de los focos.

—No sé…

—La forma en que les callaste la boca en la radio tuvo su repercusión. Te han convertido en meme…

—Ay, qué mal rato pasé…

—Eres una referencia, mamá. Ahora mismo hay cinco millones de resultados en Google con tu nombre.

—¿Eso es mucho?

—Bastante.

¿Y en la entrevista de qué hablamos?

—De lo que quieras, de lo que para ti sea relevante.

—El no rendirse es relevante, el no callarse es relevante, la integridad es relevante…

—Sería un cierre bonito a esta carrera tan breve en la política…

—¿Breve? Si apenas he empezado en la universidad…

—Tú me entiendes, mamá.

—Voy a seguir, ¿eh? Me ha espantado el primer plano entre pirañas, pero voy a seguir… Por detrás, sin desgastarme, sin hacerme daño. Y sin que me duela…

Dichos

Ana estaba reflexiva. Estar unos meses fuera, cogiendo lo que en psicología se llama «distancia óptima» le había permitido silenciarse y escucharse. Había podido escribir, sí, sin grandes expectativas y solo porque tenía tiempo. Pero, sobre todo, había podido penar. Tenía varios duelos pendientes. Primero y por supuesto, el de su padre, ese hombre que le marcó un altísimo y casi inalcanzable nivel de bondad y de autoexigencia, el único que siempre la cuidó, el único sin el que no sabía vivir. También, un duelo que se debía: el duelo de una mujer sin hijos, una mujer libre y entera que hacía catorce años que no era. Y un tercer duelo: el duelo por la niña que fue Lola, esa niña cariñosa y con mamitis que no podía vivir sin ella. «Mami, mami, mami…», esa adicción absoluta y esclavizante de su hija que, ahora, echaba de menos en la adolescente erizada y enérgica que vivía con ella.

* * *

Lola la había recibido feliz. «Mamuchi, quiero vivir contigo». Y, a las pocas horas, le había reconocido que ya no quería abrazos, «eres muy pegajosa, mamá, y me das miedo: en cuanto te hablo, te hago daño porque yo soy directa y tú eres de cristal». «¿De cristal?», quería gritarle Ana, «la puta supermujer que te ha sacado adelante sola; la tiarrona que, desde enana, te ha estimulado, te ha escuchado, te ha impulsado, te ha entendido, te ha querido… ¿De cristal esa tía? Anda y que te den».

Ana se callaba y, sobre todo, intentaba darle la libertad de explorar.

«Mamá, he quedado con Inés».

«Mamá, ya sé que íbamos a ir al cine juntas, pero me voy a casa de Bea».

«Mamá, no te rayes, pero no tengo tiempo para ti».

Ana lo aceptaba todo, pero llevaba fatal los monosílabos:

—¿Estás bien?

—No.

—¿Qué te pasa?

—No sé.

—¿Te puedo ayudar en algo?

—No.

—¿Hablamos e intentamos entender lo que te pasa?

—¡No!

* * *

Echaba de menos su casa, su barrio, su escritorio, su espacio. Le estaba costando adaptarse a vivir tan cerca de su madre y al servicio de unos residentes que llamaban a cualquier hora. Pero tenía dos trabajos, no pagaba alquiler y, ahora sí, podía invertir en su problema de primer mundo: necesitaba ayuda urgente para entender, querer y convivir con una adolescente. Se puso a estudiar, leyó libros, consultó a expertos y volvió a nadar mientras reflexionaba...

Fue entendiendo y entendiéndose, haciéndose más fuerte. Si ella no sangraba con cada frase, Lola se suavizaba. Ana aprendió a poner distancia y a no dejarse herir. Madre e hija aprendieron, también, a encontrar paz en casi todas las tormentas. Pactaron obligarse a hacer planes juntas y respetarse los planes separadas; se encontraron más y mejor, y, por supuesto, siguieron discutiendo y siguieron riendo.

La realidad es que no hay normas para la queja y nunca sabemos cuál va a ser nuestro peor tormento. Repensada y vuelta a valorar su maternidad, Ana echaba de menos su viejo y destartalado sofá, y no superaba la sensación de vivir de prestado, en un lugar provisional y ajeno, en un sitio de moqueta...

—Pero si el suelo de tu apartamento es de parqué... —había protestado Sofía, siempre racional, el único día que Ana dejó escapar un comentario.

—La moqueta es un estado de ánimo —había suspirado Ana, incomprendida.

—Pues cambia de estado de ánimo, joder.

Y en eso andaba.

* * *

¿Y Sofía? A Sofía todo le sobraba y le quedaba grande. Así cualquiera, claro: tenía una suerte extraordinaria, tenía demasiado espacio, demasiados espacios. Sus padres le habían comprado hace años un piso alegre, amplio; tenían el apartamento en la playa que ella habitaba a su antojo y, además, podría mudarse si quisiera al piso que iba a dejar su padre.

Pero Sofía no sabía lo que quería. Quería redecorar su vida, sí, pero no sabía qué vida tenía ni tampoco cuál quería elegir. Estaba tentada de perderse en una vida rápida, ejecutiva y estresante; para no pensar, para no sentir, para no tener tiempo. Una vida en la que no verse del todo por si acaso no se gustaba en el espejo.

Sofía había perdido el ancla. Solo se sentía en casa entre las cosas de su madre. Paseaba olfateando los cojines, las toallas y las mantas; encendiendo sus velas; abriendo sus libros. Se lo contó a Ana, y Ana se levantó la manga y le enseñó su muñeca: un reloj grande, de hombre, con su viejísima correa de cuero.

—Mira, huele.

Sofía olió a cuero viejo.

—¿No hueles su perfume? Es el reloj de mi padre.

Los fantasmas, los olores, los amores.

Sofía vagaba y, al deambular, sin darse cuenta, también se iba curando.

* * *

La entrevista del hermano de Ana había ido bien, pero… A él no le gustaba el puesto y tampoco pudo mentir a su madre: se lo ofrecían, sí, pero no iba a volver.

«Lo que viene, conviene», les recordó Teresa a sus hijos sin despeinarse y sin que viniera a cuento. Ana y

Gonzalo, con esa práctica perfeccionada por años y años de ser equipo frente a sus padres, se miraron y, con un guiño, empezaron a burlarse:

—Mamá, ¿sabes que lo de usar refranes es uno de los síntomas de la demencia?

—No hay mal que por bien no venga.

—Cuando Dios cierra una puerta, el diablo abre una ventana.

—No es así; no seáis *txotxolos*...

—Estas mierdas que repetís... ¿Son refranes o dichos? —preguntó Lola.

—No sé... Búscalo en Google.

—¿Por qué? Si está aquí su abuela...

—Abupedia, ¿es lo mismo refrán que dicho?

—Los dichos tienen moraleja, que parece que no habéis estudiado...

—No insultes a tus votantes potenciales, madre...

—Yo lo único que digo es que, mira, te despidieron y tienes dos trabajos, y si a tu hermano no le ha salido esta entrevista será porque...

—Sí me ha salido, mamá. No la he aceptado.

—Yo prefiero pensar que no te ha salido...

—¡No, mamá! Ahí me planto. Me niego a que te autoengañes, que es indigno y tú eres demasiado lista.

—Solo intento consolarme de tener a mi hijo mayor tan lejos...

—Puedes venir a verme, mamá.

—No, yo... Me da miedo ese viaje tan largo...

A Teresa le rompía el alma que dos de sus nietos vivieran en otro continente. Habían pasado fuera el verano, no iban a venir en Navidad y a Teresa se le escapaban las lágrimas y los refranes.

Mientras, a Ana le entraba la claustrofobia: aún en pisos separados, aún con la nueva energía, aún con Los Silver a tope, su hermano volvía a embarcar y ella se quedaba con su madre entera, toda para ella.

Una madre que, de vez en cuando, como ahora, flaqueaba y volvía a las andadas:

—Tranquilo, hijo. Intentaré no morirme hasta que vuelvas…

—Joder, mamá…. Eres la definición de lo pasivo-agresivo.

—Además, mamá, no puedes prometerle eso —protestó Ana.

Teresa la encaró desafiante:

—Sí que puedo. ¿O es que prefieres que lo incumpla y que me muera?

Y, entonces, los dos hermanos se rieron mientras Teresa, con los brazos en jarras, abría media sonrisa y se tragaba las lágrimas. Su hijo se iba otra vez…

Planes

Ana lo llevó al aeropuerto sin confesarle lo profundo de su angustia.

Gonzalo insistió en que podía alojar a Teresa, que la animara a visitarlo en México, pero... Su madre no se atrevía a volar tan lejos y, además, los dos sabían que Teresa, por algún argumento antiguo, injustificable y muy poco feminista, sentía que era su hija y no su hijo quien la debía cuidar.

—Lo siento, hermana. Lo siento —dijo Gonzalo.

Y Ana no se enfadó, no podía enfadarse, pero sí se agobió.

Viendo cruzar a Gonzalo el control de pasaportes, el mundo se le echó encima de una forma tan evidente que... En cuanto entró en casa, a Lola le bastó una mirada para llamar a Sofía y a Elena y citarlas esa misma noche:

—Mamá, necesitas salir con tus amigas. Las dos necesitamos que salgas con tus amigas. O que vengan ellas.

* * *

—Manda huevos, Anita, que nos tenga que convocar tu hija. ¿Ahora la tienes de secretaria?

—No, es que...

—No será porque se ha ido tu hermano, ¿no?

—¿Ana?

—Que no, que...

Ana respira. Nada ha cambiado. ¿Qué iba a cambiar? ¿Desapareces tres meses y activas el karma inexistente? ¿Vuelves de Escocia y eres rica, y tu madre es joven, y tu casa es grande, y tu adolescente es cariñosa todo el rato?

Ana mira a Sofía.

—Qué bien estar las tres; qué suerte que esta noche estés en Madrid, abogada.

—¿Estás un poco melancólica o me lo parece a mí?

—Será que echa de menos al pescador...

—¡Qué pesada eres, Elena! —Es Sofía quien la defiende—. Todo el rato jugando a las parejas... Pareces tu madre...

—¡No me jodas...!

—Duele, ¿eh?

—No, es que no es verdad. Pero, ya que lo dices, ¿qué pasa con tu alemán de manos hábiles?

Ana y Sofía se miran, pero es Elena quien suelta la carcajada.

—¡Qué bobas sois! Que me la suda. Que me da igual si estáis en pareja, solas o a tope de poliamor, que lo que quiero es que no os falte de nada, que sepáis que sois extraordinarias e imprescindibles, cojones.

—Ay, Elena...

—Y que tenemos que pensar en el futuro. El *coliving* este no está mal, pero es un poco funcional. No tiene alma. Ya os lo dije: deberíamos montar una comuna…

—…

—¿Qué? No me miréis así. No digo ahora. Ahora yo tengo en casa un enano; tú, una adolescente, y tú… Tú tienes demasiadas casas y eres demasiado joven.

—A mí me parece una gran idea, la verdad —apunta Ana.

—Me sacáis diez años… No pienso cuidaros sola… —se excusa Sofía.

—Siempre te puede ayudar Lola…

—No, Helen, a mi hija déjala en paz. Que se vaya a estudiar fuera y que no cuide a nadie ni a nada.

—Ya está la anarquista. ¿Eso es lo que aprendiste en Escocia?

—Aprendí a respirar, pero solo me funciona allí.

—Pues vuelve, pedazo de cursi. Te llevas a Lola y la escolarizas allí para que aprenda más inglés que *fuck*…

—¿Y de qué vivo?

—Del pódcast y de los derechos de autor.

—Sí, y del aire…

Sofía la salva.

—Uwe se fue, por cierto.

—¿A Alemania?

—No, a Bali.

Las tres se imaginan por unos segundos en ese paraíso. Sueñan…

—Vuestras vidas parecen una serie de Netflix… Rodada en varios países con paisajes maravillosos… El alemán, el escocés... Aunque veo poca diversidad, vuestros ligues son dos caucásicos, perfectamente blancos y europeos... La próxima vez, buscad algo más exótico, *please.*

—Estás muy graciosa, pero en una serie de Netflix tendrías que reconstruirte la teta, ¿no? Que no se entiende que tu personaje renuncie a su cuerpo...

Elena cambia la cara; abandona el sarcasmo y confiesa.

—No puedo. Me he rayado y me ha entrado la superstición de que si me opero...

—Si te operas, ¿qué?

—...

—Helen...

—Que si me pongo una teta bonita seguro que conjuro otro tumor.

Ana y Sofía se miran y... ¡Se parten!

—Tan listas y tan supersticiosas...

—¿Supersticiosas en plural? ¿Vosotras también? ¿Por qué?

—Nosotras hablamos con fantasmas, tú directamente los ves...

—El misterioso tumor de las tetas bonitas...

—Sois gilipollas. Ana, anda, vuélvete al lago Ness con tu monstruo, a ver si sigues con la coña...

⋆ ⋆ ⋆

Después de las pullas, vuelven a la logística futura.

—¿En qué ciudad queréis montar la comuna?

—No sé... Una que nos guste a las tres. Ni tan grande para necesitar el coche ni tan pequeña que no tenga Zara y un buen hospital. Una con playa, planes culturales, guiris guapos, un buen aeropuerto…

—¿No estarás pensando en tu pueblo?

—No, no… Mi pueblo tiene playa y guiris guapos, pero no tiene aeropuerto.

—¿Admitiríais a Jorge?

—¡Claro! Jorge es una de nosotras…

—Pues lo pensamos. Aunque, Anita, igual a ti no te dejan irte, que para entonces el pódcast tendrá millones de seguidores y más patrocinadores que cualquiera de esos de *running*…

—Uy, *running*… Qué pereza… Perdón, Sofía, que no quería ofender…

—No, si no ofendes. Estaba pensando, ¿queréis una comuna con filtros o sin?

★ ★ ★

Fue entonces cuando subió Teresa, a saludar:

—Anda, Ana, dile a tu madre que vamos a ser comuneras.

—¿De Juan Bravo, de Padilla o de Maldonado?

—¿Esos son otros *coliveros?*

—Ay, Lola, esa ignorancia…

—Ya salió la lista…

—Volviendo a las comuneras…

—*Coliveras.*

—Me gusta más comuneras… Así, vulgarotas…

—¡Lola!

—Estamos pensando en nuestro propio *coliving,* para dentro de unos años.

Iban rápido, como siempre, y Teresa las seguía a medias. Solo Elena callaba, calculando…

—Lo que pasa… —Elena miró alrededor, sus dos amigas, Teresa, Lola…; fingió contar con los dedos…—, no sé si servimos como estadística, pero igual deberíamos pararnos a pensar… Aquí hay una comunera, tres que lo serán dentro de poco y solo una jovencita, de la generación zeta o la que sea, para pagarnos las pensiones… Si es una trabajadora por cada cuatro pensionistas, no salen las cuentas…

—¡Y encima es mi hija! Pobre… Lola, lo que te dije antes: ¡vete y no vuelvas!

—Anita, no seas egoísta, que alguien tiene que cotizar por nosotras…

—Legalmente, ya hemos cotizado nosotras por nosotras, ¿no? Yo llevo pagando impuestos desde los dieciocho, colega.

—¿Abogada?

—Tiene razón: uno se debería jubilar habiendo pagado su propia pensión…

—Pero…

—A mí no me metáis en esos líos.

—Que hable Teresa, que es la fundadora y portavoza de Los Silver…

Teresa negó con la cabeza.

—Ya no soy portavoz de nada.

A Ana le preocupó su falta de energía.

—¿Estás bien, mamá?

—Sí, sí… Es que… Dentro de nada es Navidad.

Navidades

A Elena también le había invadido una melancolía extraña. A ella, tan digital, tan fuerte, tan segura, el cáncer le redobló lo que el covid nos enseñó a todos: una intensísima e imborrable sensación de vulnerabilidad.

—Mucha inteligencia artificial, mucho cohete, mucho dato, pero somos tan frágiles… Todos. Incluso los listos, los ricos y los guapos…

—Por si te sirve, el escocés me ha mandado una frase de Lord Byron: «Antes de ser luz, tienes que arder». Igual es que ya eres luz, Helen.

Ana y Elena están en la planta de juguetes de un gran almacén.

Elena compra regalos y Ana la acompaña. Elena no contesta, y Ana, casi, se alegra. Le encanta esa frase de Byron y no quiere que su amiga la reciba con sarcasmo. «Igual no me ha oído». Pero, sí: Elena la ha escuchado y la ha entendido. Es luz, es cicatriz, es energía.

⋆ ⋆ ⋆

—Lo que yo no entiendo —le cuenta Ana a su hija —es por qué siendo agnóstica está tu abuela tan rayada por las Navidades. Es verdad que falta el abuelo, pero…

—¡Mamá!

—¿Qué pasa?

—Que sí lo entiendes, joé. Que no están Gonzalo ni los primos, que las Navidades pasadas el abuelo se moría, que llevamos ya dos años sin adornos ni risas, que las Navidades ya nunca van a ser como antes…

—Vale… Tienes razón: sí que lo entiendo.

—El novio este que tienes…

—No es mi novio.

—Bueno, el escocés… ¿Tiene un castillo?

—No creo, no. Tiene una casa.

—Pero ¿no la has visto?

—No.

—¿Y cómo vamos a pasar las Navidades con él a una casa que no has visto?

—Pues para sacar a tu abuela de su nube negra y para que veas si te animas el año que viene a estudiar fuera.

—Ya te he dicho que sí, pero interna y no en una familia…

—Interna es muchísimo más caro.

—Lo paga papá.

—¿Seguro?

—Ahá. Me lo prometió.

—¿Eso cuándo?

—Pues cuando estuviste en Escocia y viví con él.

—Mira qué lista…

—A ver, mamá. No lo vas a pagar tú con tu trabajo de directora de comuna…

—*Coliving.*

—Comuna, y el pódcast ese que has montado de la revolución de las viejas.

—Tiene miles de descargas. Ten fe, que va bien…

—Tengo fe, pero también tengo prisa. Me quiero pirar el próximo curso.

—Aún nos puede salvar la novela…

Y Ana y Lola se miran y se parten de risa.

La realidad es que a Ana no le costó encontrar editor para su libro. De hecho, lo publicaron rapidísimo, mucho más rápido de lo normal. Y, de repente, sin apenas promoción, las dos primeras semanas se vendieron dos mil ejemplares, que no es dinero, pero sí son lectores.

Hace solo unos días, Carmen X. la ha recomendado en Tik Tok e Instagram, a sus seis millones de seguidores, con convicción: «Si tenéis madres valientes, regaladles esta novela». Ana ha empezado a recibir tantas peticiones de seguimiento en su cuenta de Instagram que la ha hecho pública y le ha ofrecido a Lola que se la gestione (a cambio de una módica paga). Lola publica alguna foto, alguna frase del libro, alguna entrevista… Siempre cuidando los fondos y las tipografías, a su manera inflexible y radical…

Ahora, mientras esperan a Teresa en la calle, una mujer se acerca a Ana, le aprieta el antebrazo y le dice con la voz temblorosa: «Perdona… Solo quería decirte que me ha encantado tu libro. Casi te diría que me ha salvado… Gracias».

Ana sonríe, sorprendida, casi desconcertada, y Lola interviene:

—¿No quieres que os haga una foto juntas?

Ana y la mujer niegan.

—No, no, solo quería darle las gracias. ¿Es tu madre?

—Sí.

—Qué suerte tienes.

—Lo sé.

Lola pincha a Ana:

—Qué mierda, mamá, si no quiere foto es que no eres famosa; eres solo una escritora…

—Solo… Y nada menos.

—Ya…

Lola está pensando algo. Tarda un poco en encontrar las palabras.

—¿Sabes qué, mamá? Me flipa que tengas la capacidad de emocionar. Esa mujer estaba emocionada… Emocionada de verdad.

Ana se ruboriza y cambia de tema:

—Oye, ¿y tu abuela? Qué plasta…

Ana sube a buscar a su madre y la encuentra sentada en su cama, con la maleta a los pies. Mira a Ana y niega: «No puedo viajar sin él, no puedo disfrutar sin él».

—Sí puedes, mamá. Y hasta debes. Además, ¿quién te ha dicho que vayas a disfrutar? En Escocia hace un frío endemoniado.

—Prométeme que me llevas a Edimburgo. No voy a coger un avión para quedarme todo el rato en un pueblo que no sale en los mapas…

—Te lo prometo. No me atrevería nunca a llevarte la contraria.

—No te burles…

—Edimburgo, mamá…

Y Teresa coge la foto de su mesilla, la foto en la que está con Miguel, sonriente, feliz, entera, y la mete con cuidado en el bolso. «Me lo llevo y estamos».

—¿Van a sobrevivir sin ti los viejos, Abu? —le pregunta Lola al verla.

—Sí, claro. Además, son solo unos días.

—No los abandones, ¿eh?

—Ya te dije que las abuelas no se rinden.

—Así se habla.

⋆ ⋆ ⋆

Sofía se ha apuntado con ellas. Su padre, Pedro, ha volado a Argentina aprovechando que allí es verano: quería bajar a comprobar el estado del hielo en los glaciares. Son sus primeras Navidades sin Marga, pero ellos siempre fueron activamente ateos y… Da igual. Duele y el hielo le congelará la pena.

—Sofs, ¿tú crees que mamá quiere casarse con el escocés?

Sofía se parte.

—Ni se le ha pasado por la cabeza.

—No te rías, Sofi, joder, que nos lleva a todas en procesión, como si tuviéramos que aprobarlo.

—Tú ves demasiadas películas. Tu madre está tranquilísima…

—Está estresada.

—Pues eso. Para lo que es ella, tranquilísima.

★ ★ ★

Elena, mientras, vive sus primeras Navidades con niño en casa. O sea, con árbol, regalos y magia.

Se sentía tan contenta, tan fuerte, que, de regalo, se llevó a su madre a un spa y pasaron una tarde entera juntas, sin discutir, a gusto, un récord mundial.

Le apetece descubrirle a Pablo quién era la princesa Leia y hacer un maratón de *La guerra de las galaxias*. Le apetece empacharse de chocolate y roscón. Le apetece reír y abrazar.

Aquí las dejamos.

Teresa, Elena, Ana, Sofía, Lola.

A punto de estrenar un nuevo año, vivas, juntas y con ganas.

Un arte

No es difícil dominar el arte de perder:
tantas cosas parecen llenas del propósito de ser perdidas,
que su pérdida no es ningún desastre.

Perder alguna cosa cada día. Aceptar aturdirse por la pérdida
de las llaves de la puerta, de la hora malgastada.
No es difícil dominar el arte de perder.

Después practicar perder más lejos y más rápido:
los lugares, y los nombres, y dónde pretendías
viajar. Nada de todo esto te traerá desastre alguno.

He perdido el reloj de mi madre. Y, ¡mira!, voy por la última
—quizás por la penúltima— de tres casas amadas.
No es difícil dominar el arte de perder.

He perdido dos ciudades, las dos preciosas. Y, más vastos,
poseí algunos reinos, dos ríos, un continente.
Los echo de menos, pero no fue ningún desastre.

Incluso habiéndote perdido a ti (tu voz bromeando, un gesto
que amo) no habré mentido. Por supuesto,
no es difícil dominar el arte de perder, por más que a veces
pueda parecernos (¡escríbelo!) un desastre.

One art

The art of losing isn't hard to master;
so many things seem filled with the intent to be
lost that their loss is no disaster.

Lose something every day. Accept the fluster
of lost door keys, the hour badly spent. The art
of losing isn't hard to master.

Then practice losing farther, losing faster:
places, and names, and where it was you meant
to travel. None of these will bring disaster.

I lost my mother's watch. And look! my last,
or next-to-last, of three loved houses went. The
art of losing isn't hard to master.

I lost two cities, lovely ones. And, vaster,
some realms I owned, two rivers, a continent
I miss them, but it wasn't a disaster.

—Even losing you (the joking voice, a gesture
I love) I shan't have lied. It's evident
the art of losing's not too hard to master though it may
look like (Write it!) like disaster.

ELIZABETH BISHOP, *Obra poética*
Edición bilingüe. Prólogo de Sam Abrams, estudio
preliminar y traducción de S. Abrams y J. Margarit
Igitur, Montblanc (Tarragona), 2008

Agradecimientos

Era un viernes de abril. Después de muchos, muchísimos, meses de enfermedad y duelo. Habíamos quedado a comer cerca de casa de Rosa, aunque a Eva le parecía el fin del mundo. Rosa estaba dulce y cariñosa, como siempre; a pesar de que andaba con las ilusiones podadas y la mirada triste. Eva entró como un vendaval, a carcajadas y, de repente, se le llenaron los ojos de lágrimas. Caye no pudo venir. Estuvimos hablando de la generación de nuestras madres, de las que aguantaron, de las que se plantaron; de todo lo que consiguieron, de todo lo que nosotras, inconscientes, dimos por hecho. Después, nos fuimos al centro. Una exposición, un chocolate caliente, una copa. Diez horas más tarde, volví a casa feliz, cargada de energía y con un título para este libro.

Las siguientes semanas, me dejé recargar por mis mujeres. Marta, a la que admiro y quiero, me regaló fuerza y se regaló un proyecto. Con Koro hablamos de las mujeres sólidas, con y sin capacidad para ser felices. Vivi seguía sin dormir y, aun así, emitía paz. A Carmen le habían diagnosticado un cáncer y aguantaba, y aguanta, dura y frágil, extraordinaria siempre. Sara no encontraba piso, Sonia no encontraba al hámster de su hija; las dos encontraban siempre tiempo para mí. Noe sonreía, aunque no pudiera; se enamoraba, me cuidaba. Clara, por fin, se conectó al WhatsApp y a la vida y nos dejó unir fuerzas. Inés nos invitó a cenar y Elena montó un plan de reencuentro. Fuen me pedía que escribiera, que por favor no dejara de escribir. Charo mantenía su luz en la más absoluta oscuridad; Palmi corría hacia el entusiasmo y, mientras, con María, compartíamos fórmulas para educar niños libres y generosos. Mary ganó el órdago y mantuvo su trabajo. Blanca, tan lista y tan necesaria, consiguió un puestazo. Carina construía, rigurosa y constante, una escuela única. Isabel se sacó la tesis doctoral con una nota espectacular y Pili, puro milagro, tuvo fuerza para seguir cuidándonos a todas. Pati nos puso a andar y me reencontré con Cris, mi sonrisa mágica. Coral y María hacían monólogos; se hacían, en realidad, imprescindibles. Entraba en mi vida Arantxa, con sus gestos locos y su energía sabia. Ali me encargaba una obra de teatro y volvía Vir, con esa voz enérgica y esa inteligencia imbatible. Agus y mi otra Eva andaban cerca: mujeres que crean, mujeres que se apoyan.

Y, mientras, mi madre y mi hermana discutían y avanzaban. Siempre avanzan así, con diferencias, reparos y compromisos, con amor y cuidados. Mi hermana con fuerza de voluntad y mi madre ya, desde luego, sin filtros.

Este libro es para todas ellas, las mujeres con las que he crecido, las mujeres con las que sigo creciendo.

Y también, claro, es para Sol, que me exige y me encuentra.